KARINA LÜBKE

Bei aller Liebe

Buch

Ava Glantz wurde geboren, um Karriere zu machen; das füllte ihr Leben 32 Jahre lang aus. Dann bekommt sie zwei Wunschkinder und beschließt, vorerst urbane Vollzeitmutter zu werden. In dem Vorzeigestadtteil, in dem sie mit ihrer Familie lebt, hat die »Model-Mum« das »Modell Mutti« längst verdrängt. Während die Ehemänner das Geld erarbeiten, sind Mütter auf hohem Niveau allein erziehend. Die Komfortzonenkinder hier sind lieb und teuer, Schuluniformen werden höchstens von Prada in Erwägung gezogen. Ava glaubt, sie müsse nur genug Ratgeber lesen und ihre Karriere-Prinzipien anwenden, um auch den Mutter-Job erfolgreich zu managen. Doch sie merkt bald, dass in diesem Mikrokosmos andere Gesetze herrschen, und Mobbing und Burn-out sich nicht auf die Erwerbswelt beschränken. Ava ist nur noch für die anderen da. Bei aller Liebe – wie kann man derart unter- und überfordert zugleich sein? Als dann trotz ökologischer Ernährung alle ständig abwechselnd krank werden, und einen Tag vor Heiligabend beide Kinder mit Lungenentzündung ins Krankenhaus müssen, bricht Ava zusammen. Eigentlich will sie nur frische Sachen von zu Hause holen und den Kindern in die Klinik bringen, aber dann rast sie in einer Kurzschlussreaktion am Krankenhaus vorbei, gibt einfach nur Gas – und fährt an der Autobahnauffahrt einen Anhalter an. Wegen dieses jungen Kerls ins Krankenhaus zurückzukehren kommt nicht in Frage: Ava nimmt ihn einfach mit. Wo die Flucht enden wird, weiß keiner von beiden …

Autorin

Nach einem Designstudium an der Folkwangschule Essen absolvierte Karina Lübke die Hamburger Journalistenschule bei Wolf Schneider. Sie war Redakteurin und Kolumnistin bei »Tempo«, anschließend arbeitete sie als freie Autorin u. a. für »Die Woche«, »DIE ZEIT«, und das »SZ-Magazin«. Mehrere Erzählungen von ihr wurden in Anthologien veröffentlicht. Für »Wünsch dir was« wurde sie mit dem »Marlowe« der Raymond-Chandler-Gesellschaft für die beste Kurzgeschichte ausgezeichnet. »Bei aller Liebe« ist ihr erster Roman. Karina Lübke lebt mit Mann und Kindern in Hamburg.

Karina Lübke

Bei aller Liebe

Roman

GOLDMANN

Umwelthinweis:
Alle bedruckten Materialien dieses Taschenbuches
sind chlorfrei und umweltschonend.

2. Auflage
Originalausgabe Februar 2007

Umschlaggestaltung: Carola Born
Umschlagfoto: Oliver Fantitsch
AM · Herstellung: MW
Satz: DTP Service Apel, Hannover
Druck und Bindung: GGP Media GmbH, Pößneck
Printed in Germany
ISBN 978-3-442-46261-2

www.goldmann-verlag.de

Der Orgasmus war von so greller Schönheit, dass Ava kaum noch bereute, den Mann angefahren zu haben. Seine Fremdheit war der Radar, in dem ihre Sexualität überraschend aufleuchtete, wie ein Flugzeug, das derart lange vermisst wurde, dass keiner mehr danach suchte.

Plötzlich zog er ihren Ehering ab, legte Avas Hand auf seine Kehle und verschluckte ihn. Ihr Kopf, Diktator eines Landes, das nicht mehr zu unterdrücken war, gab endgültig die Herrschaft über ihren Körper auf und floh aus seinem Bunker ins Exil. Die Kernschmelze verwandelte den nach fabrikneuen Möbeln stinkenden Raum in eine erogene Zone. Verzweiflung, Schuld und Scham verglühten darin.

Ava vergaß sich. Sie vergaß ihre Kinder und ihren Mann, die im Krankenhaus darauf warteten, dass Ava ihnen frische Wäsche brachte. Sie vergaß, dass sie den verletzten Tramper weiter mitgenommen hatte als je gewollt.

Da war es auch egal, dass sie in diese absurde Fertighausausstellung eingebrochen waren und angetrunken im Elternschlafzimmer des Typs »Toscana Classic« sexten, wie ihre Tochter Ella sagen würde – und das am ersten Weihnachtsfeiertag.

Ava stürzte in steile Höhen. Zum ersten Mal akzeptierte sie jeden Verlust von Kontrolle, Identität oder Sicherheit. Es war besser, als sie gefürchtet hatte.

Avas Über-Ich schwebte fassungslos neben der Deckenleuchte. Es sah hinab auf das kirschfurnierte Doppelbett, wo sich eine ihm Unbekannte mit einem Fremden diverse

Körperteile teilte. Die verspiegelten Gleittüren der Schrankwand gegenüber verdoppelten den ungewöhnlichen Anblick.

Das Über-Ich betrachtete lieber die Bücher auf den Nachttischen – Lektüre für Leute, die nicht lasen; dann die Schilder »Eltern (13,89 qm)«, »Kind 1 (10,8 qm)«, »Kind 2 (11,6 qm)« an den gegenüberliegenden Türrahmen. Es blendete ab in den Flur. Den Treppenaufgang säumten riesige Aquarelldrucke von Sonnenblumen in blauen Kunststoffrahmen. Alles hier sollte südliche Leichtigkeit vermitteln, die beim Hauskauf gratis auf die Besitzer übertragen werden würde.

Von draußen drückte die Winternacht gegen die Fenster, Flutlichtmasten blendeten einen künstlichen Tag herein. Kunststoffsprossen warfen harte Schattenkreuze über den dünnen blauen Veloursteppichboden. Auf dem Dorfplatz der Geisterstadt schwankte eine Tanne im Sturm. Bunte Glühbirnen tanzten in den unteren Zweigen. Hinter der Lärmschutzwand, die das Areal wie eine Stadtmauer begrenzte, rollten vereinzelt weiße Scheinwerfer und rote Rücklichter über die Autobahn. Es schneite immer noch Engelsfedern.

Erst als Ava endlich ins Bad ging und die Papierbanderole »Ausstellungsstück! Bitte nicht benutzen!« vom Toilettendeckel riss, zoomte das Über-Ich in ihr Kontrollzentrum zurück. Routiniert checkte es alle körperlichen Symptome: flirrender Herzschlag. Ausgetrockneter Mund und Hals. Rote Flecken auf der Haut. Zitternde Beine.

Ava blickte in den Spiegel. Ihre hellblauen Augen leuchteten aus schwarzen Rahmen verlaufener Wimperntusche. Es dauerte trotzdem eine Weile, bis sie glauben konnte, dass es sich bei ihrem Zustand nicht um einen Herzinfarkt, einen Hirnschlag oder eine Panikattacke handelte.

Das war nicht der Tod, es war das Leben.

Ein reines, klares Glücksgefühl, ein absurder Diamant, der aus der Kohle ihres schwärzesten Unglücks gepresst worden war.

Avas Wohnviertel war der Rüschenrand am Kittel der Realität. Wer auf ein authentisches Straßenbild inklusive individueller Randexistenzen Wert legte, wurde enttäuscht. Es gab nicht mal hässliche Leute, höchstens schlecht gestylte. Dafür war es ebenso normal, nur giftfreies Öko-Obst zu kaufen, wie sich Botox in Falten und Schweißdrüsen spritzen zu lassen.

Wuchernde Birken, wie man sie in Neubaugebieten als billige Trostpflaster für fehlende Architektur pflanzte, galten hier als allergenes Unkraut. Straßen hießen noch Alleen, ihre Kastanien, Linden oder Platanen waren Biodenkmäler. Sie wurden durch eiserne »Hamburger Bügel« vor parkenden Autos geschützt und im Sommer von Anwohnern gegossen. Auf Höhe der dritten Stockwerke entfaltete sich jeden Frühling ein weiß-rosa Schaumteppich aus Blüten, die im Herbst genug Kastanien abwarfen, um teure Autodächer einzubeulen und die Kinder mit dem Basteln schiefbeiniger Tiere zu beschäftigen.

Kinder leistete man sich in allen Größen: Sie gaben Geld und Genen in der Zukunft ein Zuhause. Man schätzte sie als Ausdruck finanzieller und sexueller Potenz – große Familien signalisierten großen Wohnraum, große Autos, große Konten. Familie fing erst ab zwei Kindern an, Dynastien ab vier, drei Personen waren Eltern mit Einzelkind.

Die Bewohner des Viertels stellten das Gros der Medienlandschaft, und, zusammen mit den Besitzern der Elbvororte, die Mehrheit des Hamburger Kapitals. Ihre repräsentativen Altbauten waren im Krieg geschont worden, weil die britischen Kaufleute auch später wieder mit den Hanseaten Geschäfte machen wollten.

Wer seinen Familienbesitz nicht schon geerbt hatte, bekam in drei Immobilienshops eine Übersicht, wie man ab 1,4 Millionen Euro schöner wohnen konnte. An der Hauptstraße gab es außerdem vier Handy-Läden, sechs Friseure und genug Bäckerfilialen, um mit ihrem Ausschuss das Hungerproblem der Dritten Welt zu erledigen. Dazu Geschäfte, in denen das Kindergeld für ein Paar Schuhe reichte, ein Reformhaus, in dem Ava Biomilch und bei Vollmond abgefülltes Mineralwasser kaufte, sowie drei Bankfilialen für das tägliche Kleingeld.

Zwischendurch luden Apotheken immer wieder zum Fachsimpeln über das neueste Kindergartenvirus ein. Während die Schaufenster französischer Pharmazeuten ganzjährig vermuten ließen, nicht AIDS, sondern Zellulitis sei das drängendste medizinische Problem der Menschheit, schätzte Ava den deutschen Einfallsreichtum bei der wechselnden Dekoration der Auslagen.

Die liebevolle Präsentation der Schnupfenmittel und Inhalationsgeräte im Winter wechselte im Frühling zu Heuschnupfenmitteln und Diäthilfen. Dann drohten erste Sonnenbrände, der Sommer war Hochzeit für Insektenschutz, und schon nahte der Herbst mit Vitamin-C-Präparaten und Halschmerztabletten, ehe die neuesten Mittel gegen Fußpilz und Depressionen die besinnliche Zeit einläuteten.

Als Ava nachmittags mit ihrem Sohn Ferris an der Hand zum Spielplatz ging, winkten beide ihrem Lieblingsapotheker Dr. Thomas zu. Er stand im Schaufenster und balancierte eine Riesenzecke aus Pappe über einer Gruppe nackter Puppen, die ahnungslos auf Kunstrasen picknickten. Seine Installationen gehörten auf die documenta, fand Ava. Die handgroßen Hausstaubmilben etwa, die er selbst gestrickt hatte, um ein neues Antiallergikum zu bewerben, hatten besseren Absatz gefunden als das Mittel selbst. Außerdem hatte Ella letztes Jahr bei seinem Kinderwettbewerb »Mal deinen Darm von innen!«, den dritten Platz und ein Kilo Traubenzuckerbonbons mit Vitamin C gewonnen. Dafür hatte sie sämtliche Brauntöne aus ihrem Tuschkasten verbraucht. Im Gegensatz zu Ava war ihre siebenjährige Tochter Realistin.

Bei Dr. Thomas kaufte Ava alltägliche Hilfsmittel wie Aspirin, homöopathische Kügelchen, Schüsslersalze, Desinfektionsspray, Pflaster, Vitamine, Paracetamolzäpfchen. Für peinliche Heilmittel hatte sie eine Apotheke außerhalb des Viertels gefunden. Der Apotheker darin war zudem so alt, dass er sein Wissen um ihren gelegentlichen Bedarf an Nissenkämmen bald mit ins Grab nehmen würde.

Ava bog mit Ferris in die Innocentiastraße ein. Spielplätze waren im Sommer lange zu hören, ehe man sie sah. Der unangenehmste war leider auch der schönste. Er lag in einem kleinen romantischen Park nahe ihrer Wohnung. Zwischen den Bäumen wucherten Butterblumen und Springkraut. Die Kronen hoher Eichen und Buchen beschatteten graffitifreie Blockhäuschen und Schaukeln, deren schwere Gummisitze noch nicht durch nächtliches Aggressionstraining von Kampfhunden zerbissen worden waren.

Dafür bestand im Sommer die modische Mindestanforderung an Mütter aus einem schmalen, kniefreien Rock Größe 36/38, einem taillierten T-Shirt, epilierten Beinen, pedikürten Füßen in Flip-Flops oder rosa Adidas-Sneakern sowie langen Kettenschnüren aus bunten Halbedelsteinen, die gelangweilte Werbergattinnen auf Weltreise gesammelt und daheim aufgefädelt hatten. Sonnenbrillen blieben allerdings das ultimative Accessoire, da sie sowohl Tränen als auch Spuren durchwachter Nächte stilvoll verbargen.

Die Spielplatzordnung war unsichtbar, aber mächtig. Hier gab es keine Frauen mit pflanzengefärbten Babytragetüchern, die Kinder mit braunen Apfelschnitzen und Mütter mit Ernährungsideologie belästigten.

Mitgeführte Kinderwagen oder Buggys hatten dunkelblau zu sein. Räder rot und Laufräder aus Aluminium oder Holz. Die Kinder dazu wirkten wie Models aus der »Vogue Bambini«. Kleine Mädchen rutschten aufrecht in rosakarierten Caprihosen. Strassklemmen fixierten geblümte Nickitücher an Flechtfrisuren. Jungs kickten sich handgenähte Lederbälle zu und trugen dabei Polohemden von Ralph Lauren. Kein Vater mit Tagesfreizeit störte das Bild. Der Gesamteindruck war derart blendend, dass er zu immer weiteren Schwangerschaften führte.

Ava hatte schon versucht, ihre Zeit auf weniger angesagten Spielplätzen abzusitzen, doch dort war es keineswegs stressfreier gewesen. Im Szeneviertel zwei Verkehrshauptschlagadern weiter etwa hatte sie eine coole Mutter mit blauen Tribal-Tatoos auf den Waden bewundert. Aber als Ava ihre Brille aufsetzte, um Ferris' Aktivitäten in Augenschein zu nehmen, erkannte sie, dass die Tätowierungen Krampfadern waren. Schnell setzte sie die Brille wieder ab. Allerdings würde sie so nicht sehen, falls Ferris mit seinem Schäufelchen im Gebüsch ein Drogenversteck aufbuddelte. Oder eine gebrauchte Spritze fand.

Schnell hatte sie mit ihm den Rückzug angetreten.

Ava überprüfte jetzt das Aussehen ihres Sohnes, dann ihr eigenes, ehe sie aus dem Sichtschutz der Bäume traten. Sie erwartete täglich, dass dieser Spielplatz privatisiert würde. Türsteher würden dann eine noch größere Exklusivität garantieren: Zutritt nur mit Member-Card. Hier würden sich die Zweit- und Drittfrauen stadtbekannter Medienleute, die aussahen wie deren erste Frauen, bei einem Glas Champagner darüber beklagen, dass die Väter ihrer Zweit- und Drittkinder nie zu Hause seien, woran ja bekanntermaßen bereits die erste Ehe gescheitert sei. Weitere Themen wären Immobilienpreise, sonnen-, aber krisensichere Reiseziele, Schuluniformen von Tom Ford und die Kinderfrauenmisere. Währenddessen würden schöne Personal-Trainer die kleinen Leons, Sophies, Maries und Konstantins beim Buddeln im garantiert hundekackefreien Originalsand aus Sylt betreuen. Und anschließend deren Mütter.

Doch noch hatten hier alle Zutritt. Theoretisch.

An der Sandkiste standen zwei Bänke in der Sonne, von denen aus man den besten Überblick hatte. Diese Logenplätze waren die ganze Saison über von der immer gleichen Gruppe Mütter besetzt. Ihr Hauptmerkmal war, einem reichen Mann drei bis vier hübsche Kinder geboren zu haben, dabei aber auszusehen, als wären sie für Kinder viel zu jung.

Eine davon musste die Mutter des Jungen sein, der Ferris gerade seine Schaufel auf den Rücken haute. Ava hatte gedacht, während ihr Kleiner zufrieden seine Ritter umherschob, könnte sie danebensitzen und lesen. Statt nur auf ihr eigenes Kind zu achten, sollte sie sogar auf die der anderen aufpassen?

»Aua«, sagte Ferris verwundert.

Ava packte den Jungen am Handgelenk, längst nicht so fest, wie sie eigentlich wollte.

»Wem gehört das Kind, das mit der Schaufel meinen Sohn schlägt?«, rief sie in die Runde.

Eine Langhaarige in rosafarbenem Frotteeanzug mit »Juicy-Couture«-Aufschrift am Hintern rief ohne aufzustehen von der Sonnenbank zurück:

»Lässt du das mal, Benjamin?«

Der Junge kümmerte sich nicht weiter darum. Seine Mutter ja auch nicht.

»Nein, er lässt es nicht!«, rief Ava, als Benjamin erneut ausholte, »das ist doch wohl klar zu sehen!«

Sie entwand dem Aggressor die Waffe und schleuderte sie weit in die Büsche, dahin, wo immer die Taxifahrer hinpinkelten.

»Pass gut auf, Kleiner«, zischte sie ihn an, »im Moment bin ich nur ärgerlich – aber ich kann auch richtig wütend werden!«

Benjamin brach in lautes Gebrüll aus. Seine Mutter beendete abrupt ihr Gespräch, schob die Sonnenbrille hoch und kam endlich angelaufen.

»Wie bist du denn drauf?!«, schrie sie Ava an, »das müssen Kinder doch wohl unter sich ausmachen!«

Benni war doppelt so alt und dick wie Ferris, der wachsam und abwartend zwischen seinen Rittern im Sand saß. Benni streckte ihm die Zunge heraus und trat mit seiner Timberland-Sandale den König tief in den Sand.

Avas Herz pochte, Adrenalin kreiste mit der Wucht zweier doppelter Espressos in ihrem Blut. Die intellektuelle Betäubung, die sie beim Eintritt in die Spielplatz-Mamatrix befiel wie Mehltau, wich prickelnder Wachheit. Seit Schulzeiten hatte sie sich nicht mehr geprügelt. Warum eigentlich nicht?

Ava schlug ihr Buch zu und klappte ebenfalls ihr Sonnenbrillenvisier hoch.

»Ich finde«, sagte sie und trat entschlossen näher, »das sollten wir besser gleich mal unter uns ausmachen.«

Juicy Couture nahm ihren Sohn an die Hand und zerrte ihn schnell weg.

»Komm, Benni, die Frau da ist ganz böse!«

»Und sie kann noch viel böser werden!«, schrie Ava ihnen hinterher.

»Mama? Bist du böse?«, fragte Ferris besorgt.

Sie sah in sein ängstliches Gesichtchen.

»Nein, nur wütend. Aber nicht auf dich, Liebling«, beruhigte sie ihn und hockte sich unruhig wieder auf die Sandkasteneinfassung aus Holzpfählen.

Immer noch pumpte nicht ausagierte Aggression durch ihren Körper. Ava sah sich um. Wo blieben all die unangeleinten Rottweiler, wenn man sie brauchte? Wie gerne würde sie wenigstens einen Hundebesitzer der Sorte Der-will-doch-nur-spielen zusammenscheißen.

Sie stand wieder auf und sammelte die Ritter ein. Sie wischte ihnen vorsichtig den Sand ab. Sie setzte sich wieder hin. Sie stand wieder auf. Gleich würde sie implodieren. Wieso konnte man mit Kindern so schlecht vorausplanen, nie berechnen, was als Nächstes passieren würde?

Für Mütter war jeden Tag Domino-Day. Mit dem Weckerklingeln kippte der erste Stein einer langen Reihe von Terminen, Verabredungen und Verpflichtungen. Ava konnte nur hoffen, dass sie alle Steinchen sauber hintereinander aufgebaut hatte, damit am Abend plangemäß das letzte flachfallen würde. Dann räumte sie erschöpft die Küche auf und stellte ihre Steine für morgen zusammen, plus denen, die von heute und gestern übrig geblieben waren.

»Guck mal, Mama!«, sagte Ferris traurig.

Das Schwert seines Königs war abgebrochen. Ava stiegen Tränen in die Augen. Da war sie wieder, diese Mischung aus Wut, Traurigkeit, Langeweile und Liebe. Sie lächelte ihn mühsam an.

»Komm, mein Süßer, wir müssen sowieso gleich Ella und Amanda von der Schule abholen. Zu Hause kann ich dein Schwert ja vielleicht wieder ankleben.«

»Oh, Manno, es ist aber doch gerade so schön hier!«

Meinte er das ernst? Ava fühlte nirgendwo ihre knappe Lebenszeit so erbarmungslos verrinnen wie hier. Asche zu

Asche, Staub zu Staub, Spielsand zu Spielsand. Zum Glück begann es gerade zu regnen. Auf den Hamburger Sommer war Verlass.

Ava atmete die grüne Feuchtigkeit tief ein und langsam wieder aus. Die Blätter glänzten. Ferris schob seine feste warme Hand in ihre zusammengeballte und schaute vertrauensvoll zu ihr hoch. Ava lächelte automatisch. Und obwohl sie genau wusste, dass dies die Zeit ihres Lebens war, der sie später am meisten nachtrauern würde, hasste sie ihre Unfähigkeit, deren vergängliche Kostbarkeit zu empfinden: die Zeit, als ihre Kinder noch klein waren und die Mutter für sie das Größte.

Noch bis zu drei Kilometern im Umkreis des Parks gab es keine dicken Frauen, es sei denn, sie waren schwanger.

Avas Freundinnen Milena und Suzanne repräsentierten optisch die zwei typischsten Modelle, so wie Mercedes und BMW hier die gängigsten Automarken waren. Beide Frauen schlank und groß, Mila mit langen goldblonden Haaren; Suzanne mit durchgestuft rotbraunen und Ponyfransen, die vorerst die Kosten für eine Botoxspritze sparten. Beide verband die Entschlossenheit, dass ihre Kinder keine Stilverderber sein sollten.

Nur dass Suzanne mittlerweile geschieden war, studierte und ihre drei Kinder auch offiziell alleine erzog, war für dieses Viertel untypisch.

Die beiden saßen unter einem großen Stoffschirm vor einem der vielen kleinen Cafés, tranken ihre Latte macchiatos, ließen die Amaretti auf den Untertassen liegen und blickten durch den feinen Regen auf ihr Leben ringsumher.

»Das ist doch mal wieder echtes Anti-Aging-Wetter«, sagte Milena, »gut für die Haut.« Sie streckte ihre langen dünnen Beine aus, die engen Jeans in hohe, braune Stiefel gesteckt. Das durften nur die mit sehr schlanken Waden und elastischen Venen.

»Wenn du das sagst«, sagte Suzanne abwesend und zündete sich eine Zigarette an. Sie hatte immer noch ein schlechtes Gewissen, gestern heimlich das Zwergkaninchen ihrer Tochter abgeschafft zu haben, das sie ihr nach der Trennung als emotionalen Stabilisator geschenkt hatte. Das Kuscheltier hatte immer auf das weiße Sofa geköttelt, sich im Gegenzug aber nicht als pädagogisch wertvoll erwiesen. Amanda hatte Weinkrämpfe bekommen, wenn Suzanne sie aufforderte, den Käfig zu säubern.

»Iiiiih, die vollgepinkelte Streu stinkt so!«, hatte die Siebenjährige dann geschrien, »ich kann das nicht, Mama! Ich kann das echt nicht!«

Zwei Mal hatte sich Bunny unter dem Auslaufgehege hindurch in die Freiheit gebuddelt, und Suzanne war ihm, zur Freude der Nachbarn, frühmorgens im Nachthemd mit einer Möhre durch alle Gärten zwischen Parkallee und Jungfrauenthal hinterhergekrochen.

»Ich versteigere das Viech zusammen mit einem Glas Rotkohl bei eBay!«, hatte sie damals gebrüllt.

»Vielleicht solltest du mal zu einer Erziehungsberatung, Mama«, war Amandas Reaktion darauf gewesen, »deine Nerven sind echt nicht die besten.«

Schließlich hatte Suzanne das Tier seinem Züchter zurückgebracht, als Amanda in der Schule war.

Die war über den Verlust untröstlich.

»Ach Schätzchen, nun wein doch nicht mehr, weg ist weg, hab ich zu ihr gesagt«, berichtete Suzanne nun weiter, »und schau, als Ersatz habe ich dir eine ganz kuschelige Mütze von Woolrich gekauft, mit echtem Kaninchenfellbesatz! Na, ist das nicht ein Trost? Als hättest du deine Bunny immer ganz nahe bei dir?«

Mitfühlend griff Milena nach ihrem Arm.

»Du, das war aber eine total süße Idee von dir.«

»Finde ich auch. Aber sie hat nach mir geschlagen und geschrien, sie würde mich für immer hassen. Sie will sich erst wieder mit mir vertragen, wenn ich ihr diese Nintendo-Computerhunde kaufe, mit rosa Spielkonsole. Die ist noch hundert Euro teurer als das hellblaue Standardmodell.«

Beide schwiegen erschüttert.

»Einmal wollte sie sogar, dass ich alle ›Petit Bateau‹-Schildchen aus ihrer Unterwäsche schneide, die würden so kratzen. Bei H&M-Hemdchen hat komischerweise noch nie was gekratzt. Das ist doch wohl zickig, oder?«

Suzanne kam wieder auf ihr altes Thema zurück.

»Warum haben diese Haustiere in Zeiten der Gentechnologie eigentlich eine derartig lange Lebenserwartung – acht Jahre! Man könnte doch Kaninchen mittlerweile sicher mit Eintagsfliegen kreuzen. Das wäre ein Riesenmarkt.«

»Wie wär's mit einem Goldhamster? Die leben höchstens zwei Jahre«, schlug Milena vor.

Eine Böe blähte das weiße Segel über ihren Köpfen auf. Nieselregen besprühte ihre Gesichter. Suzanne kniff ihre grünbraunen Augen zusammen. Mila fürchtete um den Aufschwung ihrer Wimpern, die sie vor dem Tuschen stets mit der Zange hochpresste.

Suzanne winkte mit einer neuen Zigarette ab, ihr Zippo feuerbereit in der anderen Hand.

»Hatten wir auch mal. Das Tier ist ausgerechnet an einem Karfreitag gestorben. Was keinen großen Unterschied zu vorher machte – es hat sowieso tagsüber die ganze Zeit geschlafen. Amanda war damals erstaunlich gefasst. Warum, haben wir erst später verstanden: Sie hat darauf gewartet, dass das Tier am Ostersonntag wiederaufersteht, so wie sie's im Kindergarten gelernt hatte! Kannst du dir ihr Gebrüll vorstellen, als das Viech anfing zu stinken, statt wieder munter zu werden?«

»Apropos … Hettys Kindergarten hatte letzten Fasching das Projektthema ›Tiere im Winterwald‹, plauderte Mila, »Hetty wollte am liebsten als gefrorener Fisch gehen. Süß, was? Und weißt du, als was der Sohn der Westermanns gekommen ist? Als Hermelin!«

»Na, das ist doch mal was Originelles!«

»Ja, vor allem weil sein Anzug aus echtem Fell war. Maßgeschneidert, aus einem alten Pelzmantel seiner Mutter.«

»Na, die ist sowieso eine Traumfrau für Therapeuten …« Suzanne lehnte sich zur Kellnerin am Nachbartisch hinüber. »Können wir bitte noch zwei Latte macchiato bekommen? Danke.«

»Aber nicht wieder mit so viel Milch«, rief Mila hinterher, dann senkte sie ihre Stimme.

»Meine Therapeutin hat mir übrigens gesagt, dass Hetty und ich Schwierigkeiten haben, weil wir schon seit mehreren Leben als Täter und Opfer miteinander verstrickt waren, und dass ich immer an ihr schuldig geworden bin.« Milenas türkisblaue Murmelaugen wurden noch größer. »Sie sieht Mord und Totschlag, hat sie gesagt …«

»Na und? An Mord und Totschlag denke ich jeden zweiten Tag«, erwiderte Suzanne unbeeindruckt, »mal ist es Peter, dann wieder eins der Kinder. Neulich dachte ich, wenn ich jemanden umbringe, bekomme ich vielleicht Einzelhaft mit Besuchsverbot. Diese Vorstellung beruhigt mich immer noch. Nie mehr die Frage, was ich anziehen soll, nur zehn Quadratmeter sauber halten, nicht kochen zu müssen. Und vor allem – diese Ruhe! Alleinsein. Die ganze Zeit lesen, Yoga machen, meditieren. Vielleicht ein Fernstudium …« Sie lachte. »Ich muss nur aufpassen, dass ich eine Raucherzelle mit Bad bekomme.«

»Ohne Witz, noch mal das mit Hetty«, sagte Milena leise, »ich bin seitdem total panisch. Ich habe sowieso ständig Schuldgefühle, dass ich ihr nie genug gebe – was für Schuldgefühle soll ich haben, wenn ich mich jetzt auch noch für alle vergangenen Leben schuldig fühlen muss?! Ich mache mir die schlimmsten Vorwürfe …«

»Ach was, ein nicht traumatisiertes Kind ist doch gar nicht lebensfähig.«

Suzanne saugte ungehalten an ihrer Zigarette. Dann legte sie tröstend eine Hand auf den Seidenärmel von Milas Hermès-Bluse. »Stalin kannst du jedenfalls nicht gewesen sein, der hat sich schon als mein Exmann reinkarniert.« Sie lachte böse: »Peter und ich waren übrigens damals noch bei einem Paar-Therapeuten, der uns für 100 Euro die Stunde erzählte, wir sollten bei Kerzenlicht zusammen baden, er mir Blumen mitbringen, ich mir für ihn hübsche Wäsche kaufen, blablabla. Mein Gott! Ich wusste nicht, wen ich lieber umbringen wollte – ihn oder meinen Mann.«

Kein Wunder, dass ihre Haut so schlecht aussieht, dachte Milena, bei dem Zigarettenkonsum.

»Peter hatte übrigens am Anfang der Sitzung gleich klargestellt, dass ICH unser Problem sei, denn mit seiner süßen jungen Freundin würde er nie streiten. Ich hätte ihn psychisch kastriert.«

Suzanne zerquetschte die Erinnerung an Peter gemeinsam mit ihrer Zigarette im Alu-Aschenbecher. Merkwürdig, dachte sie, wie sehr ich meine Kinder liebe, obwohl ich ihren Vater hasse und er immer Teil von ihnen ist: Seine Augen sehen mich aus Johann an. Es ist sein langes Kinn, das Amanda vorstreckt, wenn sie wütend ist. Sein dünnes Haar kämme ich auf Sophies Kopf zu einem Zopf. Ich weiß das, aber vor lauter Liebe übersehe ich es. Ich blende die Peter-Anteile einfach aus, als hätte ich meine Babys durch Zellteilung bekommen. Wahrscheinlich bin ich deshalb so schockiert, wenn jemand sagt, die Kinder sähen aus wie ihr Vater.

Suzanne warf die Zigarettenschachtel in ihre Prada-Tasche, die noch aus der vorletzten Saison stammte, als sie noch keinen Anwalt zahlen musste.

»Ich gehe jedenfalls zu keinem Therapeuten mehr. Lieber fühle ich mich auf falsche Art gut als auf richtige Art beschissen.«

Diese Prada-Tasche schleppt sie auch schon seit zwei Jahren mit sich herum, die Arme, dachte Milena. Kein Wunder, dass sie so verbittert ist.

Dann sprang sie erschrocken auf.

»Wie spät ist es eigentlich? Herrgott, bald machen die Läden zu! Kommst du mit? Ich kaufe uns auch einen schönen Schirm.«

Suzanne zuckte mit den Schultern. Sie trug immer ihren olivgrünen Regenparka von derbe. Dass es der vom vorletzten Jahr war, sah man nur am orangefarbenen Futter.

»Hauptsache, wir gehen nicht bei ›Plus‹ vorbei. Da steht immer dieser zottige Obdachlose vor der Tür. Sein Geruch liegt schon lange in der Luft, bevor du ihn siehst. Im Winter, wenn es kalt ist, geht's noch; wenn du ihn bis auf die andere Straßenseite riechst, wird es Frühling.«

»Der mit dem Fahrrad, das aussieht wie ein Haufen vollgestopfter Mülltüten auf Rädern? Mit den Plastikblumen am Lenker? Den kenn ich auch«, rief Mila aufgeregt, »gut, dass man nicht bei ›Plus‹ einkaufen muss! Ich hab's noch nie geschafft, ihm einen Euro in seinen Pappbecher zu werfen, weil ich dafür zu nahe an ihn rangehen müsste. Vielleicht sollte ihm mal einer sagen, dass Gestank geschäftsschädigend ist? Gewaschen bekäme der bestimmt viel mehr Geld. Und weißt du was? …«

Milenas Augen begannen zu leuchten, als sie sich gedanklich daranmachte, die Zukunft des Obdachlosen zu vergolden.

»... wenn er nicht so einen dreckigen Pappbecher hätte, sondern ein schönes Glas – nein warte, lieber einen süßen rosa Melaminbecher von Rice, der geht auch nicht so schnell kaputt – da würde man ihm das Geld doch viel lieber reinwerfen, oder?«

Verblüfft hörte Suzanne zu, wie Milena ihren Businessplan für den Obdachlosen entwarf.

Sie hob ihre linke Augenbraue: »Super Idee, Mila. Wollen wir gleich mal vorbeigehen, damit du ihm das sagen kannst?«

Milena sah sie bestürzt an.

»O Gott, spinnst Du? Das traue ich mich nicht.«

Dann kam ihr eine neue Idee. Ihre Katzenaugen, die sich in der Erbmasse der Kinder leider nicht durchgesetzt hatten, strahlten wieder. Milas große Aquamarinohrringe waren ein schwaches Echo davon.

»Du, aber wir könnten uns doch einen ordentlichen Obdachlosen suchen, der nicht so riecht, vielleicht einen Hinz-und-Kunz-Verkäufer. Dem geben wir 10 Euro, damit er zu dem anderen Obdachlosen geht und ihm das mit dem Waschen sagt! Und wir gehen jetzt den hübschen Becher kaufen und geben ihn dem Hinz-und-Kunz gleich mit. Wär das nicht toll?«

Mila nahm eifrig die Rechnung für beide entgegen und legte zu viel Geld auf den Tisch. Sie stand auf und knöpfte ihren kleinen weißen Blazer in der Taille zu. Suzanne, die sich durch das z in ihrem Namen ebenso definierte wie über ihren Sarkasmus und ihre drei Gläser Weißwein am Abend, blickte zu ihr auf. Sie betrachtete Milenas ebenmäßiges Gesicht mit den perfekt aufgefüllten rosigen Lippen. Mein Gott, sie war ja für eine Reiche supernett, aber wie naiv durfte einer sein? Oder war Mila noch zynischer als Suzanne selber? Nein, entschied sie nach kurzem Schreck, für Zynismus war sie nicht scharfsinnig genug.

Suzanne hatte Milena eines Freitags auf dem Isemarkt kennen gelernt. Sie hatten lange genug hintereinander am Biolandstand angestanden, um sich von Mutter zu Mutter zu unterhalten. Anschließend waren sie mit ihren Kindern in den Park gegangen und hatten auf der Sonnenbank des Spielplatzes weitergeredet. Suzanne hatte nicht Milenas Einkommensklasse. Mütter befreundeten sich normalerweise nur mit Müttern, deren Kleidungsstücke und Wohnungen von ähnlicher Größe und Ausstattung waren, um bei Spielverabredungen keinen Kulturschock hervorzurufen.

Aber dann war Milenas Tochter Hetty mit blutender Nase angerannt gekommen. Während Hetty schrie, und das laufende Blut über Gesicht, rosa Polobluse und weißen Faltenrock verschmierte, und während Milena hilflos »Oh!! Ogottogott« rief, sich und den Kinderwagen nach etwas durchsuchend, das den Blutstrom stoppen würde und unter 100 Euro kostete, hatte Suzanne zwei Tampons aus ihrer Tasche geholt, die Zellophanhüllen abgerissen und Hetty je ein steriles, saugfähiges Wattestäbchen in die Nasenlöcher gedreht. Während das Mädchen brav durch den Mund schluchzte und mit jeder Hand ein grünes Rückholbändchen umklammerte, zog Suzanne ihr bereits die Kniestrümpfe aus und rannte damit zur Wasserpumpe. Gleich darauf drückte sie Hetty den einen als kalten Wickel in den Nacken, mit dem anderen wischte sie ihr Gesicht und Hände ab. In kürzester Zeit war die Blutung gestillt, die Krise vorbei.

»Tampons eignen sich auch gut für Druckverbände, wenn sich einer geschnitten hat«, hatte Suzanne zufrieden gesagt. Milena und Hetty hatten sie bewundernd angestarrt.

»Danke! Ich danke Ihnen so! Das war ja – fantastisch!«, hatte Mila gesagt. »Wie kann ich Ihnen – dir nur danken?«

»Ach«, hatte Suzanne gesagt, »lad uns doch einfach mal zum Kaffee ein.«

Das war vor einem Jahr und unzählige Kaffees früher gewesen. Seitdem war Suzanne für Milena eine Art Lebensversicherung und Milena für Suzanne eine Art Luxusaccessoire geworden. Nebenbei blieb ihnen sogar noch Platz für ehrliche Zuneigung.

Jetzt rankte Suzanne ihren Arm um Milenas und schob sich mit der freien Hand ihre für dieses Jahr deutlich zu kleine Sonnenbrille in den Haaransatz.

»Weißt Du was, Mila? Da denken wir beide noch drüber nach. Jetzt muss ich erst mal Amanda bei Ava abholen. Ich hoffe, sie hat da schon zu Abend gegessen.«

Währenddessen stand Ava mit Ferris vor dem Geldautomaten der Deutschen Bank in der Warteschlange und dachte darüber nach, dass es zwei grundsätzlich verschiedene Typen gab. Die einen druckten erst ihren Kontoauszug aus, um danach die Summe festzulegen, die sie aus dem Geldautomaten ziehen wollten. Andere holten sich zuerst Geld aus dem Automaten und ließen sich anschließend von ihrem Kontoauszug überraschen.

Ava gehörte zur zweiten Gruppe. Obwohl sie wusste, wie schwachsinnig das war, kam ihr der Bankautomat immer noch vor wie ein Spielautomat mit Gewinngarantie. Während ihr Dispo-Kredit gecheckt wurde, blickte sie auf das aktuelle Werbeplakat der Bank. Ein widerlich selbstzufriedener Anzugträger blickte ihr freundlich-überlegen ins Auge. Darunter stand der Slogan: Erfolg ist die Summe richtiger Entscheidungen.

Vor zehn Jahren hatte Ava das noch geglaubt. Vor drei Jahren war es ihr egal gewesen. Jetzt machte es sie wütend. Sie hatte ihr Konto eigentlich schon verlegen wollen, als die

Filiale eine acht Meter breite Prunktreppe mit hässlichem schmiedeeisernem Geländer bekommen hatte und Ava vergeblich darauf gehofft hatte, dass man eine Rampe einbauen würde, damit Mütter samt Kinderwagen und andere Gehbehinderte nicht hilflos am Fuße des Großkapitals zurückblieben.

Erfolg war die Summe richtiger Entscheidungen? Und was war mit ihren wertlosen Telekom-Aktien, für die diese Bank Kunden geworben hatte?

Nein, Ava würde endlich zur Sparkasse wechseln. Da sahen die Leute zwar nicht aus wie Banker, sondern wie Sparkassenangestellte, und wenn man am Fenster vorbeiging, lachte einen das Hochzeitsfoto an, mit dem ein Angestellter rührend unprofessionell sein Privatleben zur Schau stellte, aber immerhin war der Geldautomat dort ebenerdig.

Als sie mit Ferris die Travestie einer Showtreppe hinabschritt, konnte sie in einen verglasten Beratungsraum der Bank blicken. Ein älteres Ehepaar, dem es sichtbar schlecht ging, saß mit ineinander verkrampften Händen einem jungen Banker gegenüber, der die ganze Zeit redete. Sicher hielt er ihnen einen Vortrag darüber, dass Erfolg die Summe richtiger Entscheidungen sei und die Bank für Fehlentscheidungen ihrer Kunden nicht verantwortlich. Fehlte nur noch, dass die Gespräche per Lautsprecher nach draußen übertragen würden. Die Beratungsräume für die Wohlhabenden lagen nämlich diskret nach hinten hinaus, bei Reichen kam der Banker sogar mit Champagner und Pralinen ins Haus. Das Glashaus hier, das war der Hartz-IV-Pranger für die Peanuts.

Noch deprimierender als die Deutsche Bank fand Ava das Vitamin-Event des überteuerten Obst- und Gemüseladens in der Nebenstraße. Große Plakate im Schaufenster lockten: »LIVE DABEI SEIN! ORANGENSAFT FRISCH GEPRESST!«

Je nach Stimmung kicherte sie entweder hysterisch oder erstickte eine Panikattacke in ihrer braunen »Esst mehr Obst, und ihr bleibt gesund«-Papiertüte. Sollte es mit 39 ihr letztes Abenteuer sein zuzusehen, wie einer Orange der Lebenssaft ausgepresst wurde?

Im Geiste machte sie eine Top-Ten-Liste weiterer Nervenkitzel.

1. Hausputz ohne Putzfrau
2. unangeschnallt Autofahren
3. Fleisch essen
4. Waschmittelmenge ohne Dosierhilfe in die Maschine kippen
5. ungeschminkt um die Alster joggen
6. Vorsorgetermin beim Gynäkologen hinauszögern
7. in einen Plattenladen gehen
8. Kindern die Haare selber schneiden
9. ohne Handy das Haus verlassen
10. zum Griechen gehen

Hier also war Ava mit ihren Ambitionen bruchgelandet.

Vor zehn Jahren hatte sie mit ihrer Internet-Agentur für Meinungsforschung durch viel Arbeit viel Geld verdient. Das hatte ihr das Gefühl gegeben, ihren Teil der Welt unter Kontrolle zu haben. Zum Schluss hatte sie sich allerdings mit ihrem Geschäftspartner Dirk entzweit, der auf der einbrechenden New-Media-Welle noch an die Goldküste der Börse surfen wollte. Ava hatte das wegen des Risikos abgelehnt. Es hatte jeden Arbeitstag weniger Spaß und mehr Stress gegeben. Von sieben Mitarbeitern musste sie vier entlassen, der Rest umso mehr arbeiten.

Ava war es müde geworden. Wofür das alles? Sie war mittlerweile 31 Jahre alt. Was würde ihr in zehn Jahren bleiben, außer Falten und der Erinnerung an bessere Zeiten? Ein Kind wäre die bessere Investition in ihre Restjugend. Im eisigen Konjunkturklima gedieh der Wunsch nach einer Familie bestens. Die Babywelt erschien als emotionale Kuscheldecke: Ava bewarb sich zum ersten Mal bei Gott um den unkündbaren Job als Mutter. Mit Davids fruchtbarer Unterstützung hatte sie ihn schnell bekommen.

Sie würde sich ewig an den Morgen erinnern, an dem sie den Schwangerschaftstest gemacht hatte. Sie war allein zu Hause gewesen, doch selbst wenn David dabei gewesen wäre, diesen Augenblick hätte sie weder mit ihm teilen können, noch wollen.

Zuerst hatte sie nur die Kontrolllinie registriert und wollte den weißen Plastikstab schon so enttäuscht wie erleichtert wegwerfen. Doch plötzlich war da diese schwache rosa Parallele erschienen. Ava fürchtete eine Halluzination, einen Produktfehler, eine optische Täuschung. Dann begann ihr Herz zu springen, ihre kalten Hände zitterten. Sie rannte in der Wohnung herum und prüfte, ob beide Streifen auch bei unterschiedlichster Beleuchtung sichtbar blieben. Dick der eine, der andere zart, so zart. Aber deutlich. Ava war nicht mehr alleine in ihrem Körper, sie war das Leben hoch zwei. Etwas ganz Neues hatte begonnen.

Es war ein Sonntagmorgen im Sommer um halb sieben gewesen. Sie stand barfuß in ihrem langen weißen Nachthemd auf dem Balkon im vierten Stock. Ein sanfter Wind drückte den dünnen Batiststoff gegen ihre Beine, die ganze Stadt schlief noch, ahnungslos. Der hohe Himmel, die im Morgenlicht rosagoldenen Fassaden – alles schien frisch und leuchtend. Ava war verzaubert, hell vor Glück, und von dem Geheimnis Leben im wahrsten Wortsinn erfüllt. Sie schwebte über ihrer bisherigen Realität und legte zum ersten Mal beide Hände auf den flachen Bauch, diesem Geheimversteck ihrer Tochter. Sie wusste sofort, dass sie ein Mädchen bekommen würde. Durch einen winzigen Spalt blickte sie in ihre Zukunft und gleichzeitig erstmals über sich hinaus. Alles bekam eine andere Perspektive.

Hatte es schon immer so viele Läden mit Kinderkleidung und Spielzeug gegeben? Ava hatte sie bisher übersehen. Ihre Bibliothek zum Thema Schwangerschaft war bald größer als die der Hebamme. Sie wusste in jeder Woche genau, welche Organe gerade angelegt wurden, und optimierte ihre Ernährung entsprechend. Ava war Stammgast bei jedem Informationsabend in jeder Geburtsklinik. Ihr Gynäkologe warf sie nach fünfzehn Jahren beinahe raus, als sie nach der Lektüre eines »Spiegel«-Artikels den Glukose-Toleranz-Test einforderte und seine Betreuung mangelhaft nannte. Ihre Schwangerschaft verlief vorbildlich. Ava fand es befriedigend, dass ihr Körper genauso zuverlässig arbeitete wie ihr Kopf. Ständig sprach sie zu dem Baby in ihrem Bauch, ihrer besseren Hälfte. Rechtzeitig vier Monate vor der Geburt meldete sie sich im angesagtesten Krankenhaus für sanfte Geburt an. Sie zweifelte nicht daran, bis zur Abiturfeier ihres Kindes auf alles perfekt vorbereitet zu sein.

Eines Abends war sie wieder mal um sieben Uhr voll bekleidet eingeschlafen und wachte gegen elf wieder auf. David hatte neben ihr gelegen und Ava mit einem undefinierbaren Blick betrachtet. Neid, Grauen, Liebe, Angst, Stolz, Distanz irrlichterten über sein vertrautes Gesicht.

»Was? Was ist?«, fragte sie schläfrig. Er hatte ihr fürsorglich Schuhe und Hose ausgezogen.

»Nichts«, hatte David geantwortet und wieder in das Buch auf seiner Bettdecke geschaut. Ava hatte ihren harten, warmen Bauch umarmt, sich auf die andere Seite gewälzt und war wieder in surreale Träume getaucht. Tag und Nacht war sie mit ihrem erweiterten Selbst beschäftigt. Sie fühlte noch, wie David ihr ein Dinkelkissen in den Rücken stopfte.

Avas Anwesenheit im Büro war immer kürzer geworden. Sie brauchte Zeit für Yoga, Geburtsvorbereitungskurse, die Beschaffung der Babyausstattung, die Einrichtung des Kinderzimmers, das Lesen von Ratgebern, Atemübungen, Gespräche mit ihrem Baby über seine Zukunft. Nach etlichen Gesprächen mit Dirk hatte sie sich schließlich von ihm auszahlen lassen, um ihre Vollbeschäftigung als Mutter zu finanzieren. Als sie sich hochschwanger mit einer Party von ihren ehemaligen Mitarbeitern verabschiedete, schenkten sie ihr ein Abo von »Meine Familie und ich«. Das ICH auf dem Heft hatten sie dick durchgestrichen. Dirk überreichte ihr dazu feierlich ein zeltgroßes T-Shirt mit dem Aufdruck »You'll never walk alone«. Ava hatte geweint. Sie hätte noch mehr geweint, hätte sie geahnt, wie prophetisch das alles war.

Nach der anfänglichen Erleichterung, die Verantwortung für den Laden und die Mitarbeiter los zu sein, vermisste Ava ihr altes »Baby« nun oft. Vor allem, wenn sie mit Kinderwagen und Kleinkind an der Hand auf alte, kinderlose Kollegen traf.

»Ach Ava, sind die süß! Und sonst? Arbeitest du eigentlich noch?«

Mittlerweile hatte sie dafür die passende Antwort parat: »Mehr als in meinem ganzen Leben, aber es zahlt mir keiner mehr was dafür!«

Bei der Entbindung hatte Avas Körper erstmals die Mitarbeit verweigert, was sie ihm noch heute übel nahm. In der »Hebammensprechstunde« hatte alles ganz einfach geklungen. Da sangen sich Gebärende, in den Armen ihres Mannes am Gebärseil hängend, Zwillinge aus dem Leib. Ava dagegen hatte David von der Liege getreten, als er nach zwanzig Stunden im Kreißsaal hilflos fragte, ob er ihr aus dem Feuilleton der »Zeit« vorlesen sollte. Ihr wurde klar, was sie in der Schwangerschaftsvorbereitungsgruppe schon geahnt hatte: dass der Oberbegriff »Eltern« sich in Vater und Mutter spalten würde, mit dem Kind als goldener Schnittmenge. Doch noch hatte der seelische Schmerz darüber neben dem körperlichen keinen Platz.

Nie würde ein Mann diese Erfahrung nachvollziehen können.

Bei jedem Schichtwechsel stellte sich der neue Arzt vor, indem er seinen Arm bis zum Ellenbogen in Ava hineinschob, ohne ihr vorher auch nur die Hand geschüttelt zu haben. Sie fühlte sich einer legalisierten Gruppenvergewaltigung ausgeliefert. Nach 33 Stunden hatte sie dann das wichtigste Meeting ihres Lebens doch noch durch eine PDA verpfuscht. Sie war zu schwach gewesen, ihre eigene Performance suboptimal.

Und dann lag Ella endlich auf ihrer Brust. Ihr feuchtes Köpfchen mit dem dunklen Haarschopf duftete süß wie eine Dschungelblume. Ohne Blinzeln hatten sie sich in die Augen geschaut: Ava so müde, über alle Schmerz- und Schamgrenzen getrieben; Ella so wach, so ernst, so alt. Sie erkannten sich gegenseitig.

»Du warst das also die ganze Zeit!«, hatte Ava erstaunt gesagt. Ihr eigenes Kind war der erste Säugling, den sie je im Arm gehalten hatte. Wie leicht, warm und unwiderstehlich der winziger Körper war. Zum ersten Mal hörte sie Ellas Stimme. Sie prägte sich unwiderruflich in jede Zelle Avas ein.

Eine Woche lang lebte sie auf Station 6 in dem schmalen, harten, hohen Krankenhausbett. Ihre winzige perfekte Tochter schlief auf ihrer Brust. Sie waren ein unspaltbares Atom, das alles und alle anderen ausschloss und nicht realitätstauglich war; ebenso wenig wie die riesigen, milchstarren Brüste, die ihr über Nacht gewachsen waren. Beim Essen ließ Ava jegliches Fleisch zurückgehen, aus Solidarität von einem Säugetier zum anderen. Sie fühlte sich durch ihren neuen Status erniedrigt und erhöht zugleich.

Jeden Tag bei der Visite fragte der Oberarzt aufmunternd: »Na, Frau Heyl, wollen Sie morgen nicht heim mit Ihrem prächtigen Töchterchen?« Jedes Mal starrte sie ihn entsetzt an. Wie konnte sie dieses Wunder in ihren Alltag integrieren? Sie erfand Komplikationen, um einen weiteren Tag auf Armlänge der Schwesternklingel bleiben zu dürfen. Ava fühlte sich gelähmt von einem stärkeren Nervengift als Botox – der Mutterliebe. Die Vorstellung, ab sofort zwanzig Jahre lang für das Glück dieses zerbrechlichen, völlig unberechenbaren Wesens verantwortlich zu sein, ließ sie verzweifeln. Eher würde sie den Weltwirtschaftsfonds betreuen. Sie traute sich ja nicht mal, ohne professionelle Hilfe Windeln zu wechseln, und fälschte heimlich die Bilanz der Ausscheidungen, die sie in einem Schulheftchen neben der Wickelkommode dokumentieren sollte. Sie sammelte Schuldgefühle, die ständigen Begleiter jeder Mutter. Ava, die Perfektionistin, war starr vor Angst, etwas an ihrem Baby kaputtzumachen, nicht gut genug zu sein. Würde es sterben, wäre ihr Leben vorbei.

Kein Buch, kein Studium, keine Erfahrung hatte sie vorbereiten können auf diese Liebe, die Ava überfahren hatte wie der hell erleuchtete Coca-Cola-Weihnachtstruck einen einsamen Partygast, der nur eben auf einer verschneiten Straße tief Luft holen wollte. Diese Liebe, die ihr Innerstes herauskehrte und einen winzigen fremden Menschen, ehe er ein Wort sprechen konnte, mit unbeschränktem Zutrittsrecht für alle Bereiche ihres Ich ausgestattet hatte. Diese Liebe, die Tag und Nacht durch Teile ihres Körpers, ihrer Seele strömte, zu denen kein Mann je Zutritt hatte; Teile, von denen sie selbst nie gewusst hatte.

Der Hochsicherheitstrakt um ihr Herz hatte irreparable Schwachstellen bekommen.

Ava fürchtete, dass dieses süße Baby spätestens in der Pubertät ihr wehrloses Herz brechen würde. Sie ahnte, dass eine lebenslängliche emotionale Abhängigkeit, vor der sie sich trotz Hochzeit stets sicher gefühlt hatte, ihr plötzlich ins Gesicht starrte wie das Monster, vor dem man geglaubt hatte, die Tür verriegelt und den Schrank davor geschoben zu haben. Das Kind war das Lindenblatt im Drachenblut, die Verletzlichkeit in persona. Wenn es mit seinen Herzlippen an ihren Brüsten saugte und ihr dabei unverwandt ins Gesicht schaute, spürte Ava erstmals eine Weichheit, die Milch und Tränen fließen ließ.

Als sie mit Ella nach Hause zurückkehrte, tauschte sie den Kokon ihres Nachthemds mit Bademantel nur widerwillig gegen Alltagskleidung. Die Schwangerschaftssachen waren zu weit, die Teile aus der Vorzeit zu eng. Nichts passte mehr. Alles kam ihr fremd vor, als wäre sie viel weiter und länger weg gewesen. Alles war plötzlich zu laut, zu hart, zu schnell, zu grell.

Verwundet zog Ava sich mit Ella in ihr Bett zurück. Sie sah die Glückwünsche und Geschenke zur Geburt durch. In allen Räumen roch es noch nach ihrem alten Leben, nicht nach Baby. Vorsichtig schlich sich Ava ins Kinderzimmer, ehemals ihr Arbeitszimmer. Die Wickelkommode, der Heizstrahler darüber, der ladenneue Windeleimer – in Gedanken schon oft, tatsächlich noch nie benutzt. Nun wurde es ernst. Im giftfreien Holzregal lagen die Stapel winziger Babyhemdchen, deren Wechsel Avas Hände zittern ließen vor Angst, das weiche Köpfchen in der Größe einer Billardkugel vom Halsstängel zu brechen. Beim Baden klemmte sie Ellas Ärmchen fast ab, damit sie nicht aus ihrem Griff rutschte. Bei der Babypflege ging es jeden Tag um Leben und Tod.

Aber die Schonfrist war vorbei. Als David sich nach einer Woche wieder ins Büro zurückzog und die Nachsorgehebamme endgültig alles Gute gewünscht hatte, war Ava allein mit einer Verantwortung, größer und expansiver als das Ozonloch. Keine ihrer Freundinnen war Mutter; keine der Mütter, die sie kannte, war ihre Freundin. Oft sprach sie den ganzen Tag mit niemandem. Was hätte sie auch zu erzählen gehabt? Dass sie Angst hatte, dem Säugling nicht gewachsen zu sein? Rat- und rastlos versuchte Ava zu ergründen, was ihr Baby wollte und brauchte. Ellas Wohlbefinden schien ein einziger, gigantischer, chiffrierter Anspruch an sie. Jeder Tag barg neue Möglichkeiten, das Kind aus Ahnungslosigkeit zu traumatisieren, ehe es sprechen konnte. Ava las noch mehr Ratgeber. Wo blieb ihr Mutterinstinkt? Als Ella in ihrem Bauch wohnte, hatten sie sich besser verstanden.

Ava schlief zu wenig und niemals mehr so tief wie früher. In ihren flachen Träumen knapp hinter der Grenze zur Realität fiel das Baby in Zeitlupe wieder und wieder kopfüber aus ihren Armen und zersprang auf dem Boden in Stücke. Sie hörte Ellas Wimmern im Rauschen der Dusche, die sie panisch abdrehte und schaumbedeckt, angespannt der trügerischen Stille lauschte. Wenn Ella geräuschlos schlief, hielt Ava ihr den Finger unter die winzige Nase, um zu prüfen, ob sie überhaupt atmete. Lag Ella auf dem Bauch, drehte Ava sie auf den Rücken: Sie hatte alles über den plötzlichen Kindstod gelesen. Wie konnte die Weltbevölkerung unter deutlich schlechteren Bedingungen explodieren?

Der zerbrechlichste Teil von Ava lebte gefangen in ihrer Tochter. Ihren restlichen Freiraum nahm später Ferris ein. Auch nach seiner Geburt hatte sie geweint: Aus Verantwortung für ihn würde sie sich nun nicht mehr umbringen können, falls Ella je etwas zustoßen sollte. Und obwohl sie Ella pädagogisch in die Schwangerschaft einbezogen hatte, ihr eine Babypuppe geschenkt und alle Bücher über kleine Geschwister vorgelesen hatte, hatte Ella ihren kleinen Bruder sofort als Thronräuber erkannt und entsprechend behandelt. Ava kam sich vor wie ein Bigamist, dessen Frauen sich ständig stritten und übereinander beschwerten, statt sich anzufreunden und ihm gemeinsam was Feines zu kochen.

Ava zog ihren Vierjährigen hinter sich her über den Zebrastreifen, um teures Gemüse im Ökoladen einzukaufen, das er sowieso nicht essen würde. Wie immer blieb Ferris hingerissen vor dem Schaufenster der luxuriösen Wäscheboutique stehen. »Schau mal, Mama, die schönen Busenkleider!«, sagte er andächtig beim Anblick der von blinden Sizilianerinnen handgeklöppelten La-Perla-Dessous im Wert eines Reihenhauses.

Sein Sinn für Schönheit beglückte Ava. Auch Ella hatte Geschmack: Sie war eins der wenigen Mädchen an ihrer Schule, das Diddl-Mäuse »grottenhässlich« fand.

Ava legte ihre Hand auf Ferris' Kopf, stand verträumt mit ihm im Nieselregen und fragte sich, ob es eigentlich schon Dessous für Blinde gab, deren Säume in perlengestickter Brailleschrift erotische Gedichte zierten, unsichtbar für die Sehenden. Ständig entwickelte ihr unterbeschäftigtes Gehirn neue Geschäftsideen.

»Na, du armer Kleiner, hat deine Mutti denn kein Taschentuch für dich?«, fragte ein gräulicher Rentner das Kind mit tückischem Seitenblick auf Ava.

»Warum?«, fragte der arme Kleine.

»Das Kind ist nicht arm, es ist nur erkältet«, sagte seine Mutti laut. »Geh sterben, Opa«, ergänzte sie halblaut. Warum nur waren im Zweiten Weltkrieg die Falschen gefallen? Sicher weil die Gemeinen sie als Schutzschilde benutzt hatten.

Mit Liebe gedachte sie des hutzligen Alten, der jeden Samstagabend in der Hegelstraße eine halbe Stunde vor dem Schaufenster des geschlossenen Delikatessenladens den Mittagstischplan für die nächste Woche studierte – einsam, aber friedlich.

»Komm weiter, Schatz.«

Ferris war brav stehen geblieben, als er angesprochen wurde. Ava schob ihn vor sich her und wühlte dabei heimlich in ihren Manteltaschen nach einem Taschentuch. Sie fand nur einen zerknitterten 20-Euro-Schein und ein Fläschchen von Dr. Bachs Rescue-Tropfen, ohne das sie nie aus dem Haus ging. Mittlerweile gab es sie zwar auch in schlechter deutscher Übersetzung als »Notfalltropfen«, aber »Rettungstropfen« klangen viel hilfreicher.

Nur gerade jetzt nicht. Wie handlungsunfähig Ava trotz allem doch war! Wie unorganisiert! Immer eine frische Packung Taschentücher dabeizuhaben unterschied Mütter schließlich von Au-pairs, wohl behütete Kinder von vernachlässigten. Dafür musste sie sich nun auf der Straße anfeinden lassen.

Es nieselte immer noch aus dem frühsommerlichen Leichtbetonhimmel. Unglaublich, dass irgendwo auf der Welt Waldbrände tobten. Für Mütter war das Wetter von einer Lappalie zu einem weiteren Risikofaktor geworden. Jeden Morgen erlitt Ava beim Blick aus dem Fenster ihre persönliche Klimakatastrophe in der Angst, auf den weiteren Verlauf des Tages schlecht vorbereitet zu sein. Würde es heute noch regnen oder stürmen? Brauchten die Kinder Mützen, Ersatzpullover, Gummihosen und -stiefel? Oder setzte sich die Sonne genug durch, um eine großflächige Lasur mit klebrigweißer Öko-Sonnenmilch zu rechtfertigen, die erst nach Sonnenuntergang eingezogen war? Entwickelte sich das Wetter anders als erwartet, würde Ava als Garderobiere ihrer Kinder entweder überängstlich oder unverantwortlich dastehen. Ein weiteres Spiel, das man nicht gewinnen konnte. Und Ava hasste es zu verlieren.

Sie durchsuchte jetzt Ferris' Jackentaschen. Ein paar Steine, ein Kreidestück, ein zerbröselter Keks, eine Kleinplastik aus einem Überraschungsei, drei Kastanien.

Entschlossen hielt sie ihm den Geldschein aus der Manteltasche unter die Nase.

»Schnaub mal kräftig, Schatz.«

»Das ist doch nur ekliges, kratziges Geld! Iiiihh, das stinkt!«

»Erzähl das Donald Trump, Süßer. So, nun schnaub bitte einfach ganz fest. Den waschen wir zu Hause.«

»Wem was erzählen?«

»Ferris, bitte! Erklär ich dir später.«

Ab welchem Alter lachte man wohl mit seinen Kindern über die gleichen Scherze?

Er schnäuzte brav in den Zwanziger. Saugfähig war der Euro auch nicht.

»Ava, bist du das? Hey! Ist das dein kleiner Mann? Ist der aber groß geworden!«

Dirk, ihr ehemaliger Geschäftspartner, starrte Ferris an. Der riss an ihrem Ärmel: »Mama, ich will nach Hause!«

Hektisch zerknüllte Ava den schleimigen Geldschein und warf ihn in den Mülleimer vor dem Zeitschriftenladen.

»Ja, das ist Ferris, er ist jetzt vier, also fast fünf ... komm uns lieber nicht zu nahe, wir sind zur Zeit alle ziemlich erkältet ... und? Wie läuft's bei euch allen so? ...«

An Dirks Blick sah sie, wie schlecht ihre Haare sitzen mussten. Als sie darüberstrich, ertastete sie Ellas Bärchenhaarspange. Sie ließ die Hand darauf liegen.

»Ach ja, es war 'ne ganze Weile ziemlich schwierig, wie

überall … aber für die Rezession läuft es jetzt wieder ganz okay. Ich hab gerade zwei Leute neu eingestellt. Es war doch gut, dass wir nicht an die Börse gegangen sind«, erklärte ihr ehemaliger Berufslebenspartner selbstzufrieden.

»Mama? Warum hast du eben das Geld weggeschmissen?«

Dirk beachtete den kleinen Jungen zum Glück nicht mehr, er betrachtete sie genauer.

»Mensch Ava, und ein drittes kriegt ihr auch noch? Das ist ja mutig. Gratuliere!«

»Nein, wieso?«

Es folgte eine längere Pause.

»Und – sonst so?«, fragte er, »arbeitest du denn mittlerweile auch wieder?«

Nachdem der Geist der Vergangenheit endlich um die nächste Ecke verschwunden war, ließ Ava ihre Hand vom Kopf fallen und rannte zurück zum Mülleimer.

»Maaamaaa! Ich will endlich nach Hause!«

»Ja doch, gleich, Süßer.«

Sie holte tief Luft und fischte mit der Hand zwischen weggeworfenen Lottoscheinen und leeren Zigarettenschachteln.

»Hey Ava! Was suchst du denn da? Abendessen?«

Sie war so erschöpft, dass sie sich am liebsten auf den Boden geworfen und schreiend um sich getreten hätte.

»Ich … ich hab gerade aus Versehen meinen Lottoschein weggeworfen.« Sie versuchte ein Lächeln: »Vielleicht war ja doch mal ein Gewinn darauf …«

Ausgerechnet Suzanne, und ausgerechnet zusammen mit Milena, dieser überreichen Model-Mum.

»Na dann, Glück auf«, erwiderte Suzanne. »Wenn du ihn gefunden und dir gründlich die Hände gewaschen hast, könnten wir doch mal wieder alle zusammen Kaffee trinken.«

»Ja, gerne. Hallo, Mila! Wie geht's euch denn?«

Es wurde immer nach dem Befinden von »euch« gefragt. Jede Mutter wusste, solange es Kindern gut ging, konnte es deren Mutter nicht wirklich schlecht gehen. Und wie viele andere suchte auch Ava instinktiv Milas Freundschaft. Es war bekannt, dass die Familie ihres Mannes ein großes Chalet in der Schweiz besaß, sicher vor Überschwemmungen, Armut, Bombenattentaten, Gewerkschaften.

»Wenn es hier in Europa mal wirklich kracht, steigen wir ins Auto und fahren dahin«, erzählte Mila gerne, »da kann einem außer lauter Natur gar nichts passieren. Es ist ein ganz winziger Ort, ohne Kino oder Ampel. Da ist man mit seinen Kindern jedenfalls in Sicherheit.«

Jede Mutter hoffte, falls es mal wirklich krachte, würde sie Mila nahe genug stehen, um sich mit der eigenen Familie in den Schutz ihrer Schweizer Arche retten zu dürfen. Das nach dem 11.9. erschütterte Sicherheitsgefühl, auf dieser Seite der Welt könne man seine Kinder vor Bösem schützen, klammerte sich an jede Illusion. Wer allerdings Milas Mann, Dr. Ascan Ansgart, kennen gelernt hatte, ließ alle Hoffnung auf Nächstenliebe fahren. Viele würden die Nähe einer Bombe seiner Gesellschaft sogar eindeutig vorziehen.

Ava verstand seitdem, warum Milena bei einem Mütterfrühstück nach drei Flaschen Taittinger-Champagner geflüstert hatte, sie würde jeden Morgen, wenn ihr Mann das Haus verließe, darum beten, dass abends statt seiner zwei betroffene Polizisten vor der Tür stünden, um ihr beizubringen, er habe einen tödlichen Autounfall gehabt. Keine schmutzige Scheidung, kein Streit um Sorgerecht und Unterhalt. Nur das Mitleid und die Unterstützung aller, der Status als Witwe, das Haus, die Kinder, dazu das ganze Geld aus den Versicherungen. Ruhe er für ihren Frieden.

Da Dr. Ansgarts Wagen ein mit Sicherheitssystemen

hochgerüstetes Mercedes-Coupé war, versuchte Milena ihn zu überreden, sich als Hobby Oldtimer anzuschaffen und damit an Rennen teilzunehmen. Polo zu spielen. Oder wenigstens den Flugschein zu machen. Bisher war sie auch darin erfolglos geblieben.

Ava hatte Milena über Suzanne kennen gelernt. Milas Reputation bestand darin, die deutsche Frau zu sein, mit der Prince Sex hatte, als er Ende der 80er für ein Konzert in Hamburg gewesen war. Selbst ihr späterer Mann, dem sie auf einer Party im Überseeclub vorgestellt worden war, hatte sie seinen Geschäftsfreunden so vorgestellt: »Das ist meine schöne Milena! Die einzige Frau, die Prince gefickt hat, als er in Hamburg war!«

Selbst heute reichten immer noch alle Mütter Milas Bekanntschaft mit dieser geflüsterten Unterzeile weiter. Und ergänzten dann lauter, dass sie aus einer alten polnischen Adelslinie stamme, was die Wangenknochen erkläre, die als Muster für den optimalen Einsatz von Implantaten dienen konnten.

Suzanne sah sich um.

»Wo sind denn eigentlich unsere Mädels, Ava?«

Ella und Amanda saßen zu Hause auf dem Sofa vor dem »Drei Nüsse für Aschenbrödel«-Video. Früher hatte Ella immer »Eigenbrödel« dazu gesagt. Noch früher hatte Ava David geheiratet, weil er ausgesehen hatte wie der tschechische Märchenprinz.

»Ach, die Mädchen ... die haben gerade so schön Mandalas gemalt«, erwiderte Ava, »da bin ich nur schnell mit Ferris zur Bank gegangen, und Dinkelbrot kaufen. Ich hab ihnen für alle Fälle die Rufnummer meines Handys ins Telefon programmiert. Weißt Du was, Suzanne? Amanda kann doch mit uns zu Abend essen. Hol sie einfach in zwei Stunden ab, okay?«

Suzanne zeichnete Avas Wangen links und rechts mit rosenholzfarbenen Küssen. Sie roch immer nach Zigaretten mit Pfefferminzkaugummi.

»Du bist so ein Schatz, Ava. Wie schaffst du das immer nur alles mit solcher Leichtigkeit? Und siehst dabei noch derart großartig aus! Also, bis nachher dann.«

In der jahrelangen Stunde, die hinter ihr lag, fühlte sich Ava sichtbar gealtert. Mit zwanzig war sie viel zu unsicher gewesen, um sich jung zu fühlen. Mit dreißig hatte sie zu viel gearbeitet, um sich jung zu fühlen. Jetzt, mit fast vierzig, war sie plötzlich zu alt, um sich jung zu fühlen. Kein Wunder, dass Ella letzte Woche wissen wollte, ob es schon elektrisches Licht gegeben hatte, als Ava Kind war.

Zumindest war sie mit dem Problem nicht allein. Ava sah sie immer häufiger, die alten Mädchen. Von hinten konnten sie Mitte zwanzig oder dreißig ein, mit ihren vom Herumhetzen trainierten Hintern in teuren Jeans, den Stiefeln oder Sandaletten, den kurzen Parkas, den langen Haaren. Aber ein Rückblick in ihre Gesichter zeigte endlose Müdigkeit. Verwirrung, dass es nicht mehr ausreichte, nach einer harten Phase ein paar Nächte durchzuschlafen, um ihr vertrautes Gesicht im Spiegel wiederzusehen. Die Ahnung, dass sie es ohne ärztliche Hilfe nie wieder sehen würden. Die Wut darüber. »Frustfressen« hatte Suzanne solche Gesichter mal genannt.

»Wir sollten aufs Land ziehen«, dachte Ava jetzt wieder, »die Anstrengung, mich täglich schön genug für diese Gegend zu machen, wird einfach zu groß.« Es musste wunderbar sein, sich unbeobachtet gehen zu lassen.

Ein Jahr vor ihrem vierzigsten Geburtstag litt Ava verstärkt unter Zwanzigjährigen, die behaupteten, sie könnten Falten kaum erwarten, an denen niemand herumschneiden lassen sollte, da es Zeichen gelebten Lebens seien. Sie verabscheute auch »Deutschlands schönste Großmütter« wie Christine Kaufmann oder Iris Berben, für die ihr Aussehen offiziell eine Sache von drei Litern Wasser am Tag und der inneren Einstellung war. Noch schlimmer waren alternde Sexnattern wie Sharon Stone, die gegen Geld eine Creme für ihr Gesamtlifting verantwortlich machte. Für Ava war Alter bestenfalls noch der gerechte Ausgleich des Schicksals für hässliche Menschen. Von Älteren wurde Hässlichkeit geradezu erwartet; ihr Ideal war nicht mehr Schönheit, sondern Gesundheit.

»Mama ... Mama ...«

Ferris stand mit hängendem Kopf neben ihr. Nur mühsam fand Ava aus dem Labyrinth ihrer Gedankengänge zurück. Sie ging in die Knie und streichelte ihrem kleinen Sohn seine seidigen Wangen.

»Ich bin ganz weich im Gesicht, weil ich noch keinen Bart habe«, informierte er sie ernst, »auch noch keinen Armbart. Den haben nur Männer!«

Sie liebte ihn. Sie liebte ihn so sehr. »Was ist denn das, ein Armbart, Ferris?«

»Na, die langen Haare, die Männer auf den Armen haben.«

Sie drückte ihn fest an sich und sich an ihn.

»Ich hab dich soooo lieb, mein kluger Schatz. Tut mir Leid, dass ich so eine komische Mutter bin.« Sie stand auf und hielt seine Hand fest: »Komm, jetzt gehen wir endlich nach Hause.«

Ein rotgoldenes Eichhörnchen raste über die Straße, erstarrte in perfekt putziger Pose vor ihnen und huschte am nächsten Kastanienstamm hoch. Ferris blieb verliebt stehen und starrte nach oben. Gemeinsam warteten sie auf eine zweite Ansicht. Obwohl sie in dieser Gegend häufig vorkamen, verbreiteten Eichhörnchen den Charme von Wildtieren. Sie waren nicht zu streicheln, nicht zu füttern, nicht zu zähmen, nicht dankbar. »Die sind so geheim!«, hatte Ferris mal gesagt. Ihr plötzliches Erscheinen und Verschwinden ließ glauben, dass hinter all diesen Häusern ein Zauberwald existieren musste.

Die Einrichtung der vierteltypischen Jugendstilwohnungen war bestenfalls eine gelungene Mischung aus ererbten Antiquitäten von nicht nur ideell hohem Wert, mit einem Schuss Moderne in Form eines Eames-Lounge-Chairs oder einem Satz historisch verschrammter Arne-Jacobsen-Stühle. Dazu kam ein Hauch Exotik durch Möbel im Kolonialstil, oder antike Opiumtischchen, die man weltläufig von der letzten Fernreise mitgebracht hatte. Kelims lagen auf geöltem Eichenparkett. Kinder aus Wohnungen mit minderwertigen Kiefernholzdielen erkannte man an den Splittern in den Fußsohlen.

Moderne Kunst schmückte Wände in allen Schattierungen von Weiß. Dazwischen hingen geerbte Ölbilder im schweren Goldrahmen, und als ironischer Bruch Zeichnungen der eigenen Kinder, oder vor lauter Kunst unscharfe Schwarzweißfotos. Statt Gardinen rahmten Vorhänge die hohen Bogenfenster. Da Heizkosten keine Rolle spielten, wurde die Authentizität dünner, einfach verglaster Originalfenster bevorzugt.

Auf den breiten Fensterbänken standen das ganze Jahr über blühende Orchideen, die Yucca-Palmen der Endneunziger. Und zwar nicht die Blume-2000-Standardorchidee mit einer Rispe zu 9 Euro 90, wie auf der anderen Alsterseite. Unter drei Rispen pro Pflanze war hier eine Orchidee den Quadratmeterpreis, auf dem sie stand, nicht wert. Pro Fenster mussten es drei dreirispige Orchideen sein, das Stück zu dreißig Euro; ein Orchideenwald in antiken chinesischen Porzellanttrögen, die Wurzeln dekorativ mit Moos abgedeckt, das im Rasen keinesfalls toleriert wurde und deshalb für acht Euro pro Beutel aus dem Floristikgeschäft beschafft werden musste.

Jeden Freitagmorgen standen mehr schweigende Ausländerinnen vor den schweren Haustüren als vor den Toren der Konsulate: Putzfrauen zweiter Klasse ohne eigenen Schlüssel, die auf die Heimkehr ihrer Arbeitgeberinnen vom Wochenmarkt warteten.

Ava öffnete die drei Sicherheitsschlösser ihrer jugendstilverglasten Haustür.

»Mädels! Wir sind wieder da!«

Ella und Amanda sahen nur kurz hoch. Ferris ließ sich noch im nassen Parka auf den Boden fallen. Dann schob er sich rücklings mit lehmigen Schuhen – Ava hoffte, es wäre Lehm und nicht schon wieder Hundekacke – über den Holzboden in Richtung Fernseher.

»Mamaaa! Nimm mal den Ferris hier weg, der nervt!«

»Komm her, mein Schatz, ich zieh dich erst mal aus.« Ava schnüffelte. Es war doch Hundekacke.

Ferris begann zu brüllen und trat mit den Schuhen gegen das weiße Sofa. »Ich will aber auch Aschenbrödel sehen! Die Prinzen sind immer so cool, mit den Schwertern und Pistolen und so!«

»MAMA! Wir können gar nichts mehr HÖREN!«

»Deine Mama kommt erst nach dem Abendbrot, Amanda. Ist das okay?«

»Okay«, sagte Amanda, ohne ihre Blickrichtung zu ändern.

Ava zog sich in der Wäschekammer Einweghandschuhe über und Ferris vorsichtig die Schuhe aus. Gut, dass es nur die alten vom letzten Jahr waren. Leuten, die sich nicht um die Scheiße ihrer Hunde kümmerten, sollte man mit Sekundenkleber den Daumen auf das Arschloch des Tieres leimen. Ava ging mit den Schuhen in die Gästetoilette. Da stand sie vor dem Waschbecken und versuchte trotz ihres Ekels logisch vorzugehen: Zuerst mit Klopapier die gröbste Kacke abwischen und wegspülen. Dann Sohlenprofil mit einem Stock sauberkratzen. Woher Stock nehmen? Vielleicht ging auch Plastikstrohhalm. Anschließend Strohhalme in Extramülltüte entsorgen, gut zuknoten. Dann Schuhe unter fließendem Wasser mit Bürste und Seife schrubben. Bürste wegwerfen, neue kaufen. Waschbecken desinfizieren und reinigen. Schuhe zum Trocknen mit Zeitungspapier ausstopfen. Nicht unter die Heizung stellen, Leder wird davon hart. Später Schuhe mit Lederfett eincremen.

»Produktidee für Drogeriemarkt und Automaten: Einweg-Reinigungssets für hundekackeverklebte Schuhe«, notierte sie im Geiste. Komplett mit Bürstchen und Stöckchen in verschiedenen Durchmessern, aus Recyclingmaterial.

»Maamaaa! Nimm Ferris endlich hier weeheeeg! Der ist immer so blöd!«

Ava schreckte hoch. Sie lief, die Schuhe im Zangengriff ihrer weggestreckten Rechten, wieder nach vorne. Ihre Finger wurden steif.

»Bitte lasst ihn doch eben mal, Ella. Ich gehe nur schnell zum Müll.«

»Oaaah Mann, immer bist du auf seiner Seite. Das ist so gemein!«

Ava ging in den Nieselregen hinaus. Sie warf Ferris' Schuhe in den geschmackvoll efeubegrünten Müllcontainer, rollte vorsichtig die Einweghandschuhe ab und schleuderte sie hinterher. Angewidert roch sie an ihren Fingern und sah dabei auf die Uhr. Sie zuckte zusammen. In einer halben Stunde würde Suzanne bereits hier sein.

Ava erinnerte sich noch gut an Suzannes ersten Besuch. Ella und Amanda waren in die gleiche Schulklasse gekommen und hatten sich schnell angefreundet. Als Suzanne ihre Tochter erstmals für einen Spielnachmittag bei Ava abgab, scannte sie rasch alle Räume, einschließlich des Schlafzimmers, und rief dann:

»Ihr habt aber eine schöne Wohnung hier!«

Und noch bevor Ava sich darüber freuen konnte, setzte ihre Besucherin hinzu: »Daraus könnte man echt was machen!«

»Ja ...«, erwiderte Ava, »... möchtest du vielleicht einen grünen Tee?«

»Du, ich hab überhaupt keine Zeit«, sagte Suzanne mit umschatteten Augen, »Rosalla ist schwer krank!«

Wer war noch Rosalla? So wie Suzanne klang, musste sie eine enge Freundin oder Verwandte sein.

»Nein, die Arme«, rief Ava. Nach einer Pause, in der sie Suzannes soziales Umfeld erfolglos nach dem Namen Rosalla durchsucht hatte, fragte sie doch:

»Wer ist nochmal Rosalla?«

»Meine Putzfrau!«, rief Suzanne. Sie öffnete Avas Fenster, setzte sich auf die Fensterbank und holte ihre Zigarettenschachtel aus der Tasche. »Wir haben sie, seit die Kinder da sind. Sie war der wichtigste Aktivposten bei meiner Trennung. Peter hat härter um sie gekämpft als um seine Stereoanlage. Aber wegen der Kinder ist Rosalla bei mir geblieben, sogar für etwas weniger Geld.«

Suzanne zündete sich eine Zigarette an und strich ausrauchend ihren langen Pony zur Seite. »Letztes Wochenende war ich mit den Kindern zu einer Freundin nach Berlin gefahren. Rosalla sollte während unserer Abwesenheit sauber machen. Und obwohl sie total alleine in der Wohnung war, hat sie sich beim Pinkeln auf dem Gästeklo eingeschlossen.

Dabei hat sich der Schlüssel im Schloss verbogen, und sie saß im Klo fest, bis wir Sonntagabend zurückkamen. Es war grauenhaft. Kannst du dir vorstellen, was das für ein Schock für die Mädchen war?«

»Oh mein Gott!«, rief Ava erschrocken.

»Gottseidank hatte Rosalla ja genug zu trinken, die zwei Kilo, die sie abgenommen hat, stehen ihr auch richtig gut, aber trotzdem liegt sie mit einer Art Nervenzusammenbruch im Krankenhaus. Und jetzt kommt das Schlimmste: Sie sagt, dass sie nie mehr kommen will, und ich muss jetzt alles alleine in Ordnung halten! Die Waschmaschine scheint auch kaputt, jedenfalls macht sie seltsame Schleifgeräusche. Da klemmt sicher wieder ein BH-Bügel in der Trommel. Weißt du vielleicht, wie man den Küchenboden am schnellsten sauber kriegt, nachdem drei Kinder da gegessen haben? Saugt man ihn oder wischt erst die schleimigen Reste unter dem Tisch auf? Schaffst du das, ohne auf allen vieren kriechen zu müssen?«

Suzanne sprang auf, aschte aus dem offenen Fenster und warf ihre glühende Zigarette hinterher.

»Wie soll ich mich da auf mein Studium konzentrieren? Das alles ist so erniedrigend! Meine Lippen kribbeln schon wie verrückt, ich krieg bestimmt einen Herpes. Aber damit bekommt man als Kassenpatient leider kein Krankenhausbett.«

Sie gab ein holpriges Lachen von sich.

»Außerdem hat Johann aus der Schule schon wieder Läuse mitgebracht. Das heißt am Wochenende schon wieder: Auf nach Dänemark!«

Ava wartete auf eine Erklärung.

»Wieso auf nach Dänemark?«, fragte Ava.

»Das tun doch alle! Kennst du das noch nicht?«, rief Suzanne. »Sobald man in Hamburg Läuse in der Familie hat, steckt man Klamotten, Decken, Kissen, Kuscheltiere, Kinder und so weiter ins Auto und mietet hinter der Grenze ein Häuschen mit großer Sauna. Dahinein wirft man alles, was man nicht bei 60 Grad waschen kann, heizt richtig schön ein und setzt sich mit den Kindern dazu. Das wiederholst du ein paar Mal. Sonntagabend fahren alle clean wieder nach Hause. Sind dir auf der Strecke nie all die bis unters Dach vollgestopften Vans aufgefallen?«

Ava hatte Suzanne angestarrt. Machte sie Witze?

Suzanne zuckte die Achseln:

»Die Methode ist immerhin öko. Glaubst du, ich kaufe immer die teuren, ungespritzten Äpfel, um meine Kinder zweimal im Jahr mit Insektengift einzureiben? Die Dänen hassen uns doch sowieso! Also dann, bis später. Ich komme sowieso schon zu spät zur Vorlesung. Schein oder nicht Schein, das ist hier die Frage!«

Suzanne eilte hinaus. Sie hinterließ eine kalte Rauchspur in der Zugluft. Ava setzte sich und versuchte das Gehörte zu verarbeiten.

Doch was die Hausarbeit betraf, konnte sie Suzanne gut verstehen. Die immer gleiche stupide Arbeit im Minutentakt wieder zerstört zu sehen, lähmte auch sie täglich. Ihre alte Putzfrau aus Karrieretagen hatte ihr nach Ferris' Geburt wegen Überforderung gekündigt, und an die Anwesenheit einer anderen hatte Ava sich noch nicht gewöhnen können.

Oft stand Ava verwirrt in einem Zimmer und betrachtete den Apfel in ihrer einen und die Spielsachen in der anderen Hand wie einen verzwickten Rebus. Sie musste für all diese Sachen einen prima Plan gehabt haben, der ihr auf dem Weg dahin leider irgendwie abhanden gekommen war. Allein für ihre Playmobilfiguren hätten Ella und Ferris einen Kurator gebraucht.

Erstickt klingelnde Telefone fand Ava zu spät im Schrank wieder, wo sie diese abgelegt hatte, um eine Lieblingsmütze zu suchen. Und dass sie Ellas überall herumliegende Haarspangen einsammelte, indem sie alle vorerst in ihren eigenen Haaren festclipte, kam ihr erst durch die belustigten Blicke auf der Straße ins Bewusstsein.

Sie rief ihre Mutter an.

»Mama? Ab welchem Alter kann man Alzheimer bekommen?«

»Von uns bekommt keiner Alzheimer.«

»Ach so. Dann ist ja gut.«

»Aber vielleicht BSE? Meine Güte, du warst doch früher oft in London, Ava! Hast du da viel Rindfleisch gegessen? Frag lieber deinen Dr. Mitschler, ob es einen BSE-Test gibt!«

»Ach Mama! Das heißt bei Menschen Jakob-Creutzfeld. Und ich esse schon seit fünfzehn Jahren kein Fleisch mehr.«

»Stimmt ja. Richtig finde ich das ja immer noch nicht. Den Kindern gibst du doch wohl welches? Woher sollen sie denn genug Vitamin B bekommen? Und du bist auch immer viel zu dünn und blass, Ava! Was macht eigentlich deine Erkältung?«

Welche Erkältung? Nicht »die« Erkältung, »deine« Erkältung! Krankheiten wurden von Avas Mutter persönlich genommen. Sie empörten wie Graffiti auf einer Palastmauer. Ein Virus war kein Virus, wie es viele hatten, es wurde zuerst personalisiert. Mein Haus, mein Hund, mein Virus. Ein erfolgreiches Leben war ein langes, in dem man Krankheiten überstand, die andere längst umgebracht hätten; Krankheiten, wie sie nicht im Gesundheitsbuche standen, sondern im World Wide Web auf internationalen Seiten recherchiert werden mussten. Avas Mutter hatte dafür letztes Jahr extra einen Internet-Seniorenkurs besucht. Seitdem ärgerte es sie, dass Ärzte sich nicht freuten, wenn sie ihnen mit einem

Stapel Ausdrucke als ebenbürtige Gesprächspartnerin begegnete.

Dass Ava zum zwölften Geburtstag einen Blutdruckmesser geschenkt bekommen hatte, hatte sie damals normal gefunden. Wenn es nach ihrer Mutter ging, konnte man nicht früh genug beginnen, sein Leben gegen den Tod zu verteidigen. Stets wachsam sein. Nie auf kalten Steinen sitzen, nie Wasser auf Steinobst trinken, später keinen Sex ohne Kondom. Leben war eben nichts, was von selber passierte, während man atmete. Es musste im Körper festgehalten, umschmeichelt, jede Unregelmäßigkeit mit einem Spezialisten besprochen werden.

Der Körper war wie ein Ferrari. Man sollte ihn inspizieren und pflegen lassen und nur unter idealen Bedingungen ausfahren. Es gab natürlich auch die vielen anderen, deren Körper wie VW-Käfer liefen und liefen und liefen. Das waren die Unsensiblen, der Plebs. Keiner aus der Familie Glantz.

Ava horchte automatisch in ihren Körper hinein. War sie erkältet gewesen?

»Alles okay.« Sie schniefte leicht. Warum hatte sie ihre Mutter eigentlich angerufen?

»Ist deine Nase noch verstopft? Vielleicht sind es ja auch die Stirnhöhlen, Ava ... Hast du Kopfschmerzen, wenn du dich bückst?«

Schon als Fünfjährige hätte Ava blind ein Schaubild vom Körper mit all seinen Höhlen zeichnen können: Augenhöhlen, Stirnhöhlen, Nebenhöhlen, Bauchhöhlen.

»Ava! Wie lange geht das schon? Hast du wenigstens was dagegen genommen?«

Ava schloss die Augen. »Ach ... nein.«

Sie strich ihre dunkelblonden Haare aus dem Gesicht und tastete dabei routiniert über ihre Lymphknoten am Hals.

»Nimm auf jeden Fall erstmal Enzyme, versprochen? Und Gelomyrtol forte, zusammen mit Orangensaft brennt es nicht so im Magen. Wenn es dann nächste Woche nicht besser ist, geh zu deinem Doktor Mitschler. Er soll ein Blutbild machen, aber nicht wieder so ein mickriges Krankenkassen-Blutbild. Dabei könntest du gleich mal wieder deinen Eisenwert überprüfen lassen. Und zwar den Speicherwert, hörst du?«

Was sollte mit ihrem Eisenwert sein? Ach, egal.

»Was soll mit meinem Eisenwert sein?«

»Eisenspeicherwert«, verbesserte Frau Glantz, »wer weiß? Je größer das Blutbild, desto größer die Sicherheit, nichts zu übersehen. Aber unter der Woche, damit es ganz frisch ins Labor kommt und nicht übers Wochenende liegen bleibt. Und achte darauf, dass dir dein Doktor Mitschler das Blut selber abnimmt. Wir haben doch alle so schlechte Venen!«

»Dein« Doktor Mitschler. Sollte Dr. Mitschler nichts finden, wäre er ab sofort nicht mehr der ihre. Avas Mutter würde zu einem Kollegen raten, der nicht oberflächlich wie »dieser Doktor Mitschler« das Leben ihrer Tochter aufs Spiel setzte. Je üppiger eine Praxis mit High-Tech-Untersuchungsgeräten ausgestattet war, desto qualifizierter der Arzt – schon, um all diese Apparate bedienen zu können. Ein Ultraschallgerät ohne 3D und Farbe? Wahnsinn! Da konnte man ja gleich zum Heilpraktiker gehen.

Frau Glantz war passionierte Sammlerin von Blutbildern. Wie Schamanen in Hühnerknochen sollten Ärzte daraus nicht nur den aktuellen Zustand des Körpers, sondern auch dessen Zukunft und sein Verfallsdatum herauslesen können, um es auf ewig zu verschieben.

»Und sonst, Ava?«, fragte ihre Mutter jetzt, »wie geht es den Kindern?«

»Den Kindern geht's gut, Mama. Nur ... sie machen jeden Tag schrecklich viel Unordnung ... all diese langweilige Arbeit, die hinterher keiner sieht ...«

»Ich weiß, Schatz, ich weiß. Ich habe schließlich selber drei Töchter großgezogen! Es war schon immer so: Hausarbeit sieht man nur, wenn sie nicht gemacht worden ist!«

Ihre Mutter klang fröhlich.

Ava hatte diesen Spruch schon so oft gehört und gehasst. Jetzt hasste sie sich dafür, dass sie ihn am liebsten selber sagen würde.

»Und ich hatte keine Geschirrspülmaschine!«, sagte ihre Mutter.

»Und nie eine Putzhilfe«, setzte sie noch hinzu, ehe sie auflegte.

Ava hielt noch eine Weile den Telefonhörer in der Hand. Einmal hatte sie ihn statt des Handys in ihre Tasche geworfen und sich unterwegs gewundert, warum sie nicht telefonieren konnte. Sie sollte sich einen alten Apparat mit Schnur besorgen. Die gepulsten DECT-Telefone waren sowieso schädlich; wahrscheinlich schlimmer als die Mobilfunk-Antennenmasten, die plötzlich überall aus den Dächern sprossen. Ein weiterer Punkt, über den nachgegrübelt werden musste, am besten nachts.

Ava hatte verlernt zu schlafen. Sie lag wach und sorgte sich in Spiralen: Impfen oder nicht? Wo beantragte man einen Kindergartenplatz? Wie sollte sie Ferris zwanglos beibringen, Gemüse zu essen? Wo kriegte sie eine gute Putzfrau her? Warum war Ferris so oft erkältet? Sollte sie ihn trotzdem impfen lassen? Auch diese umstrittene Masern/Mumps/Röteln-Impfung, die Autismus verursachen konnte? Warum wachte sie beim kleinsten Geräusch der Kinder auf, David noch nicht mal, wenn sie weinten?

Tagsüber war Ava müde. Ihre Energieversorgung funktionierte nicht mehr. Hatte sie damals in London nicht doch manchmal einen Burger gegessen? Irgendeinen Grund musste es doch haben, dass ihr Gehirn nur noch aus Gedächtnislücken bestand. Zur Beruhigung machte Ava Arzttermine für einen Check-up aller Körperteile: Internist. Gynäkologe. Zahnarzt. Hautarzt. Augenarzt. Orthopäde. Nur zu einer Darmspiegelung konnte sie sich trotz des in Kampagnen behaupteten Hipness-Faktors nicht entschließen.

Als Auftakt entspannte Ava im Wartezimmer bei ihrem Augenarzt Dr. Opitz (elegante Praxis mit rotem Teppichboden und schwarzen Barcelona-Ledersesseln). Kirchen und schöne Wartezimmer gaben ihr sofort ein Gefühl des Friedens. Als ob einem hier nichts passieren könnte, und notfalls wäre der Retter gleich nebenan. Es war wie früher beim Fangen oder Versteckspielen, als bestimmte Plätze »frei« vor Verfolgung blieben. Leider war die Praxis so gut organisiert, dass Wartezeiten nie über eine halbe Stunde dauerten. Ava hätte sich zwischen Hochglanzmagazinen und Wasserspender gerne länger vor den Nachstellungen des Lebens sicher gefühlt.

»Frau Heyl? Kommen Sie bitte hier entlang?«

»Ja, danke, Frau Zieske! Geht's Ihnen gut?«

Auch das hatte Ava von ihrer Mutter gelernt: »Sei immer freundlich zu den Arzthelferinnen und sprich sie mit ihrem Namen an, dann schieben sie dir immer einen Termin dazwischen.«

Bei der Routineuntersuchung der Dioptrinstärke ihrer Augen fragte Ava Dr. Opitz, ob Lasik-Operationen mittlerweile sicher genug wären, um für sie infrage zu kommen – und warum alle Augenärzte dann noch Brillen trugen. Dr. Opitz sah auf das Geburtsdatum in ihrer Karteikarte, wiegte bedächtig den Kopf und brummte:

»Na, ob sich Lasern jetzt bei Ihnen noch lohnt … in fünf

Jahren werden Sie wahrscheinlich altersweitsichtig, dann brauchen Sie zum Lesen sowieso wieder eine Brille. Also, wenn Sie mit den Kontaktlinsen gut klarkommen, bleiben Sie doch dabei!«

Zum ersten Mal ohne freundliche Grüße an Frau Zieskes Familie taumelte Ava aus der Praxis. Der alte Sack! Er hätte wenigstens »Man sieht es Ihnen ja wirklich nicht an, aber wie ich Ihrem Geburtsdatum entnehmen kann ...« sagen können, oder? Als Arzt sollte man ein Minimum an psychologischem Feingefühl mitbringen. Altersweitsichtig! So sah es also aus. Als Filmheldin wäre sie eben noch Elaine gewesen, jetzt war sie bereits Mrs. Robinson, und in absehbarer Zeit würde sie als Maude enden. Oder, schlimmer, als Miss Ellie? Hilfe! Sie brauchte dringend eine Übersichtskarte ihres Lebens, auf dem ein dicker roter Punkt den Standort anzeigte: »Sie befinden sich hier.«

Im Moment erinnerte sich Ava noch nicht mal, wo sie den Wagen geparkt hatte. Als sie ihn in einer Seitenstraße wiederfand, stieg sie ein, sackte in den Ledersitz und blieb eine Weile in der airbaggepolsterten Sicherheit sitzen. Dann startete sie, parkte geschickt aus, wendete widerrechtlich und gab Gas. Verkehrsregeln waren nur eine Überlebenshilfe für schlechte Autofahrer. Alleine diese ganzen Schilder mit vorgeschriebenen Fahrtrichtungen, in die keiner wollte.

Ava bremste. Wo hatte sie eigentlich gerade hingewollt?

Ihre tägliche Verwirrung war nicht die übliche Art Torschlusspanik wie in dem Lied von Marianne Faithfull, wo Lucy Jordan mit 37 über Nacht die Krise kriegte, weil sie nie in einem offenen Sportwagen nach Paris gefahren war. Lucy Jordan hatte wenigstens nicht gewusst, was sie verpasste – höchstens die nächste Krise, weil die gute Lucy garantiert kein Französisch sprach und die Pariser nichts anderes. Ava aber wusste genau, was sie vermisste.

Sie war nicht nur im offenen Sportwagen nach Paris gefahren, es war ihr eigener weißer Alfa Spider mit Ledersitzen und Rundheck gewesen, und sie hatte am Steuer gesessen. Sie sprach Englisch, Amerikanisch, Französisch und nach zwei Glas Wein auch Italienisch. Sie war in London und Venedig, in Rom und Cannes, in New York, San Francisco, Madrid und Lissabon gewesen, frei und unabhängig in der Inszenierung ihrer Tage. Im paradiesischen Zustand selbstsüchtiger Unschuld hatte sie Ruhe und Zeit gehabt, sich der Außenwelt hinzugeben und ihre Innenwelt damit zu bereichern.

Als sie erstmals ein Wochenende mit ihrem Mann nach London geflogen war, während die Kinder bei Avas Eltern blieben, reisten sie im Geiste mit. »Die Gedanken sind frei«, eins von Ellas Lieblingsliedern, galt vielleicht für Revolutionäre, aber nicht für Mütter. Ihre Herzen blieben mit psychischen Gummischnüren verbunden, die bei Überdehnung schmerzten.

Ella und Ferris waren ihre Sucht. Alles, was sie über Crack wusste, passte genau: die totale körperliche und seelische Abhängigkeit beim ersten Kontakt. Das emotionale High, das sie so intensiv noch nie gespürt hatte, gefolgt von Unruhe und Aggressionen. Das Wissen, dass der Stoff einen seelisch, körperlich und finanziell ruinieren würde. Und eine tiefe Sehnsucht danach, die alle anderen Gefühle fraß.

Ava litt unter dem Entzug. Die Liebe und der Sex, den David ihr dagegen bot, waren nur Methadon.

Bereits auf dem Flughafen hatte sie begonnen, im Dutyfree-Shop nach Mitbringseln zu suchen. Am Frühstückstisch des Hotels schrieb sie ihnen verliebte Karten mit Bildern vom Buckinghampalast und Soldaten mit Bärenfellmützen. Auf der Rückfahrt war sie nervös vor Wiedersehensfreude. Ava träumte vom warmen Geruch ihrer Kinder: Ella duftete wie Honigmilch mit Vanille und Rosenblättern, Ferris wie frisch gebackene Butterkekse mit Karamell. Sie zu halten, zu atmen, zu spüren war ihr Glück.

Wenn Ella und Ferris schliefen, zog aus ihren Zimmern eine unhörbare Melodie durch alle Räume. Ohne sie blieben alle Räume emotional kalt, taubstumm, von allen guten Geistern verlassen. Zu Hause fühlte es sich fremd an, wenn die Kinder ausnahmsweise woanders übernachteten: Als hätte man Jahre darauf gewartet, endlich wieder in die Lieblingsjeans seiner Jugend zu passen, um dann festzustellen, dass sie einem nicht mehr stand. Ava, die endlich durchschlafen, ausschlafen, ausgehen oder stundenlang baden konnte, blieb ruhelos. Die Menge der Möglichkeiten lähmte sie. Die Kinder waren ihre Balancierstange – sie beschwerten Avas Schritt, aber hielten sie dabei im Gleichgewicht.

Ja, es stimmte, dass Kinder ihre Eltern und die Gesellschaft unendlich bereicherten. Aber hauptsächlich auf Kosten der Mütter, die von der Gesellschaft im Gegenzug einen Dauersitz auf dem Spielplatz bekamen, wo sie sozial, geistig wie finanziell verarmten. Und alle Eigenschaften wie die Fähigkeit zu Egoismus, lückenloser Planung und Angriffslust, die Frauen gelernt und gebraucht hatten, um beruflich aufzusteigen, standen der buddhistischen Akzeptanz dieser Tatsache entgegen. Welcher Buddhist außer Buddha hatte schon Karriere gemacht? Höchstens Gandhi.

Ava versuchte, zu Gunsten des Familienglücks ihrem Ego noch mehr zu entsagen. Für viele Leute war Putzen wie Meditation: eine Art Reinigungsritual. Sagte nicht selbst Iggy Pop, sein Hobby sei Staubsaugen? Doch für Ava blieb es eine Qual. Sisyphus hatte dagegen einen schönen, sicheren Job gehabt. Er rollte sein Steinchen gemächlich in frischer Luft bergan, bekam davon Muskeln und genoss die Aussicht, ohne dass ihn zwischendurch ständig jemand anquatschte oder sein Handy klingelte. Er musste bei freier Zeiteinteilung auch nur eine Sache erledigen und nicht zehn auf einmal.

Wie konnte Ava, die beruflich derart hoch qualifiziert und erfolgreich gewesen war, unfähig für derartige Routinearbeiten sein? War das wirklich nur Übungssache? Fehlte ihr nur die Lust oder gleich ein ganzes Haushalts-Gen? Sie sollte zusammen mit Dr. Mitschler einen fachlich anerkannten Namen für ihr Leiden erarbeiten. Die Krankenkasse musste doch einsehen, dass die Kostenübernahme einer Putzfrau sie billiger kommen würde als eine Verhaltenstherapie plus der Jahresration dieser schicken Serotonin-Wiederaufnahmehemmer.

Auch Fortbildung wäre wichtig: Die schwersten Unfälle passierten, wenn man sich nach dem Füllen des Geschirrspülers aufrichtete und dabei die Ecke der geöffneten Oberschranktür in den Kopf rammte. Jedes Jahr starben Frauen bei Haushaltsunfällen. Und während gefallene Kriegshelden für die Erfüllung ihrer Pflicht eine Fahne auf den Sarg bekamen und ihre Hinterbliebenen Respekt genossen, ahnte Ava, wie auf der Beerdigung einer Hausfrau geschmunzelt wurde, die bei einem verunglückten Versuch, die Fenster zu putzen, zu Tode gekommen war. Bis ans Ende Alltage, dachte Ava verzweifelt.

Warum gab die Volkshochschule keine Kurse in Haushaltsführung für freigestellte Yuppies und Neumütter? Geführte Einkaufstouren durch Drogeriemärkte wären auch eine Marktlücke. Die Güterknappheit im Kommunismus hatte auch gute Seiten: Alleine vor den überfüllten Regalen erlitt Ava jedes Mal eine Migräneattacke. Sie las alle Gebrauchsanweisungen und Inhaltsangaben auf den Rückseiten. Eine Stunde später war sie verwirrter als zuvor. Sie roch an den Produkten und zuckte angewidert zurück. Was, zum

Fleckenteufel, bewirkten die verschiedenen Mikrofasertücher, wer brauchte Stahlwolle, wozu taugte welches Vliesbodentuch? Warum passte das Stecksystem des einen Feudels nicht in den Stiel des anderen? Warum gab es Schwämme nur in Wespengelb, Domestosblau, Schweinerosa? Wieder war eine Stunde ihres Lebens totgetreten, ohne sie gefühlt zu haben.

Ava verachtete die Hässlichkeit des Arbeitsmaterials mehr, als dessen Hersteller ihre Verbraucherinnen verachteten. Nirgends fand sie hübsche Staubwedel aus Pfauenfedern. Vielleicht hatte Prada alle Bestände für die letzte Kollektion aufgekauft. Und für den Gebrauch der putzigen Hausmittelchen von Manufactum brauchte man ein Geschichtsstudium; oder eine promovierte Putzfrau, die man in dieser Gegend »unsere Hausfrau« nannte und oft besser behandelte als die Ehefrau.

Ava, die Abhängigkeiten hasste, hatte lange versucht, das Putzen zu erlernen. Für das Studium hatte sie bei Amazon Bücher über lässige Haushaltsführung bestellt. Beim Lesen bekam man das gute Gefühl, sofort viel organisierter zu sein, so wie man Bücher über Fitness liest und sich gleich straffer fühlt.

Ihre Lieblingsbücher waren »Confessions of an Organised Homemaker« sowie das lackrote »Domestic Bliss«, Letzteres von einer kinderlosen Redakteurin der englischen Vogue verfasst. Die riet, Hausarbeit in schöner Wäsche auf hohen Schuhen zu absolvieren, um dem Ganzen etwas Spaßiges, Glamouröses mit Sex-Appeal zu geben.

Mit der Wiederholung dieses Experimentes wollte Ava allerdings warten, bis sie garantiert allein in der Wohnung war. Sie erinnerte sich gut an den Blick der dreiundzwanzigjährigen Studentin, die zweimal die Woche mit Ferris zum Spielplatz ging und einmal zu früh mit ihm heimkehrte: Ava hockte in Stilettos und schwarzer Wäsche neben dem Vileda-Wischmop auf dem Flurboden und pulte sich Splitter aus den Knien. Sollte David sie so überraschen, käme sie nicht mehr zum Putzen, dafür würde er das vielleicht später übernehmen. Leider würde das Resultat ihren Ansprüchen an Sauberkeit nicht genügen.

Töpfe und Pfannen galten bei ihm als gespült, sobald er sie im Abwaschbecken gestapelt hatte. Auf Nachfrage erklärte er jedes Mal verärgert, er habe alles »erstmal eingeweicht«. Dieser Vorgang schien allerdings auch nach drei Tagen noch nicht abgeschlossen.

Ava wusste von Freundinnen, dass diese Verhaltensweise bei Männern weit verbreitet war. Trotzdem machte es sie jedes Mal wieder wütend. Der Rat, alles konsequent stehen zu lassen, war undurchführbar. Bevor der Topfstapel anfing zu stinken und die Gesundheit ihrer Kinder bedrohte, würde sie ihn schon abwaschen, trocknen und in die Schränke räumen. Verstand David nicht, dass Ava es sogar als Vorspiel gelten lassen würde, ihn das einmal selber besorgen zu sehen?

»Kannst du auch mal was im Haushalt tun, David? Immer hockst du herum und liest Zeitungen!« Davids Sucht nach bedrucktem Papier, die sie früher so liebenswert gefunden hatte, machte sie jetzt nur noch wahnsinnig.

»Das Abendblatt habe ich den ganzen Tag noch nicht gelesen«, sagte er gekränkt.

»Na und? Morgen früh kommt ein neues.«

»Außerdem tue ich dabei etwas! Erstens brauche ich die Informationen *beruflich.* Zweitens produziere ich Altpapier: Ich schaue alle Zeitungen durch, ob was Wichtiges drinsteht. Wenn ich damit fertig bin, bringe ich sie gesammelt zum Container.«

Nur David brachte es fertig, Zeitunglesen als aktives »Altpapier machen« hinzustellen. Jedes Rascheln, während er umständlich umblätterte, reizte Ava mehr. Hinterher würde sie wieder seine Fingerabdrücke aus Druckerschwärze von der weißen Schrankwand und den Türrahmen putzen. Und statt zum Container brachte er das Altpapier höchstens bis zur Wohnungstür, wo es auf einem blinden Fleck bis auf Weiteres stehen bleiben würde. Die Wohnung war voller blinder Flecken, die erst im Beisein von Besuch plötzlich wieder sichtbar wurden.

Zuletzt hatte David gefragt, was mit der feuchten Wäsche in der Maschine geschehen solle, nur um auf ihre Antwort »In den Trockner, bitte« mit einem »Aha« weiterzugehen. Daraus konnte Ava nur schließen, dass er entweder dumm, gleichgültig oder faul war. Dumm war er nicht.

Aber wieso konnte er dann keinem Kind die Hände waschen, ohne die Ärmel gleich dazu? Er sollte sie doch einfach vorher hochziehen! Ava hatte ihm das immer wieder gesagt.

»Ach, das ist doch nur ein bisschen feucht! Das trocknet gleich«, behauptete David jedes Mal. Ava zog den Kindern dann neue T-Shirts an, was länger dauerte, als ihnen selbst die Hände zu waschen. Statt ihr Arbeit abzunehmen, schuf David neue dazu.

»Du bist nicht außergewöhnlich genug, um dich mir gegenüber derart beschissen verhalten zu dürfen, David!«, fauchte Ava ihn nun weiter an. Seine Augen veränderten sich, und sie ahnte, dass sie in ihrem Wunsch, ihn zu verletzten, zu weit gegangen war. Doch nichts machte sie bösartiger, als wieder den ganzen Tag unter- und überfordert zugleich gewesen zu sein. Dass David es sich nach einem übersichtlichen Tag im Büro nun mit seinem Altpapier in spe gemütlich machte, ärgerte Ava. Sie wollte Blut sehen, und wenn es nur psychisch war. Die Wut war keine spontane Besucherin mehr, die bald wieder ging, sie hatte sich in ihr häuslich eingerichtet.

»Warum solltest auch gerade du Wäsche in den Trockner werfen, was? Jemand wird das schon erledigen, was, David? WAS?«

Endlich warf er die Zeitung hin. Gleich würde ihr Zorn nicht mehr ins Leere schlagen.

»Kannst du mich einmal in Ruhe lassen, Ava?«, brüllte er sie an, »das hättest du doch längst schon mal machen können! Du bist schließlich sowieso den ganzen Tag zu Hause! Einer muss doch wohl das Geld für alles hier verdienen!«

Willkommen in der muffigsten Ecke der sechziger Jahre. In ihrem alten, selbstbestimmten Leben hatte Ava gedacht, diese Art Probleme seien mit der Emanzipation ausgestorben. David und sie würden auch in Zukunft alles gerecht teilen: die Hausarbeit, die Kinderbetreuung, die Kosten dafür, die Sorgen, die Freude, die Liebe.

Bis zum ersten Kind waren David und sie einander ebenbürtig gewesen. Beide hatten Abitur gemacht, mit Bestnoten ein Hochschulstudium absolviert, Erfahrungen im Ausland gesammelt und verdienten in leitenden Positionen gutes Geld.

Avas Ehrgeiz war stets größer gewesen als seiner. Sie hatte immer eine eigene Firma haben wollen, eigene Ideen verwirklichen. Kein Chef sollte ihren Lebenslauf bestimmen. Der Haushalt war nie ein Streitthema gewesen, da beide den ganzen Tag im Büro verbrachten und abends meistens essen gingen. Den schmutzigen Rest erledigte montags und freitags eine Putzfrau.

»Du hast so weiche Hände, Prinzessin«, hatte David eines Nachts in ihrem Griff gestöhnt.

»Weil ich nie abwasche«, hatte sie erwidert.

Damals hatten beide darüber gelacht. Ihre aufeinander eingestimmten Körper waren füreinander Inseln der Erholung vom Arbeitsstress gewesen.

Jetzt befand sich Ava gegen David im Unabhängigkeitskrieg.

Ava und David hatten sich während des Werbefilmfestivals in Cannes kennen gelernt. Sie trafen sich eines heißen Nachmittags auf St. Marguerite, einer Insel in Sichtweite der Küste, die in unschuldiger Schönheit vereinte, was am Festland längst einbetoniert war. Es gab hier keine Autos, Motorräder oder Fahrräder. Keine Geräusche, die nicht bereits vor zweihundert Jahren da gewesen waren. Die rote, in der Sonne gebackene Erde war warm, es roch nach Eukalyptusbäumen, Mimosen, Kräutern, Pinienharz und Meersalz. Jeder Atemzug war unbezahlbar. Der Himmel war eine azurblaue Lichthalbkugel, Eidechsen huschten über Steine, Grillen zirpten.

Ava hatte ihren Tag mit einem Buch und zwei Flaschen Wasser auf den Felsen im Meer verbracht. Ihre Haut glühte, ihre Seele strahlte, als sie sich spät auf den Rückweg machte.

Auf der Allee der Eukalyptusbäume waren sie die einzigen Menschen gewesen. Die trockenen Blätter raschelten in der Hitze. David trug verwaschene Bermudas, ein geringeltes Sweatshirt und, wie viele Franzosen sonntags, einen Picknickkorb in der Hand. Ava hatte ihn auf Französisch gefragt, ob das wohl der kürzeste Rückweg zur letzten Fähre sei. Er hatte charmant auf Englisch geantwortet, dass er leider kein Französisch spräche, aber gerade auch zur letzten Fähre zurückginge.

Seine Augen waren mittelmeerblau. Zögernd liefen sie nebeneinander her und unterhielten sich auf Englisch. Überrascht stellten sie fest, dass sie beide aus Hamburg, Germany, kämen. Dann hatten beide gelacht und ihr Gespräch auf Deutsch weitergeführt. Was machst du so? Was machst du hier? Was machst du heute Abend? Sie hatten sich für den Abend zu einer Premierenparty im alten Hafen verabredet.

Ihr anisgelbes Chiffonkleid wehte im lauen Nachtwind. Als Ava auf ihn zuging, verliebte sie sich in ihr Bild in seinen Augen. Sie hatten in dieser Nacht beide keinen Blick für anwesende Models und Entscheidungsträger.

Als sie sich in Hamburg immer öfter getroffen und besser kennen gelernt hatten, zogen sie nach einem halben Jahr zusammen in einen Loft am Elbhang über dem Hamburger Hafen. Damals war die Gegend noch nicht schick gewesen. Statt Designerläden und Thaifood mit Panorama-Elbblick gab es Fischfabriken, das skandinavische Seemannsheim und den Straßenstrich für LKW-Fahrer. Gegenüber hatten Ava und David ihre erste gemeinsame Adresse.

Für beide war es das erste Mal, beide hatten immer gern alleine gewohnt, Einsamkeit als Freiraum geschätzt. Nun freuten sie sich über die wachsende Selbstverständlichkeit gemeinsamer Abende, an denen sie ihre Tage besprachen; über die allnächtliche Intimität ihres gemeinsamen Bettes. Sex war einfach spontaner Ausdruck ihrer Lust aufeinander, aneinander. David war da, aber er ließ sie in Ruhe. Er zerrte nie an ihren Geheimnissen, ihrer Vergangenheit ohne ihn. Er bewunderte Ava für ihre beruflichen Erfolge, würde sie aber auch ohne lieben. Sie störten einander nicht beim Sieselbstsein. Ihre Interessen, ihre Freunde, ihr Geschmack waren kompatibel.

Wenn einer fort war, vermissten sie sich. An Sommerabenden saßen sie mit einer Flasche Bier in der Hand auf einem gemauerten Fensterbrett und blickten auf die Elbe. Die Lichter der Köhlbrandtbrücke flammten im Bogen auf, am anderen Ufer wurde in riesigen, goldorangenen Flammen Industriegas abgefackelt. Sie hörten Prefab Sprout. Wie schön das alles war, musste keiner aussprechen. Sie waren glücklich gewesen.

An Davids Seite entzog sich Ava ihrer bisherigen Vorliebe

für Liebesdramen mit komplizierten Künstlernaturen; für anstrengende Nächte und explosive Streitereien. Davids Liebe beruhigte sie, machte sie schöner und noch leistungsfähiger im Job. Ja, diese Liebe war ohne Selbstzerstörung lebbar, vielleicht sogar lebenslänglich. Er liebte Ava wie ein Sizilianer vielleicht Island – eine innere Landschaft, die seiner fremd und deshalb so faszinierend war. Im Gegensatz zu ihrem Temperament war sein Seelenklima stets ausgeglichen und sonnig. Kein Eissturm würde ihn hier wieder vertreiben können. David hatte die für eine lange Ehe wichtigste Eigenschaft – Durchhaltevermögen.

Sogar ihre Mutter mochte ihn. Frau Glantz hatte als Erste gemerkt, dass David gut für Avas Gesundheit war. Und Ava war langsam aus dem Alter heraus, Männer abzulehnen, nur weil ihre Mutter sie nett fand. Neben seinem guten Aussehen und der zuverlässigen Nonchalance, mit der er beim Einkauf sogar an Toilettenpapier dachte, hatte sie David nach drei Anträgen schließlich geheiratet, weil er der Einzige war, der nie Angst vor ihr hatte. Ihr Neurosenkavalier, der ihr das Gefühl gab, sie sei normal; selbst als sie in ihrer Hochzeitsnacht verheult im mittlerweile kalten Wasser eines kerzenbeleuchteten Whirlpools des teuren Hotels auf Sylt saß, und sich weigerte, je wieder auszusteigen.

»Du brauchst nicht zu glauben, ich müsste jetzt mit dir Sex haben, weil du ein Recht darauf hast. Eheliche Pflichten sind abgeschafft«, hatte Ava gerufen. Vertraglich zu lebenslänglicher Liebe verpflichtet – das klang wie ein emotionales Todesurteil. Wie eine beamtete Festanstellung: Nach einiger Zeit verlor man die Motivation.

»Komm doch bitte erst einmal raus da, Prinzessin«, hatte er gebeten, »du hast doch schon eine Gänsehaut.« Ihre langen Haare lagen als eisige Schlangen auf ihrem nassen Rücken.

»Nein. Nicht ehe das hier geklärt ist«, hatte sie zitternd

gesagt, »ich fühle mich zu nichts gezwungen, nur weil ich dieses Papier unterschrieben habe, klar?«

»Niemand zwingt dich zu irgendwas, Ava. Ich zuallerletzt, das weißt du.«

»Liebst du mich?«, hatte Ava verzweifelt gefragt.

»Ja, natürlich liebe ich dich. Komm da jetzt raus, sonst komme ich zu dir rein!«

»Warte!« rief sie, »liebst du mich genug, um dich von mir scheiden zu lassen, falls ich das Verheiratetsein nicht ertrage? Und wohnen wir dann geschieden trotzdem wieder glücklich zusammen, so wie vorher? Versprichst du mir das? Egal, was die Leute sagen?«

Das war der Moment der Wahrheit. Wenn er jetzt ausrastete, würde sie die Ehe morgen annullieren lassen.

»Wenn dir das so wichtig ist, ja. Das werden wir dann sehen«, sagte er, »aber alles wird gut, versprochen. Wir werden ein wunderschönes Leben haben, Prinzessin.« Mit seiner beruhigenden, tiefen Stimme hätte er jeden bockenden Renner in eine enge Startbox gequatscht.

»Prinzessin« nannte er sie damals immer nach der literarischen Heldin ihrer Mädchenzeit – Modesty Blaise. Es waren so ziemlich die einzigen Krimis, die Ava je gemocht und ihm auch geschenkt hatte. Auch David liebte Bücher, ein weiterer Grund, warum sie ihn liebte. Sie fand es wunderbar, am Wochenende mit ihm im Bett zu liegen, jeder mit einem Buch vor sich und einem Stapel Zeitschriften daneben. Sie hatte einst eine sexuell aufregende Beziehung zu einem Mann gehabt, der zwar Gitarre spielen und Autos reparieren konnte, aber nur Comicbände besaß. Für eine Ehe wäre das nie in Frage gekommen.

David hatte ihr ein angewärmtes Handtuch hingehalten. Und endlich, mit verschrumpelter Haut, kam sie aus der Badewanne und später mit ins Bett. Er war ihr Freund, ihr Zuhause. Warum raste ihr Herz? Warum wurde ihr Hals eng, wieso war sie nicht froh? Ava hatte das Gefühl, ihre Jugend war zu Ende. Die Zeit, in der alles möglich gewesen war.

Du idealisierst deine Vergangenheit, intellektualisierte ihr Kopf. Natürlich liebst du ihn.

»Ich dich auch«, sagte Ava.

»Dann ist doch alles gut«, sagte er.

Alle Fenster standen offen. Der salzige Westwind wehte von der Nordsee über das Heidekraut und ließ die Kerzenflammen flackern. Ava lehnte sich aus dem Fenster. Ein draller Vollmond versilberte das Wattenmeer vor dem Morsumer Kliff. Eine nachtaktive Feldlerche wirbelte zierliche Kaskaden von Tönen durch die Luft. Ava sah die Überfülle von Romantik und wünschte sich, Teil davon sein zu können.

»Ich will nicht, dass heute der schönste Tag meines Lebens war«, hatte sie geflüstert, »dann könnten für den Rest des Lebens ja nur noch schlechtere Tage kommen. Das ist derart deprimierend.«

»Sssschhh …«

David hatte sie mit seinem immerwarmen Körper zugedeckt.

Zwischen Nacht und Morgen war Ava aufgewacht. Wie konnte das kleinste Schmuckstück, das sie je getragen hatte, derart drücken? Ihre linke Hand lag auf der Bettdecke wie die riesige, kalte Kralle eines Zugvogels, der beringt worden war. Ihre Flugbahn würde verfolgt und aufgezeichnet bis an ihr Lebensende. Ava erstickte den Impuls wegzulaufen. Sie hatte den Ehering abgezogen und auf das Nachttischchen gelegt. Nun konnte sie weiterschlafen. Und danach vielleicht auch mit ihm. Als sie Stunden später zusammen in ihrer vertrauten gegenseitigen Wärme erwachten, hatte David sie so glücklich angelächelt, dass sich Avas Zukunftsmut daran aufrichtete. Die Ehe war doch nur eine Form, den Inhalt würden immer sie bestimmen: Form follows function. Und Ava glaubte zwar nicht an die Ehe, aber an die Liebe. So wie sie an Gott, aber nicht an die Kirche glaubte.

Zwei Kinder, zwei Wohnungen und eine Ewigkeit später dachte sie, dass er vielleicht nur deshalb keine Angst gehabt hatte, sie zu heiraten, weil er nie verstanden hatte, wer und wie sie wirklich war.

Das Ärgerlichste war, dass David die üblichen Fehler gar nicht machte. Sonst könnte sie mit anderen Gattinnen darüber jammern, wie schlecht er sich ernährte, wie wenig Geschmack er in Kleidungsfragen hatte (er besaß mehr Gucci-Jacken als sie, die seit der Geburt ihrer Kinder nichts kaufte, was nicht bei 60 Grad in der Maschine waschbar war), dass er sie nie beim Shopping begleiten wollte, weder mit ihr ins Theater noch ins Museum oder Kino ging (er liebte vor allem die Premieren und die anschließenden Partys). Oder dass er sie betrog, dick wurde, schlecht roch, ihr nie sagte, wie gerne er mit ihr schlief, wie schön er sie fand.

Das alles tat er oft. Er ließ sie dazwischen nur zu viel alleine, selbst wenn er mal da war.

Dafür wurde er von allen Freunden als heiliger Familienvater verehrt. Ava fühlte sich oft auf hohem Niveau allein erziehend. David half ihr nur in Notfällen. Inszenierte sie deshalb ihr ganzes Leben immer mehr als Notfall, damit er endlich an ihre Seite kam und blieb?

Dabei war schon ihre Mutter mit dieser Strategie gescheitert.

»Du bist Mutter, du kannst nicht mehr gehen«, sagte sie trotzdem zu Ava, wenn sie sich mal wieder über David beschwerte. »Du musst dir dein Leben eben einfach so einrichten, als wäre er gar nicht da.«

Das war typisch für sie – alle Kraft damit zu vergeuden, mit einem Mann zu leben ohne ihn zu töten, indem man so tat, als gäbe es ihn nicht.

»Aber warum lässt du dich nicht lieber scheiden?«, fragte Ava sie oft.

»Ach was. Dein Vater und ich sind nun so lange zusammen – den muss ich jetzt so aufbrauchen, wie er ist.«

Es war so traurig, dass Ava lachen musste.

»Außerdem ist er ja nicht immer so. Er hat doch auch gute Seiten«, setzte Frau Glantz hinzu.

Stockholm-Syndrom, dachte ihre Tochter; die Solidarisierung der Geisel mit dem Geiselnehmer.

Dass sie nicht mehr wegkonnte, war ihr bald nach Ellas Geburt klar geworden, als David am Telefon mit dem Klempner einen Termin vereinbarte.

»... das macht nichts. Bei uns ist ja eigentlich immer jemand zu Hause«, sagte er. Dann küsste er Frau und Kind: »Tschüss, Schatz! Habt einen schönen Tag.«

Damit ging er als freier Mann aus der Tür und ließ jemanden zurück, der auf den Klempner wartete. Nicht mal den Versuch einer Eingrenzung wie »zwischen elf und vierzehn Uhr« hatte er gemacht. Avas Zeit war nicht mehr kostbar, sie war Verfügungsmasse für alle geworden.

Es war wie in dem russischen Märchen, vor dem sie sich als Kind am meisten gegruselt hatte: Ein Zauberer hielt eine Prinzessin mittels eines unsichtbaren Halsbandes gefangen. Sobald sie versuchte zu fliehen und den magischen Radius überschritt, zog sich das Halsband zu, bis die Prinzessin in den Bannkreis zurückkroch oder ohnmächtig umfiel.

Ava litt nach dem Verlust ihrer Freiheit an Phantomschmerzen. Auch wenn viele Mütter so taten, als ob sie dieser kindischen »Die-Welt-ist-mein-Feld«-Phase durch eigene Kinder entwachsen waren – Ava vermisste sie mehr denn je.

Aber wie konnte sie das aussprechen, ohne die größten Lieben ihres Lebens zu verraten? Und ohne sich wie eine undankbare, egoistische, alternde, oberflächliche Lifestyle-Zicke zu fühlen? Doch während sie das Leben um sich herum am Laufen hielt, es fütterte, reinigte, küsste, kleidete, tröstete, lenkte, lobte, förderte, beförderte und pflegte, sickerte immer mehr Lebendigkeit aus ihrem eigenen.

Wie oft hintereinander konnte man ohne bleibende geistige Schäden ein Bilderbuch vorlesen? Zweimal machte es ja noch Spaß.

»Nochmal! Nochmal!«, riefen die Kinder. Vielleicht mal ein anderes? Nein, DAS hier, EINMAL noch! Ava schaltete ihr Gehirn auf Stand-by und las. Und es gab etwas, was noch langweiliger war als einzukaufen – mit Kleinkindern Einkaufsladen zu spielen. Sowohl Ella als auch Ferris liebten es. Stolz hockten sie hinter ihrem Sortiment aus giftfrei bemalten Holzlebensmitteln in einem Marktstand, der das halbe Zimmer ausfüllte. Ava hielt mühsam das endlose Verkaufsgespräch in Schwung. Bis jeder Posten einzeln benannt, geprüft, nach seiner Herkunft und ökologischer Erzeugung gefragt, im Miniatur-Einkaufsnetz verstaut und anschließend bezahlt worden war, hatten die Läden in der Außenwelt geschlossen, und Ava stand ohne Milch da. Die einzige Entschädigung waren die strahlenden Gesichter. Nochmal! Nochmal! bettelten die Kinder und packten ihre Einkaufsnetze wieder aus. Ava rief dann David an, und bat ihn, von der Tankstelle Milch mitzubringen.

»Was hast du denn den ganzen Tag getan, Ava?«, rief ihr Mann.

Damals hatte er es noch gerufen. Heute schrie er es. Und sie hatte immer noch keine Antwort.

David war es auch, der immer neue Gesellschaftsspiele heimbrachte. Als Ersatz für seine Gesellschaft; Symbol für In-Gedanken-bin-ich-bei-euch. Denn die Anleitungen durchlesen, alles aufbauen, erklären, durchspielen, trösten, Prügeleien stoppen, kriechend die vor Wut im Zimmer verstreuten Holzteilchen suchen – das musste Ava. Beim Kauf hatte er sich sicher an der Vorstellung gewärmt, wie sich seine glückliche Kleinfamilie im warmen Lampenschein damit pädagogisch wertvoll die Zeit vertreiben würde. Wartezeit, die er immer länger in der Agentur verbrachte. Ava hasste es, wie unoriginell ihre Probleme waren, wie klischeehaft die Entwicklung. Jeder Paartherapeut würde vor Langeweile ins Koma fallen. Aber sie hatte keine Energie, die Situation zu ändern. Inzwischen änderte die Situation sie.

Kinder haben eine sehr genaue Vorstellung davon, wie eine Mutter zu sein hat. Ava versuchte sich hineinzupressen. Irgendwann würde es nicht mehr schmerzen. Die Familie war ihre neue Firma – und Ava würde sie verdammt noch mal zu einem Erfolg machen. Sie hatte es doch selber so gewollt! Anfangsschwierigkeiten gab es immer, Rückschläge auch. Sie waren ihr nur noch nie so nahegegangen. Sie hatten sie noch nie so erschöpft.

Zum Muttertag schenkten sie ihr eine teure weiße Batistschürze mit Rüschen und Stickereien. Ava war sprachlos. Vergebens suchte sie in Davids Augen nach Ironie. Nun brauchte er ihr zum nächsten Valentinstag nur noch Reizwäsche zu kaufen, dann würde sie komplett durchdrehen.

»Anziehen, Mama!«, rief Ferris aufgeregt.

»Die sah so gemütlich aus! Dann kannst Du doch auch mal mit uns Kekse backen«, sagte Ella glücklich, »freust du dich, ja? Warte, ich binde dir hinten eine Schleife.«

Ava stand in der Schürze vor dem großen Spiegel und sah

darin die Traumfrau ihrer Kinder. Die Mutter im Zerrspiegel beugte sich herab und küsste ihre Lieben.

»Wunderschön«, hörte Ava sie sagen, »ich danke euch.« Nur der Blick, den sie heimlich dem Vater zuwarf, passte nicht ins Bild. Ich habe die Schürze nicht verdient, dachte sie, und meinte es in zweierlei Hinsicht.

Ach, Muttertagsgeschenke waren eine schreckliche Sache. Ava erinnerte sich plötzlich, wie ihre eigene Mutter am Muttertag einen Wutanfall bekommen hatte, als ihre halbwüchsigen Töchter ihr einen selbst gehäkelten Topflappen präsentiert hatten.

»Was soll ich wohl mit EINEM Topflappen? Da sieht man, dass keine von euch Ahnung vom Haushalt hat! Oder davon, was ich mir wirklich wünsche! Man braucht immer zwei Lappen, um etwas aus dem Ofen zu holen, ZWEI LAPPEN! Merkt euch das!« Danach war sie wie immer zum Weinen ins Schlafzimmer gestürmt, das deshalb bei den Glantz-Schwestern das »Weinzimmer« hieß.

Aus ihrer Kindheit wusste Ava: Schlimmer, als wenn eine Mutter vor ihren Kindern weinte, war es für die Kinder, wenn die Mutter dafür ins Schlafzimmer ging, damit die Kinder es nicht mitkriegten. Vor der verschlossenen Tür, gelähmt von Übelkeit erregendem Elend, hatten Ava, Gilda und Lana dem erstickten Schluchzen gelauscht. Der einzige Trost war ihnen verwehrt geblieben: ihre Mutter zu trösten.

Deshalb rannte Ava zum Weinen nach draußen und setzte sich ins Auto. Hinter dem Steuer war immer ihr Lieblingsplatz gewesen. Dort konnte sie sich zumindest einbilden, sie könnte sofort den Motor anlassen und wegfahren, immer Richtung Norden. Sie würde in einer kleinen Pension am Meer ein Zimmerchen mit Handwaschbecken mieten und mit dem Gefühl einschlafen, dass nichts und niemand sie wecken würde. Das Auto war Avas Schutzraum. Sie beneidete oft Handwerker, die vor den Häusern, in denen sie arbeiteten, ganze Stunden in ihren Firmenwagen verbrachten: Stullen essend, Zeitung lesend, rauchend, mit Kollegen quatschend, Frauen nachblickend, Kaffee aus Thermoskannen trinkend. Stunden, die sie anschließend als Arbeitszeit berechnen würden.

Ava machte Musik an und sah dem Regen auf dem Glasschiebedach zu. Er ließ das Licht der Straßenlampen zerlaufen. Sie sah zu und schaffte es, fünf Minuten an nichts zu denken. Dann ging sie wieder ins Haus. »Seht ihr? Da ist Mama schon wieder!«, hörte sie David beim Hereinkommen zu den Kindern sagen.

Die Schürze hing nun in der Küche an einem extra dafür angebrachten Haken. Zur Beruhigung hörte Ava beim Kochen nur noch Klassik-Radio, den Partysender zur Midlife-Crisis. Im Vergleich zu einer Bach-Kantate konnte sogar sie sich noch jung und modern fühlen. Ava kaufte Wohn- statt Modezeitschriften und anschließend Kissenbezüge oder neue Vorhänge. Damit polsterte sie ihr Nest aus. Es war, als würde man einer Leiche neue Kleidung anziehen, damit sie nicht so tot aussah. Jeder Tag war ein Puzzle aus dreitausend Teilen, aus Himmel und Meer. Jeden Tag fügte Ava Teile davon zusammen, manche mit Gewalt, und hoffte, dass sich daraus irgendwann das richtige Bild ergeben würde. Und sie dann nicht schon zu debil wäre, den Anblick zu genießen.

Einmal hatte Ava wild nach den alten Guns-'n'-Roses-Platten getanzt.

»Hör auf Mama, hör auf!«, hatte Ella in das Gekreische von Axl Rose geschrien, »ich hab solche Angst, dass du verrückt geworden bist!«

Avas Tage bekamen eine neue Begleitmusik. Das Rauschen der Waschmaschine. Das dumpfe Dröhnen des Trockners. Das Röhren des Staubsaugers, der eine Verlängerung ihres Armes geworden schien.

Abends um neun waren die Kinder im Bett und Ava todmüde. Zwei Stunden nach dem Einschlafen schreckte sie regelmäßig hoch. Sie träumte dann, sie würde neben ihren Kindern herlaufen, auf ihre Kinder einreden, sie rufen, aber Ferris und Ella taten so, als wäre sie unsichtbar, unhörbar. Und im Traum fiel Ava plötzlich ein, warum – ihre Kinder konnten sie nicht hören, weil ihre Mutter längst tot war.

Sie erwachte atemlos, schreiend. Ihr Herz raste im Stakkato davon, und im Halbschlaf fand sie sich vor ihrem Arzneischrank wieder, den sie immer panischer durchwühlte, um ein Heilmittel für diese Situation zu finden. Dann war Ava endlich ganz wach, saß schluchzend und mit zitternden Händen zwischen lauter Beipackzetteln und verstand, dass es gegen ihr Leiden kein Mittel gab.

Wenn nur die Arbeitszeiten nicht so unmenschlich wären. Ava hatte kaum noch Erinnerung an die Zeit, als sie noch niemanden mehr liebte als ihr eigenes Leben und ihre bevorzugte Beschäftigung Alleinsein und Schweigen war. Als sie selbstsüchtig auf dem Rücken liegen und Gedanken in Wolken gucken konnte. Als sie morgens um zehn noch nicht das Gefühl hatte, es sei höchste Zeit, ins Bett zu gehen. Als sie mittags noch nicht befürchtete, gleich einen Herzanfall oder Hirnschlag zu kriegen. Damals war auch ihr Bett mehr als der Kampfplatz des verzweifelten Versuchs, tief und lang genug für eine REM-Phase und einen kurzen Albtraum zu schlafen.

Avas letzte Zuflucht war ein riesiger Matratzendiscount an der Hauptstraße. Dort gab sie seit Wochen vor, verschiedene Modelle testen zu wollen. Sie legte sich voll bekleidet im Schutz der Türme aus Decken und Lattenrosten ab und schloss die wunden Augen. Draußen rauschte gedämpft der

Hauptverkehr auf nasser Fahrbahn vorbei; wurde in Avas Fantasie ein glasklarer Wasserfall. Die Strahlung der Neonröhren wurde zu südlicher Sonne. Herausgelöst aus ihrer alltäglichen Realität, geborgen in Absurdität, genoss Ava den Entspannungs-Quickie. Hier gab es keine Waschmaschine, keine Küche, die Ansprüche stellten. Hier würde sie niemand suchen.

»Lassen Sie sich ruhig Zeit«, sagte die reizende Verkäuferin jedes Mal. Sie schob Ava noch ein Kissen unter den Nacken und ließ sie einfach liegen. Ava war für diesen Fast Sleep unendlich dankbar. Nächstes Mal könnte sie den Taschenfederkern testen, dann die Matratze mit viskoelastischer Kaltschaumauflage. Sie war zu müde, um sich dafür zu schämen, aber trotzdem: Es müsste würdigere Dormitorien für Mütter geben. Frisch bezogene weiße Betten in abschließbaren, schalldichten Kabinen, Lavendelduft, Männer- und Handyverbot, eine dicke Frau, die vor den Schlafenden Wache stand. Am besten mit Kinderbetreuung nebenan. Ava würde fünfzehn Euro pro Stunde zahlen.

Je angestrengter sie sich bemühte, desto fehlbesetzter fühlte sie sich in der Mutterrolle. Trotz aller Ratgeber verhielten sich ihre Kinder nie wie darin beschrieben. Schon »Jedes Kind kann schlafen lernen« hatte sie nach ein paar Wochen übermüdet weggeworfen. Würde auch jede Mutter wieder schlafen lernen können? Sie schaffte es ja noch nicht mal, eine Orchidee wieder zum Blühen zu bringen. Spätestens nach zwei Wochen war sie den anklagenden Anblick der graugrünen Stängel mit schlappledrigen Blättern leid und warf sie weg.

In den Häusern und Wohnungen anderer Mütter standen nie Orchideen ohne Blüten. Sicher gaben sie die verblühten Schönheiten ihren Putzfrauen zur Pflege mit, die sie erst in voller Pracht wieder zurücktragen durften.

Das wäre die Idee für eine Ich-AG: »Schwarzer Daumen? Orchideen-Tagesmutter bringt auch Ihre Pflanzen liebevoll wieder zum Blühen. Nicht unter drei Rispen. Helle, nicht zu sonnige Fensterbank und Dauerberieselung mit balinesischer Tempelmusik garantiert.«

Ava fand immer mehr Gründe für ihr Recht auf eine Midlife-Crisis. Ihr Hochschulstudium, ihr Intellekt und das Schnellfeuer kreativer Ideen halfen nicht bei der praktischen Bewältigung ihres Alltags, sondern standen im Wege. Früher ließen Eltern ihre Töchter nicht studieren, weil sie sowieso heiraten und Kinder kriegen würden. Das war vielleicht sadistisch, aber mit Sicherheit realistisch gewesen. Ava wünschte oft, man könnte sich graue Zellen absaugen lassen und einfrieren, um im Alter bei beginnender Demenz das Gehirn damit aufspritzen lassen. Und wer nie unabhängig war, könnte es später auch nicht vermissen. Milena zum Beispiel hatte nicht mal Abitur. Dafür hatte sie es weit gebracht: Bei ihr sorgte jeden Tag eine Haushälterin für Ruhe und Ordnung. Mila musste nur noch die Dekoration machen und sein.

Milenas Mann, Doktor Ascan Ansgart, war einer der weichfleischigen Typen, die in ihrer Jugend älter aussahen als Gleichaltrige, im Alter dafür jünger, aber immer egal. Mit hochhackigen Budapester Schnürschuhen trat er den alten Aubusson-Teppich im Biedermeierzimmer auf und ab. Seine grüne Steppjacke mit dem Cordkragen hatte er einfach auf das Sofa geworfen.

»Milena! Ich hab dich was gefragt! Warum sind unsere Kinder so hässlich? Wozu habe ich dich geheiratet? Na? Doch nur, weil ich dachte, so eine schöne Frau müsste automatisch schöne Kinder kriegen! Hässlich bin ich schließlich selber.«

Er wartete einen Moment erfolglos auf ihren Widerspruch und ging dann mit neuer Energie weiter auf Tränenjagd, ein Bluthund, der Schmerzen witterte. Diesen Wutrausch am Feierabend brauchte er mehr als die Flasche Rotwein, die ihn später wieder davon runterholen würde. Den bösartigsten Streit ihrer Ehe hatten sie gehabt, nachdem Milena ihm das »Brigitte«-Dossier über konstruktive Auseinandersetzung hingelegt hatte.

»Woher aus deiner Ost-Mischpoche kommen nur diese Schrottgene, dass Henriette schon jetzt eine dicke Brille braucht? Früher gab's gar keine Kinder mit Brillen! Und dazu diese verquere Zahnstellung, dieser Kreuzbiss!«

Milena Ansgart hatte sich zum Schutz völlig in ihren Kopf zurückgezogen und murmelte in Gedanken ihr Mantra »Der hässliche kleine Mann ist gar nicht da … ist gar nicht da … ist gar nicht da …« Sie drehte eine hellblonde Haarsträhne um den Zeigefinger und blickte ausdruckslos in den Garten, der bis an den Kanal reichte. Vor den hohen Fensterflügeln, die auf eine Sandstein-Terrasse mit riesigen Buchsbaumkugeln führten, die selbst Atlas nicht gestemmt bekäme, teilten kunstschmiedene Eisengitter die dunkelblaue Luft in Quadrate. Offiziell waren die Gitter zum Schutz vor Einbrechern da, aber Milenas Klaustrophobie funkte eine andere Wahrheit durch ihr Nervensystem.

Aber was war schon Freiheit ohne Geld? Nur eine billigere Art von Gefangenschaft.

Sie öffnete kurz ihr Visier, um zu sagen:

»Kannst du nicht einmal die Schuhe im Flur ausziehen, Ascan? Der Kleine krabbelt hier immer herum. Und Du schleppst diesen Straßendreck herein.«

Er trat dicht an sie heran, verletzte dabei absichtlich jedes Menschenrecht auf Distanz.

»Hast du's vergessen? Ich bin der reiche, dicke, kleine

Mann, der hier die Putzfrau bezahlt. Und übrigens – wann fängt Junior eigentlich an zu laufen? Üb doch mal mit ihm, statt mit deinen Freundinnen shoppen zu gehen! Seit Monaten liegt »der Kleine« (er kratzte dazu ironische Gänsefüßchen in die Luft) überall herum wie ein Fleischklops. Bis heute hat er kaum Haare ...«

Zufrieden sah er erste Tränen über ihr schönes Gesicht laufen. »Kannst du dir von meinem Geld nicht mal wasserfeste Wimperntusche kaufen, Dummchen? Hör auf zu heulen, Milena! Denk einmal positiv – kann man bei Henriette nicht die Haare färben lassen? Oder ihre Augen lasern? Was ist mit farbigen Kontaktlinsen?«

»Doch nicht mit sechs Jahren! Was bist du nur für ein Arschloch.«

Ein wachsender Adrenalinpegel schenkte ihm die Illusion eines eigenen Gefühlslebens. Er lachte erregt.

»Sehr charmant. An deiner Ausdrucksweise merkt man immer noch sofort, wo du herkommst. Aber egal. Ich will jetzt noch ein Kind von dir. Eines muss doch wohl irgendwann so aussehen wie du früher und die ganze Nerverei wert sein.«

»Spinnst du? Ich will kein Kind mehr. Erst recht nicht von dir, ich hasse dich.« Sie verlor jede Beherrschung und rief es immer lauter: »Ich hasse dich! Ich hasse dich!«

Ihr Mann winkte den Gefühlsausbruch mit einer Hand ab. Er trat an das honigfarbene Schellacktischchen heran, strich seine kragenlangen, nach hinten gegelten Haare zurück, stützte die Arme auf und starrte durch die Hornbrille in ihre verweinten Augen.

»Hör mir mal genau zu, Milena. Ich will EINMAL ein Kind an der Hand halten, bei dem mich fremde Leute anlächeln, wenn ich mit ihm spazieren gehe, und zwar nicht aus Mitleid. EINMAL sollen Omas kreischen, ach Gott, ist Ihre

Kleine süß! Als ich dich kennen lernte, hattest du nichts, du warst nichts, du konntest nichts – na gut, das wusste ich. Aber du warst so schön! Da dachte ich, das ist die perfekte Mutter meiner Kinder. Reich werden sie später ja sowieso, aber ich wollte auch gentechnische Alpha-Kinder.«

Zufrieden sah er, wie aller Widerstand aus ihr wich, als sie auf die Biedermeier-Recamiere sackte. Ihr Kopf war nun auf seiner Schritthöhe. Er schob seine breiten Hüften vor und zog den Hosenbund hoch.

»Warum, glaubst du, gehe ich nie mit ihnen auf den Spielplatz?«, legte er nach, »wenn ich nur an die letzte Ballettaufführung denke! Ich hatte mir extra frei genommen, um mich öffentlich demütigen zu lassen! Deine Tochter besitzt keine Spur von Grazie. Ihre dicken Beine in den rosa Strumpfhosen sahen aus wie Würste.«

Es sind deine Beine, du Schwein!, dachte Milena.

»Der einzige Kerl, der sich noch mehr schämen musste, war die arme Sau, dessen Sohn mitgehüpft ist. Wolfgang Krause war übrigens auch da, hast du gesehen, wie süß seine Tochter aussah? Dabei ist seine Frau nicht mal besonders attraktiv. Das ist so verdammt ungerecht, ich weiß nur nicht, wen ich dafür verklagen soll.«

»Henriette ist ein sehr kluges Kind, hat ihre Lehrerin gemeint. Und sie sagt oft so witzige Sachen«, verteidigte Milena ihre Tochter.

Er schnaubte.

»Sie muss nicht klug sein, ich hab genug Geld für sie, ihren Fleischklops von Bruder und sogar noch für ihre hässlichen Ururenkel. Und wofür will sie witzig sein? Henny soll später nicht als Clown auftreten, oder? Jedenfalls nicht unter meinem Namen.«

»Ich lasse mich von dir scheiden«, sagte sie.

»Jaja, das sagst du immer. Überhaupt nicht kritikfähig.«

Dann ließ ein schrecklicher Gedanke seine Gesichtszüge weiter absacken.

»Aber du warst doch von Natur aus schön, Milena? Was? Oder waren die Reize alle künstlich, mit denen du mich drangekriegt hast? Hast du etwa gar keine schönen Gene?«

Er durchquerte den Raum und wühlte in ihrem Sekretär herum.

»Lass das!«, schrie sie.

»Ich will sofort deine Kinderfotos sehen!«, brüllte er zurück.

Das Beben in ihrem Bauch breitete sich aus und schlug Wellen. Milena begann zu zittern.

»Bei mir ist alles echt gewesen«, flüsterte sie, »sogar meine Gefühle. Ich dachte, wir könnten ein schönes Leben zusammen haben, Ascan. Leben? ...« Sie lachte hysterisch. »Ich fühle ich mich nur noch tot, tot, tot! Du verachtest mich, du hasst unsere Kinder. Und du betrügst mich mit dieser Sekretärin, die aussieht wie ich, bevor die Kinder kamen ...«

»Das heißt nicht Sekretärin, das heißt Assistentin. Und bei dir ist alles echt, sogar deine Liebe für mich? Gestatte, dass ich lache.«

Er lachte künstlich und plumpste neben sie. Dann legte er seinen Arm um Milenas Schultern. »Obwohl – so wie dein Busen mittlerweile aussieht, ist der wahrscheinlich wirklich noch echt. Der hat so was – naturvolkhaftes. Aber deine Liebe? Du warst doch erst mit mir im Bett, nachdem du wusstest, dass mir die Reederei gehört. Und das größte Haus in der Heilwigstraße. Ohne mich wärst du aus deiner Einzimmerbude sozialer Wohnungsbau doch nie rausgekommen.«

»Das wäre ein Glück gewesen«, flüsterte Milena. Sein Arm erpresste sie, sein Geruch vergiftete ihren Atem. Sie stand auf und ging zum Fenster. Sie öffnete die Flügeltüren und seufzte zitternd den Geruch nach Wasser und modernden Blättern ein.

Aber er hatte ja Recht, dachte sie. Sie hatte sich von ihrer Schönheit ein schönes Leben kaufen wollen, und Ascan war der Preis gewesen. Sie liebte sein Haus und seinen Garten, sie liebte ihre Kleidung, ihren Lebensstil und ihre Kinder, und sie hatte gehofft, von all dieser Liebe würde im Laufe der Zeit etwas auf den Erzeuger zurückstrahlen. Doch das Gegenteil war eingetreten. Ascan war das einzig Hässliche in ihrem Leben, von dem sie sich nicht freikaufen konnte. Er war die gerechte Strafe für ihre Illusionen gewesen.

Für eine Weile hörte man nur das saubere Ticken der goldenen Kaminuhr aus dem 18. Jahrhundert. Das Geräusch war Milenas Trost, die Zeit ging vorbei, alles ging vorbei, selbst dieses Leben einmal. In hundert Jahren würde diese Uhr immer noch ticken, wenn ihr Herz längst aufgehört hätte, den Motor in ihrem Kopf anzutreiben, der stets neue Ängste und Demütigungen produzierte und den Rest der Welt durch schwarze Ledervorhänge aus Traurigkeit von ihr abtrennte.

»Ach, Häschen, du hast doch mehr Glück als Verstand. Schau dich an«, sagte er gut gelaunt, »völlig verquollen. So müsste dich Prince mal sehen können! Jetzt geh unter die Dusche und trink ein Glas Champagner, in einer Stunde sind wir bei den Valkerts eingeladen.«

»Ich komme nicht mit. Ich mache mit meinen hässlichen Kindern Schönheitsschlaf.«

Mila starrte auf die Ölgemälde über dem Sofa. Überall im Haus hingen welche, Segelschiffe rauschten darauf wild und frei durch dramatisierte Wellen. Mit geblähten Segeln waren sie im Namen ihres Mannes und dem seines Vaters und seines Großvaters und seines Urgroßvaters auf allen Weltmeeren unterwegs gewesen. Heute sahen die Schiffe aus wie Riesenmüllcontainer mit Stapeln von kleineren Containern darin, des Kapitalismus gigantisches Legospielzeug aus Eisen und Stahl. Später würden sie es im Namen ihrer Kinder sein: Ansgart.

»Versuch bloß nicht ironisch zu werden, Milena, das konntest du auch noch nie. Du kommst mit.«

Ascan Ansgart wurde so wütend, dass selbst sein Gesicht männliche Züge bekam. Wenn es etwas gab, was er noch mehr genoss, als Milena zu demütigen, dann war es, Milena vor anderen zu demütigen. Das würde er sich heute Abend nicht entgehen lassen.

»Nein. Ich lass mich scheiden. Warum lässt du uns nicht gehen, mich und meine hässlichen Bälger?«

»Hör doch auf mit dem Kinderkram, Milena«, röhrte er gut gelaunt, »dafür sind wir beide zu alt. Die meisten Leute sind doch auch nur zusammen, weil sie keine Zeit für die Trennung haben. Hol dir eine Botoxspritze und ein paar Implantate, dann brauchst du keinen Schönheitsschlaf.«

Ticktackticktack.

»Pass mal auf, ich mache dir das beste Angebot deines Lebens, Häschen. Du bleibst und kriegst meine Kinder, bis ein schönes dabei ist. Dafür bekommst du jeden Wochentag tausend Euro von mir. Das ist mehr als fair, oder?«

Sie starrte ihn an. Sie war so müde, so leer, so wirr im Kopf. Aber so fühlte sie sich eigentlich immer. Ticketackticketackticketackticketack.

Dr. Ansgart lächelte.

»Aber du musst diese tausend Euro jeden Tag nachweislich ausgeben. Nichts auf's Sparkonto bunkern, hörst du, Häschen? Abends möchte ich die entsprechenden Quittungen sehen. Sonst platzt der Deal. Dann gehst du, aber alleine. Ohne Kinder, ohne jeden Cent. Denk an deinen Ehevertrag. Denk an Deine Herkunft.«

Er klopfte ihr auf den Kopf. »Hast du alles verstanden?«

»Du bist absolut krank.«

»Na und? In meiner Einkommensklasse heißt das exzentrisch. Was nun – machst du's?«

Sie musste sich wieder ermahnen zu atmen. Ein. Aus. Nachdenken. Sie ekelte sich vor ihm. Ascans Penis war eine Albino-Nacktschnecke, nur nicht so groß. Armut ist nur eine billigere Art von Gefangenschaft ... dass die besten Dinge im Leben gratis sind, war eine barmherzige Lüge für die Mittellosen.

Ihr Gatte klopfte heftiger. »Hallo! Ausnahmsweise jemand zu Hause da oben?«

»Bevor wir je wieder Sex haben, will ich einen Aidstest von dir sehen«, hörte Milena sich sagen.

»So weit kommt's noch. Frau von Markow ist ja wohl keine Risikogruppe.«

Er hielt seine weiche Hand mit dem Siegelring hin, hob dann ihre Hand von ihrem Schoß und schüttelte sie ohne Druck.

»Abgemacht.«

Er lief zur Tür und beugte sich über das Geländer der Galerie.

»Frau Dragowicz, bringen Sie uns eine kalte Flasche Champagner herauf!«

Rotwangig und händereibend kam er wieder ins Zimmer.

»Meine Assistentin wird unsere Vereinbarung dann morgen schriftlich fixieren. Und nun komm, mach dich schön. In einer halben Stunde fahren wir.«

Ava föhnte ihre langen Haare. In fünf Minuten würde schon der Babysitter klingeln.

»Und, was habt ihr so alles erlebt?«, fragte David gut gelaunt. Sie machten sich im Badezimmer für eine Einladung zum Essen fertig. Ava dachte länger nach. In letzter Zeit fehlten ihr immer häufiger die Worte.

»Nicht viel. Amanda war bei Ella zu Besuch. Ich war einkaufen.«

»Was hast du denn Schönes gekauft? Zeig mal!«

»Einkaufen, David, nicht shoppen. Brot, Eier, Milch, Äpfel, Wasser. Ach ja, und Ferris ist mal wieder in Hundekacke getreten.«

»Das hast du vorhin schon am Telefon erzählt«, sagte David. Er besah sich pseudokritisch im Spiegel.

»Oh, Entschuldigung, Schatz! Ich wollte dich nicht langweilen. Danke für dein Interesse an meinem Tag!«

Für dein Desinteresse an meinen Gefühlen, dachte sie.

»Ach, ja – und dann habe ich noch Dirk auf der Straße getroffen.«

»Dirk? Wie geht es ihm denn?«

»Gut ... glaube ich. Die Agentur läuft wieder.«

Auch ohne mich. Alles läuft auch ohne mich weiter. Sogar mein früheres Leben.

»Ach David, manchmal vermisse ich meine Arbeit und die Leute doch sehr.«

»Das verstehe ich ja, Schatz, aber guck dir mal unsere süßen Kinder an!« Er umarmte sie und lachte. »Jetzt hast du eben deine eigene kleine Zielgruppe zu Hause. Genieß doch einfach die Zeit. Ich bin abends manchmal total überrascht, wie groß die beiden schon geworden sind.« Er schlang seine Arme um sie. »Arbeiten kannst du doch später noch dein ganzes Leben lang.«

Sicher, dachte Ava. Der Arbeitsmarkt wartete auf mittelalte, demente Frauen, die nach zehn Jahren Hausfrauendasein wieder mitspielen wollten. Und zwar oben, nicht nur »mal wieder zu Hause rauskommen« und dankbar für eine Halbtagsstelle Kaffeekochen. Das olympische Motto »Dabeisein ist alles« war nie Avas gewesen. Warum hatte in Deutschland wohl nahezu die Hälfte aller Frauen mit abgeschlossenem Hochschulstudium keine Kinder? Ava wusste es. Und bemitleidete sie trotzdem.

»Du hast leicht reden, David. Du musst nie Hundekacke von ihren Schuhen wischen«, murmelte sie gegen seine Paul-Smith-Hemdbrust. Er roch gut. Es erinnerte sie vage an etwas Angenehmes, Warmes, Kostbares. Ihre Muskeln entspannten sich. Es war schön, in einer Umarmung mal die Kleinere zu sein. Sie wollte einfach ein paar Minuten in seinem Schutz so dastehen und ihn einatmen. Plötzlich fühlte sie sich ihm wieder nahe.

Doch David hatte keine Geduld für mehr Trost. Sein Körper wurde steif, er schob sie weg. Seine Laune schlug um. Aus Dr. Jekyll wurde Mr. Hyde.

»Mann, Ava! Was meinst du eigentlich, was bei mir im Büro heute los war? Hast du mich einmal danach gefragt, Ava? Nur dieses Gejammer über Hundescheiße! Dafür hast DU immerhin den ganzen Tag lang Ruhe! Keine finanziellen Sorgen! Die Rechnungen zu bezahlen ist auch eine Form von Liebe und Fürsorge, weißt du?«, brüllte er.

Ava erinnerte sich an etwas.

»Wozu brauchen wir Papa überhaupt?«, hatte sie ihre Mutter gefragt, als sie etwa fünf war, und Frau Glantz hatte ohne Zögern geantwortet: »Das ist der Mann, der das Geld nach Hause bringt!«

»Ach so«, hatte Ava gesagt. Und gedacht: Aber danach könnte er doch wieder gehen.

Jetzt starrte sie ihr Spiegelbild an und dachte: Vielleicht hat meine Mutter das damals ja auch gedacht. Sie tuschte vorsichtig ihre Wimpern.

Ella kam herein.

»Schminkst du dich, Mama?«

»Ja.«

Ella sah fasziniert zu, wie Ava Aufheller auf ihre Augenringe tupfte und konzentriert den hohen Schwung ihrer Augenbrauen nachstrichelte.

»Als was denn?«

Ava lachte überrascht.

»Als müde Mutter, die einen Abend lang mal nicht so aussehen will.«

»Nein, Mama! Du sollst nicht weggehen!«, schrie Ella plötzlich mit aufgerissenen Augen und umklammerte Avas Beine. »Immer gehst du weg! Bitte, bitte, lass mich nicht alleine!«

Das Geschrei seiner Schwester lockte sofort Ferris ins Bad, der bisher friedlich mit seinen Ritterfiguren die Playmobil-Piraten massakriert hatte.

Er sah Avas hohe Schuhe und ihr schwarzes Kleid und fing sofort an zu weinen.

»Mama, du siehst gar nicht aus wie Mama! Du siehst aus wie eine böse Hexe!«, schluchzte er.

Sie sah David unsicher an.

»Ich hab sowieso keine Lust mehr auf dieses hochgestylte Abendessen. Sollte ich nicht doch lieber …«

»NEIN!«, schrie David sie an, »nein, Ava, du bist *einmal* nicht viel zu müde! Du hast gerade gejammert, wie beschissen dein Tag war, und wie du den Austausch mit Erwachsenen vermisst, und deshalb kommst du jetzt mit, das wird dir guttun. Und du siehst auch nicht aus wie eine böse Hexe, du siehst aus wie die schöne Frau, in die ich mich verliebt habe! Lass dich bloß von den beiden nicht erpressen! Lernst du denn gar nichts aus den ganzen pädagogischen Büchern?«

Schon stand sie wieder im kaukasischen Kreidekreis ihres Herzens gefangen.

»Ava wollte eigentlich schon wieder zu Hause bleiben«, erzählte David beim zweiten Glas Weißwein.

Die Lage der Wohnung in der neuen Hafencity zeugte ebenso wie die erlesene Einrichtung und Dekoration von der Kinderlosigkeit der Besitzer. Brennende Aqua-di-Parma-Duftkerzen und Teelichte waren wohl geordnet über die Luxusdielen verteilt, das dunkelbraune Holz spiegelte die Flammen wieder. Fragile Bodenvasen balancierten einzelne Stiele von tiefblauem Agapanthus. Die Musiksammlung und der DJ-Technics-Plattenspieler waren auf einem niedrigen Sideboard ausgestellt. Daneben stapelten sich internationale Magazine im Wert von tausend Euro. Wertvolle Vintage-Fotoabzüge lehnten in maßgefertigten Rahmen an den Wänden.

Die große Fensterfront zur Terrasse stand offen. Der Blick über den Fleet und den Hafen war fantastisch, die Brüstung viel zu niedrig für Minderjährige und Betrunkene.

»Ich hab immer noch ein schlechtes Gewissen, weil ich weggegangen bin. Sie haben beide so geweint. Meine Eltern sind abends nie weggegangen, bis ich fünfzehn war«, murmelte Ava.

»Und ab dann erst recht nicht mehr«, ergänzte David maliziös, »um ihre Töchter daran zu hindern auszugehen.«

»Ach Ava, du hast doch Probleme, um die sich neunzig Prozent der Weltbevölkerung mit ihren leeren Reisschalen prügeln würden«, sagte der Fotograf neben ihr lässig. Früher hatten sie sich einmal gut gekannt. Jetzt erinnerte sich Ava noch nicht einmal, ob sie je mit ihm im Bett gewesen war. Hoffentlich nicht.

»Außerdem müsst ihr doch vorher gewusst haben, dass Kinder das Leben total verändern«, sagte die Gastgeberin, Creative Director bei einer Werbeagentur. Da sie gerade keine Kampagne für Pampers oder Kinderschokolade erdenken musste, wollte sie das langweilige Thema abschließen, ehe es ihren Abend ruinierte.

Ava griff nach ihrem Weinglas. Sie hatte es längst aufgegeben, sich bei kinderlosen Freunden aussprechen zu wollen. Der Graben zwischen ihnen war noch breiter als der zwischen Müttern und Vätern. Wie sollte sie ihnen klarmachen, dass der Unterschied zwischen Kinder wollen und Kinder haben etwa der war, als ob man alle Reiseführer über Australien gelesen hätte, oder ohne Englischkenntnisse, Sonnenschutzmilch und Rückkehrmöglichkeit ausgewandert war?

Sie verstand durchaus, dass die andere Seite sie nicht verstand. Ava hatte damals ja auch geglaubt, mit Kindern wäre man automatisch Mutter, so wie sie einst gedacht hatte, Sex würde ein Mädchen zur Frau machen. Nach dem ersten Kind vermutete sie, man müsse mindestens zwei haben, um eine echte Mutter zu werden. Nun hatte Ava zwei Kinder und fühlte sich immer noch nicht als Mutter, sondern wie eine schlecht organisierte Frau mit zwei Kindern, die in ihren Eigenschaften und Ansprüchen auch noch völlig verschieden waren. Mütter sollten doch mehr können, als ihre Kinder so rettungslos, herzzerreißend amateurhaft zu lieben wie sie, dachte Ava.

Echte Mütter kriegten ruhig und bestimmt aller Leben auf die Reihe, Liebe war da nur die Kür. Wie beim Eiskunstlauf, Kunstturnen oder Ballett ging es darum, unter Schmerzen seine Pflicht zu perfektionieren, um sie später mit strahlendem Lächeln und dem Anschein entspannter Leichtigkeit zu präsentieren: satte, saubere, gesunde Kinder pünktlich zum Kindergarten und zur Schule bringen, Pausenbrot und Taschentuch in der Tasche, Küsse auf den Wangen, Wohnung aufräumen, putzen, Kuchen backen, Puppenpullover stricken, einkaufen, vollwertig kochen, Kinder anziehen, abholen, beaufsichtigen, herumfahren, fröhlich sein, da sein, immer voll da sein für andere. Echte Mütter brüllten nie.

Davids Handy läutete. Er blickte auf das Display und hielt es ihr hin.

»Ella«, sagte er nur.

Alle blickten sie amüsiert an. Ava stand auf, nahm das Telefon entgegen und trat auf die Terrasse hinaus. Die Glasfronten glänzten, ohne kleine Handabdrücke. Keine Vorhänge oder Jalousien behinderten die Aussicht. Der Bambuswald raschelte leise im Nachtwind, es roch nach weiter Welt und Herbst am Meer. Unter ihr pflügte ein beleuchteter Schlepper durch die Wellen.

»Ella? Was ist denn? Ist alles in Ordnung?«

»Mama? Wann kommst du denn? Ich habe solches Heimweh!«

»Schätzchen, du kannst kein Heimweh haben, du bist doch zu Hause!«

»Dann habe ich Elternweh! Wie lange dauert das denn noch, bis ihr wieder hier seid?«

»Schätzchen, Becky passt doch gut auf euch auf. Und wir sind in einer halben Stunde wieder da. Du solltest längst schlafen. Ihr dürft euch auch so lange in mein Bett legen, ja? Bis gleich. Ich hab dich ganz, ganz lieb.«

Sie drückte Ellas Protest und ihr schlechtes Gewissen weg.

»Lass die anderen reden«, sagte eine Frau. Sie trat vorsichtig in hohen, violetten Wildlederstiefeln über die Schwelle zum Terrassendeck und hielt Ava tröstend ihr vasengroßes Riedel-Weinglas entgegen, »ich weiß genau, wie du dich fühlst.«

»Ach, du hast auch ein Kind?«, fragte Ava erleichtert.

»Nein, aber ein Pferd. Das ist fast das Gleiche.«

Ava lachte, bis sie merkte, dass die Frau es ernst gemeint

hatte. Sie lehnten beide stumm an der Balustrade und blickten auf die maritime Szene.

»Ich heiße übrigens Marleen«, sagte die Frau.

»Ava«, sagte Ava.

»Genau! Jetzt weiß ich wieder, wer du bist!«, sagte die Frau plötzlich.

»Wirklich? Ich frage mich das immer«, erwiderte Ava.

»Wie heißt du noch mal mit Nachnamen?«, fragte Marleen nach. Ihre Stimme klang nun ernsthaft interessiert, ohne den gönnerhaften Ton.

»Ava Heyl.

»Und wie wirklich? Ich meine, früher? Vor deiner Heirat?«

»Glantz. Ava Glantz.«

»Ava Glantz! Du hast doch damals die große Meinungsforschungs-Agentur gemacht! Ich erinnere mich an eine Zielgruppen-Präsentation, die du mal für das Elektro-Auto gemacht hast. Ich habe bei Carolin in der Agentur gearbeitet. Du warst so klasse! Unsere Jungs waren tief beeindruckt von dir. Und der Kunde sowieso. Und später hast du dann doch …«

Ava hörte überrascht zu, wie die fremde Frau die Erfolgsgeschichte ihres Arbeitslebens zusammenfasste. Es war, als ob sie ihrem eigenen Nachruf zuhörte. Nur, dass das dies hier schmerzte.

»Und? Was machst du jetzt so, Ava?«, fragte Marleen erwartungsvoll, »Ich hab dich schon lange nirgends mehr gesehen.«

»Nun – Ich kümmere mich hauptsächlich um meine beiden Kinder.«

»Zwei Kinder? Die sieht man dir aber nicht an«, sagte Marleen anerkennend.

Nicht auf den ersten Blick, nicht, wenn man mich nicht kennt, dachte Ava. Sie trank ihren Weißwein.

»Im Bikini schon. Trotzdem danke«, sagte sie.

Wieso eigentlich danke? Wieso war das ein Kompliment gewesen? Ava setzte doch seit Jahren all ihre Kraft ein, um endlich wie eine gute Mutter zu wirken – wenigstens auf ihre Kinder.

»Und sonst? Woran arbeitest du im Moment sonst, Ava?«

Marleen flocht in Callcenter-Manier Avas Namen in jeden ihrer Sätze ein. Ihre professionelle Pseudo-Verbindlichkeit ließ Ava auf Distanz gehen. Dabei hatte sie das früher auch gekonnt.

»Hallo? Kommt ihr beiden bitte auch endlich zum Essen?«, rief die Gastgeberin von drinnen.

»Ich glaube, wir müssen wieder rein, Marleen«, sagte Ava im Gehen, ihre Erleichterung dünn mit Bedauern geschminkt.

Wofür brauche ich diese Leute noch, fragte sie sich. Als letzte Zeugen, dass ich mal ein anderes Leben hatte? Und wofür brauchen sie mich – als Anschauungsobjekt zur Beruhigung ihrer Sinnkrise, dass man es ohne Kinder besser hat? Dann war ich mein Essen heute Abend schon wert.

Sie reichte David sein Handy zurück, ohne seine Hand zu berühren, und sank auf der anderen Tischseite in ihren holzbeinigen Eames Plastic Chair. Das Gespräch ging mittlerweile um eine Fotoproduktion in Bali und die beängstigend laschen Waffenkontrollen vor den Flügen. Um Urlaubsziele für romantischen Urlaub zu zweit. Teure Restaurants.

»Was meint ihr, wenn ihr keine Kinder hättet, wärt ihr dann noch zusammen?«, fragte der Fotograf David nach der Thaisuppe.

»Ja, natürlich!«, sagte David im gleichen Moment, als Ava »Bestimmt nicht« antwortete.

»Kann ich bitte noch ein Glas Wein haben?«, sagte sie in das Gelächter.

Seit sie Kinder hatte, trank Ava kaum noch Alkohol. Sie fürchtete, dass mitten in der Nacht ein Kind Hilfe bräuchte und sie unfähig wäre, adäquat zu reagieren.

»Als Mutter ist man wie der Chef vom Dienst in einer nächtlichen Nachrichtenredaktion«, versuchte sie jetzt allen zu erklären, »immer in Bereitschaft. Kann ja sein, dass monatelang nichts passiert. Aber falls dann nachts eine Eilmeldung kommt, bist du der Verantwortliche, der die richtigen Entscheidungen treffen und Telefonate führen muss, und zwar schnell.«

»Ach Ava, du übertreibst so. Entspann dich doch mal«, kam der Standardsatz von David.

Und ebenso regelmäßig fauchte sie zurück: »Dann gib mir einen Grund dazu!«

Ihre Seelen waren zwei gleichgepolte Magneten, die einander bei Annäherung abstießen.

»Du hast zu viel getrunken«, sagte David, als sie zwischen den rotdunklen, warmen Backsteinleibern der Speicherstadt nach Hause fuhren.

»Aber nicht genug, um mit dir zu schlafen«, erwiderte Ava.

Sie war zu müde, um sich eine originellere Kränkung auszudenken.

Dabei war David doch der Liebhaber mit Orgasmusgarantie gewesen! Hätte sie ihn sonst geheiratet? Dass sogar Höhepunkte mit der Zeit langweilig werden konnten war erschreckend. Eheliche Orgasmen waren wie uralte Lieblingswitze – obwohl man einst vor Lachen darüber geschrien hatte, sah man sie irgendwann schon von weitem um die Ecke biegen und einen derart unbeirrbaren Weg zur Pointe nehmen, dass der Witz auf der Strecke blieb.

Früher bedeutete Sex vorher geil aufeinander zu sein, und

hinterher oft enttäuscht. Ehelicher Sex bedeutete, vorher guten Willens zu sein, mittendrin geil und hinterher positiv überrascht, dass es sich doch gut angefühlt hatte. Ava erinnerte das an Ella, die immer ungern zum Kindergarten gegangen war, hinterher aber stets begeistert davon erzählt hatte. »Warum machst du vorher immer so ein Theater, wenn es dir dann doch so gut gefällt?«, hatte Ava ihre Tochter genervt gefragt. Und Ella hatte wohl überlegt geantwortet: »Weißt du, vorher fühlt es sich immer viel blöder an, als es dann in Wirklichkeit wird. Aber bis zum nächsten Mal vergesse ich das immer wieder.«

Beim Sex mit ihrem Mann ging es Ava genauso. Am besten war sowieso der Après-Sex. Sie konnten dann sogar ein Gespräch führen, ohne gleich zu streiten. Und wenn Ava David dabei ins Gesicht sah, fiel ihr wieder auf, was für schöne Augen er hatte. In der Horizontalen traf sie den Mann wieder, in den sie sich verliebt hatte. Aber bis zum nächsten Mal hatte sie das wieder vergessen.

Und dann passte die Situation so selten. David war das egal.

Eines verregneten Sonntagmittags, als Ava überlegte, was man aus den Sachen im Kühlschrank für eine Art Essen kochen konnte, legte er den Kindern ein Video ein und drehte den Ton lauter. Dann schloss er die Tür hinter sich, griff Ava um die Taille und sagte zufrieden:

»So! Jetzt haben wir etwas Zeit für uns.«

Ava ahnte schon wofür, konnte es aber nicht glauben.

»Schön, dann kann ich endlich auch mal die FAZ am Sonntag lesen«, erwiderte sie versuchsweise.

»Ich dachte da an etwas viel Besseres«, bestätigte er ihren Verdacht und küsste sich strategisch ihren Hals hinab.

»David! Während die Kinder nebenan ein Video gucken? Das kann ich nicht!«

Ihr weißer Bademantel hatte einen Kaffeefleck auf der Brust.

»Komm, Ava. Früher brauchtest du dazu keine halbe Stunde. Und wir haben neunzig Minuten«, versprach er und umfasste beidhändig ihren Hintern.

»Was hast du ihnen denn eingelegt?«

»Den ›Zauberer von Oz‹.«

»Spinnst du? Warum nicht ›Der kleine Maulwurf‹?«

»Weil Ella sich dabei bestimmt langweilt und dann angelaufen kommt!«

»Aber für den ›Zauberer von Oz‹ ist Ferris viel zu klein, David! Warum nicht gleich »Das Schweigen der Lämmer?« Spätestens bei der bösen Hexe des Westens wird er schreiend hereingerannt kommen ...« Sie schreckte zusammen. »Und dann noch diese fiesen, fliegenden Affen!«

»Bis dahin singen die doch noch mindestens drei Lieder, das hören wir. Komm schnell, Schatz. Es wird dir gefallen. Du musst auch gar nichts machen. Setz dich doch einfach auf den Küchentisch.«

»Nein, David! Ich will nicht die ganze Zeit mit der bösen Hexe im Wettrennen liegen, wer eher kommt – sie oder ich. Ich wette 9 zu 1 auf die Hexe!«

Er ließ sie abrupt los.

»Du kannst aber auch alles kaputtdiskutieren, Ava! Ständig meckerst du, dass ich dich nicht drängen soll – aber wann hast du zuletzt mal mit Sex angefangen?«

Sein Ton wurde aggressiv.

»Abends bist du immer zu müde. Tagsüber zu beschäftigt – mit was weiß ich! Die Küche sah jedenfalls wie Scheiße aus, als ich gestern nach Hause kam. Es passt dir fast nie. Warum dann nicht jetzt? Komm, wir sind beide wach und geduscht!«

»Das reicht mir nicht! Ich bin gerade nicht erregt, ich bin

gereizt! Und das eine schließt das andere aus, David!«

»Du bist doch nur noch gereizt, Ava!«

»SO? Und woran kann das wohl liegen, David? Oder sollte ich sagen – an WEM?«

»Mamaaa! Komm schnell her! Die Hexe ist voll gruselig mit dem grünen Gesicht!«, überschrie Ella von nebenan Ferris' entsetztes Gebrüll.

»Scheint dir ein Orgasmus zum Preis eines frühkindlichen Traumas nicht überteuert, David?«, rief Ava wütend, ehe sie losrannte.

Dass er »Nein« murmelte, hatte sie nicht mehr gehört.

So wie manche verheirateten Männer zu Huren gehen, um unkomplizierten Sex zu bekommen, tauschten Ava und ihre Freundinnen bei der Massage oder Kosmetikerin Geld gegen körperliches Wohlbefinden. Zwischen duftenden Frotteelaken war man sicher, nach zwei Stunden purem Wohlgefühl besser auszusehen, und hinterher fragte einen niemand, ob das nicht richtig schön für einen gewesen sei.

Ava sehnte sich nach einem Ort zum Entspannen. Eifrig nährte sie die Illusion, einen Platz finden zu können, an dem das Leben mit Kindern, ja selbst das mit Ehemann einfacher wäre. Weil er sich mit Holzhacken verausgaben würde. Wo sie sich zum Einkaufen nicht schminken müsste. Nicht Konkurrieren mit hochbeinigen Mädchen, die in ihren neuen Frauenkörpern Verkleiden spielten. »Rauszuziehen« war für die angestrengten Mütter aus Avas Wohngegend wie das Versprechen eines besseren Lebens im Jenseits.

Sie saßen auf ihren Minotti-Sofas und blätterten in »Country« wie Männer im »Hustler«. Sie erregten sich an Immobilienanzeigen, die reetgedeckte, verfallene Katen für 80 000 Euro anboten. Sie sahen sich in der Stille ihrer Herbstgärten stehen, ganz bei sich, die hochschaftigen

Gummistiefel in den fetten, nackten Boden gestemmt, die Flugformation der Wildgänse durch den klarblauen Herbsthimmel verfolgend und sich mit erdduftenden Händen langsam die Haare zurückstreichen. Nachmittags dann mit einem Stapel Bücher vor dem lodernden Kamin sitzen, eine Kaschmirdecke auf den Beinen – ach, Merino würde hier draußen reichen – und Bach-Choräle strömten aus alten, hinter Holzbalken versteckten Lautsprechern.

Nachts, wenn sie in ihren Stadtschlafzimmern nicht schlafen konnten, weil das stete Grundrauschen des Autoflusses zwischen den Häuserschluchten sie daran hinderte, rückten sie in Gedanken Möbel, die sie noch nicht besaßen, in Häusern, von denen sie nur den Grundriss und zwei Fotos kannten.

»Was für eine Vergeudung von Zeit und Energie!«, sagte David dazu nur. Männer verstanden das nicht. Sie hatten keinen Wunsch nach einem eigenen Stück Land. Einem Ort innerer und äußerer Ruhe. Einem Haus mit einer alten Holztreppe, deren polierten Handlauf man im Advent mit Tannengrün dekorieren könnte. Ava würde im Frühling zartviolette Wicken am Holzzaun säen, während Birken hellgrüne Fransenröcke darüberschwangen, auf die sie dann sicher nicht mehr allergisch reagierte. Sie sah ihre Kinder vor sich, braunbeinig und rotwangig, wie sie mit ihren unkomplizierten Freunden aus dem Dorf an goldenen Feldrändern Kornblumen und duftende Kamillen pflückten, oder im eigenen Garten prallrote Kirschen. Ihre geliebten Kinder, die den ganzen Tag draußen wären, an der guten Luft, bei den Ponys nebenan im Heu herumsprängen und wilde Erdbeeren äßen im Wald. Ihre überreizten Stadtkinder, die abends um acht schlafen gehen wollten, weil sie zu ausgefüllt für Neurosen und zu müde für Sorgen waren.

Der Kompromiss zur totalen Stadtflucht war die Suche

nach einem Landhaus für die Wochenenden. Und jeder fehlgeschlagene Versuch, jeder verfahrene Kilometer, jeder mit Eternit verschandelte Schuppen, jede feuchte Bruchbude mit Asbestöfchen war nicht etwa der Beweis, dass es Zeitverschwendung wäre weiterzusuchen, wie ihre Männer ihnen immer wieder sagten. Nein, alle Fehlschläge steigerten nur die Erwartung, dass nach all den Waldwegen, an deren sumpfigen Enden weitere Enttäuschungen darauf warteten, besichtigt und wider Erwarten geliebt zu werden, ihr Traumhaus irgendwo ganz nah war, versteckt hinter der nächsten Hecke. Eine echte Idylle für echte Gefühle. Ein Ort, an dem alle so zufrieden wären, dass keiner mehr versuchte, sein Glück den anderen abzupressen. Im Kreislauf der Natur könnten sie sogar ihre Schönheit welken, ihre Eitelkeit verfallen lassen, fernab der Spiegelstadt, unverseucht durch neue Moden und glättende Gifte. Wie konnte man das einem Mann erklären?

Zuletzt hatten Ava, David und die Kinder am Wochenende einen Ausflug an den Schaalsee gemacht, um ein Wochenendhaus zu besichtigen. Die Hinfahrt zu ihrem neuesten Immobilien-Blind-Date bezauberte alle. Alte Alleen führten sie durch Buchenwälder und an Erdbeerplantagen vorbei. Der helle Himmel schwebte über weiten Feldern, die sanft zum Horizont aufstiegen. Holzstege überbrückten kleine Seen und Flüsse. Fischreiher flogen aus dem Schilf auf, Raubvögel kreisten über Wiesen.

Je näher sie dem Ort kamen, desto größer wurde Avas Vorfreude. Das hier wird es also sein, dachte sie aufgeregt. Das Storchennest auf dem Schornstein des ersten Hauses im Dorf schien ein weiteres gutes Omen. Langsam fuhr sie weiter, an der Station der Freiwilligen Feuerwehr vorbei, dem Löschteich und der kleinen Bushaltestelle. Eine alte Frau in blaugewürfelter Kittelschürze fegte den Weg vor ihrem

Haus. Die gute, alte Zeit schien stillzustehen. Da winkte am Straßenrand schon der Makler mit dem Exposé.

Ava bog links ein und hielt unter weißblühenden Holunderbüschen neben einem kleinen Backsteinhaus. Das erste Mal! Wie oft würde sie ihr Auto in Zukunft hier noch parken. Dies war der erste Tag ihrer Zukunft mit Landsitz. Erwartungsvoll schnallten sich alle ab, stießen die Türen auf und stiegen aus.

»Iiigitt, wie das stinkt!«, schrie Ella.

Direkt neben dem Haus stand eine riesige, metallglänzende Schweinezuchtstation. Das einzige Lebenszeichen der Tiere war ein beißender Gestank nach Kot und Angst, der ständig aus der automatischen Lüftung drang.

»Einen wunderschönen Tag! Familie Glantz? Ja, das ist die gesunde Landluft!«, rief der Makler enthusiastisch. Er drückte ihre Hände, in die der Kinder zudem Bonbons, und in Avas seine Visitenkarte. Er wusste, wenn es um Wochenendhäuser ging, trafen die Frauen die Entscheidung. Und Mütter wollten kaufen, wenn es ihren Kindern gefiel.

»Höhnemann mein Name. Haben Sie gut hergefunden, Frau Glantz? Wunderbar! Das ist also das kleine Schmuckstück. Wenn ich eben vorangehen darf …«

Er schloss die dunkelgrüne Tür auf und deutete einladend hinein: »Bitte!«

»Der … Geruch – ist hier aber wirklich … mh, sehr stark …«, sagte Ava. Sie starrte immer noch auf die Schweinezuchtstation.

»Wenn der Wind von der anderen Seite kommt, merkt man das kaum noch. Außerdem gewöhnt man sich ganz schnell daran«, versprach Herr Höhnemann. »Und das sind Ihre beiden Kleinen? Sind die lieb!« Er beugte sich hinab. Ferris wich routiniert aus, ehe ihn der Mann in die Wange kneifen konnte.

»Ja, das Landleben wird euch bestimmt gefallen, ihr Racker. Über die Straße gibt es auch Ponys zu reiten, toll was?«

»Ich bin kein Racker«, sagte Ella. Sie hielt sich die Nase zu. »Was für Ponys?«, fragte sie trotzdem nach. Herr Höhnemann führte sie bis zum Zaun und deutete auf die andere Straßenseite. Ella stellte sich auf die Zehen.

»Ava, lass uns fahren«, sagte David, »wenn es bei uns in der Stadt derart stinken würde, hättest du bereits die Umweltbehörde alarmiert.«

»Bitte sei nicht so unhöflich«, flüsterte Ava. Lass uns wenigstens einmal nach oben gehen ...«

Sie trat in den dunklen Hausflur.

»Das ist nur ein MAKLER, Ava. Was sollte ich mit dem plaudern? Fakt ist: Ich will meine Wochenenden nicht erst im Auto und dann im Dunstkreis von Schweinescheiße verbringen«, erwiderte David. Er ging hinaus und setzte sich demonstrativ ins Auto. Sie hörte, wie er »Alternative Ballads« von amazon anstellte, eine Art Kuschelrock-CD für Excoole, die keine Zeit mehr hatten, die Neuerscheinungen zu selektieren.

»Kommt Ihr Mann gleich nach?«, fragte Herr Höhnemann, als er mit Ella zurückkam und Ferris mit großen Gesten verdeutlichte, was für riesige Fische er in der Nähe fangen könnte. Der Mann verstand sein Geschäft.

»Herr Höhnemann ... für diese kräftige Landluft sind wir leider zu degeneriert«, sagte Ava entschuldigend. »Aber wenn Sie noch mal etwas anderes für uns haben ... wo es vielleicht nach Wasser oder Wald oder Wiesen duftet ... rufen Sie uns gerne wieder an.«

Auf dem Hinweg waren sie potenzielle Einheimische gewesen. Auf dem Rückweg kam ihnen die Landschaft plötzlich abweisend – die Wälder dunkler, die Menschen in ihren Bauerngärten feindlich vor. Ava fuhr. Sie dachte an das Zombieheer unsichtbarer Schweine, deren Lebensweg nur ein Todesmarsch zum Schinken war. Die nie den Himmel sahen. Die viel zu anfällig für das Leben draußen waren, wie Herr Höhnemann ihr erklärt hatte. Ein Virus könnte den ganzen Stall töten, ehe es der Schlachter tat.

David saß neben ihr und las die FAZ am Sonntag. Warum wurde ihm vom Lesen im Auto nie schlecht? Und warum war er nicht auch enttäuscht? Das hätte sie getröstet.

»Das Exposé hat so gut ausgesehen …«, sagte Ava zu David.

»Ach Ava«, sagte er ohne hochzusehen, »was suchst du immer weiter? Was willst du eigentlich? Was versprichst du dir davon?«

Er verstand es einfach nicht.

»Ich versuche eben, unser Leben so schön wie möglich zu machen«, erklärte sie. »Falls es wirklich das einzige ist, was wir haben, und die Hälfte davon schon vorbei – was ist daran verkehrt, den Rest so optimal wie möglich gestalten zu wollen?«

Jetzt blickte er sie doch an. Sah ihr verschlossenes Gesicht. Suchte sie mit Worten zu erreichen.

»Unser Leben IST schön, Ava! Meiner Meinung nach läuft alles optimal. Aber du bist so beschäftigt damit, darüber nachzudenken, was noch daran fehlt, dass du es gar nicht sehen kannst. Du bist nie richtig da. Immer auf der Suche nach einem neuen Ambiente, in dem du endlich zufrieden sein könntest. Wenn ich dir sage, wie schön du bist, jammerst du nur über Falten, die ich vorher nicht einmal gesehen habe.«

Ava hörte nur die Kritik. David sah, wie sie immer weiter nach innen verschwand.

Wann habe ich Ava eigentlich zuletzt lachen gesehen, fragte er sich plötzlich. Sie war immer so … absolut. Absolut glücklich, absolut wütend, absolut sexy, absolut ehrgeizig, tief traurig, zutiefst komisch, total leichtsinnig. Absolut – faszinierend. Ein einziges Emotionskraftwerk, ein Geschmacksverstärker für jede Situation. Jetzt ist sie nur noch absolut Mutter. Meine Freundin, meine schöne Geliebte ist weg, ich hab nur noch die Mutter meiner Kinder. Und das darf niemand kritisieren, ich zuallerletzt. Ich liebe meine Kinder doch auch! Aber ich vermisse meine Frau, verdammt! Ich will meine Ava zurück. Ich hab es so geliebt, sie zu lieben. Von ihr geliebt zu werden. Jetzt kriege ich nur noch kalte Liebesreste, die die Kinder übrig lassen. Davon werde ich nicht satt, verdammt! Ich bin so wütend.

Er sagte nichts. Sie würde es nicht verstehen. Sie würde nur Kritik aus seinen Worten hören.

»Ava … lach doch mal«, sagte David.

Ava starrte durch die Windschutzscheibe auf die Straße. Sie atmete durch den Mund und wischte sich mit der flachen Hand vorsichtig eine Träne von der Wange. Harry Rowohlt las »Pu der Bär« vor. Ferris war dabei eingeschlafen. David blickte schnell wieder auf seine Zeitung. Das wird jetzt mehr Beziehungsdiskussion, als ich verkraften kann, dachte er. Ich darf sowieso nicht alles sagen, was ich will: Die Kinder könnten es ja hören. Ava würde darüber wütend sein. Am liebsten würde ich schreien und brüllen und toben. Ferris würde aufwachen. Darüber würde Ava noch wütender werden.

Er versuchte sich und sie abzulenken.

»Für das Geld, das der schmierige Typ für seine Saubude haben wollte, könnten wir jedes Wochenende in einer anderen Stadt verbringen«, sagte er fröhlich. »London, Paris, Barcelona! Wie früher! Weißt du noch?«

Darum geht es doch nicht, du Idiot, dachte Ava. Wir können uns nicht zurückentwickeln zu dem urbanen kosmopolitischen Paar ohne Kinder, das wir mal waren. Vielleicht sehr viel später, wenn die Kinder groß sind. Erst müssen wir uns weiterentwickeln, als die Familie, die wir jetzt sind. Warum kannst du das einfach nicht begreifen? Warum hilfst du mir nicht dabei?

Sie sagte nichts. Sie starrte auf die Straße. Er würde es nicht verstehen.

Die Schritte ihres Vierjährigen tapsten ins Gästeklo. Die Wärmflasche zog er hinter sich her und schloss die Tür betont leise. Immer ein Warnsignal.

Ava ging hinterher. Holte vor der geschlossenen Tür tief Luft.

»Schätzchen, Du weißt, dass du nicht alleine mit Wasser herumplanschen sollst.«

»Warum?«

»Weil dann immer deine Ärmel nass werden, und du dabei ganz viel Wasser auf den Boden plemperst und alles nass machst.«

Und Ava alles wieder aufwischen müsste. Sie wollte aber nicht, war jetzt schon total erschöpft von dem Gedanken daran.

Rabenmutter! Rudolf Steiner würde sich im Grabe herumdrehen. Denk an deine pädagogischen Bücher: Kinder fordern uns heraus. Falls dich das überfordert – deine Schuld. Es ist doch nur eine Frage der geistigen Einstellung. Kinder sollen die geborenen Forscher sein! Sieh es als Hilfestellung zu einer wichtigen Erkenntnis: Wasser ist nass und flüssig. Denk an die Zukunft! Denk an die Pisa-Studie!

Sie öffnete energisch die Tür.

»Ferris, komm da bitte raus.«

Seine riesigen hellblauen Augen, ertappt, bittend, trotzig. Der rosa Kussmund war leicht geöffnet. »Waruhum?«

In ihr kämpfte es. Vielleicht ging es diesmal ja gut? Vielleicht musste sie die Situation loslassen und ihn seine Erfahrungen machen lassen, das kompetente Kind. Konnte doch sein, dass sie alles zu pessimistisch sah und sich umsonst aufregte. Könnte doch sogar sein, dass es gut ging.

Ava drehte sich um und ging. »Mach bitte keinen Quatsch, ja? Ich komme gleich wieder.«

Sie versuchte, entspannt die Schultern fallen zu lassen.

Sie kam gerade bis zum Sofa.

»MAMAAA! Mammaa, wo bist du??!!«

Seine Ärmel waren nass, ebenso die Vorderseite seines T-Shirts und die Toilettenbrille. Die Hälfte der Flasche mit flüssiger Seife war auf dem Holzfußboden verschmiert. Die Klobürste steckte im Waschbecken, die Wärmflasche in der Kloschüssel. Ferris schrie: »MAAama! Ausziehen! Meine ÄÄhärmel sind nass! Sofort ausziehn!«

Zum dritten Mal heute. Und erkältet war er auch schon wieder. Nächste Woche würde erfahrungsgemäß Ella dran sein.

Ihre Mutter war die einzige Erwachsene, die immer Zeit hatte, wenn Ava reden wollte. Die Einzige, die sich fast so sehr für die Kinder interessierte wie sie selber. Seit Ava Mutter war, wünschte sie, ihre Mutter würde in der gleichen Stadt wohnen. Nach den Telefonaten erweiterte sie den Wunschradius wieder.

»Was denn, schon wieder erkältet?«, rief Avas Mutter ins Telefon. »Was macht ihr denn bei euch in Hamburg immer?«

Das letzte Wort »falsch« ließ sie wenigstens weg.

»Ach Mama, der Kinderarzt hat gesagt, vier bis acht Infekte im Winter wären völlig normal«, verteidigte Ava ihren Erfolg als Mutter, der am Gesundheitszustand der Kinder abgelesen wurde, »er sagt, ihr Immunsystem braucht das richtig.«

Wie gerne würde sie es selber glauben.

»Ist das immer noch der Arzt, mit dem du dich schon über das Impfen gestritten hast? Aber wenn du meinst, Ava … vielleicht fragst du einfach noch einen anderen Arzt. Ihr wart jedenfalls nicht ständig krank!«

»Und warum habe ich dann mit vier die Mandeln und die Polypen rausoperiert bekommen?«, fragte Ava agressiv, »ich lag fünf Tage alleine im Krankenhaus!«

Es folgte eine kurze Denkpause.

»Stimmt, das hatte ich ganz vergessen«, wunderte sich ihre Mutter, »war das nicht Gilda?«

»Nein.«

»Na ja, Ava, so war das damals eben. Der Arzt hatte gesagt, das müsste bei dir sein, und dann wurde es gemacht. Da wurde nicht diskutiert. Danach bist du auch nie mehr krank gewesen.«

Bis auf die zwei Lungenentzündungen, das gebrochene Bein, Kreislaufstörungen, Magen-Darm-Grippen, die ewig wiederkehrende Seitenstrang-Angina, das gebrochene Herz und die kaputten Haare, die nach dem Blondieren eigentlich wie bei Debbie Harry aussehen sollten, dachte Ava. Aber sonst hast du mich dem Leben in Bestform übergeben. Ich habe nie gewusst, wie schwer das ist.

»Mama? Ich hab dich lieb.« (Danke, dass du immer da warst, wenn es mir schlecht ging. Ich weiß jetzt, wie weh das tut).

»Danke, mein Schatz.« (Danke, dass du mir endlich Anerkennung zollen kannst, seit du selber Kinder hast. Du hast bestimmt nie geahnt, wie schwer das war).

»Mama? Ich ruf dich morgen wieder an. Wenn es dann mit Ferris nicht besser ist, gehe ich vielleicht doch nochmal zu einem anderen Arzt.« (Elton John hatte Unrecht: Nicht »Entschuldigung« ist das am schwersten auszusprechende Wort, sondern »Danke«.)

»Mach dir keine Sorgen, Ava. Das wächst sich alles zurecht. Ach – habe ich dir eigentlich schon erzählt, dass Gilda sich im Solarium einen Sonnenbrand im Innenohr zugezogen hat? Ich hab gestern sofort meinen Doktor Gertrag angerufen, was man da machen kann.«

Ihre Mutter hatte immer schon viele Ärzte gehabt, deren Namen allen so geläufig waren, dass sie praktisch zur Familie gehörten.

Das waren Zeiten, als man bei der Einrichtung von Arztpraxen praktisch dachte, statt Wert auf eine trügerische Wellness-Atmosphäre zu legen, in der Patienten gemütlich den Hochglanzkatalog mit IGeL-Leistungen studieren konnten.

Die Arztpraxen hatten sich seit den Siebzigern stark verändert. In ihrer Einrichtung spielten sich die gestiegenen Ansprüche von Avas Familie wieder. Waren es erst noch Praxen in Fußnähe mit Linoleumboden und abwischbaren Plastikstühlen, in denen von Viren und Bakterien zersetzte Fernsehzeitschriften darüber informierten, welche Sendungen man hätte sehen können, wäre man schon vor drei Wochen krank gewesen, machte es mittlerweile niemand in der Familie mehr unter einem Empfangstresen aus Tropenholz und einem Wartezimmer mit Aquarium, Hydrokultur und einem Zeitschriftensortiment, das neben »Vogue« und »Architektur und Wohnen« auch die teuren Hobbys des Arztes widerspiegelten.

Bei Avas Doktor Mitschler lag »St. Georg« aus, das Fachmagazin für Reiter. Da man vor einer Blutabnahme nichts essen und trinken durfte, gab es neben dem Labor eine Frühstücksbar unter Zimmerpalmen, wo nach dem Aderlass mit Kaffee auf gute Werte angestoßen werden konnte. In der Praxis von Doktor Mitschler sahen die Patienten gesünder aus als die Gesunden anderer Stadtteile. Die gemeinsam überstandene Gefahr schuf Intimität und Gesprächigkeit. Wer Zeit hatte, konnte hier interessantere Bekanntschaften machen als im Sport-Studio.

Eine Herausforderung war es, wenn ein Arzt entweder gar keine neuen Fälle mehr annahm, oder nur Termine mit mindestens vier Monaten Wartezeit vergab. Die Arzthelferinnen selektierten ihre Klientel härter als Türsteher der besten Clubs. Man musste Kontakte haben, Leute namentlich erwähnen, die schon lange drin waren, immer freundlich, aber hartnäckig bleiben. Avas Mutter war darin Champion.

»Also dieser neue Arzt, den ich da habe – der Mann ist wirklich fantastisch! Sieht übrigens sehr gut aus, groß, schlank, sportlich. Ich habe länger mit der Arzthelferin gesprochen, die ist sehr nett, ihr Sohn lebt übrigens auch in Hamburg, und der habe ich erst einmal alles in Ruhe erzählt, und da hat sie auch gesagt: ›Frau Glantz, das gibt es doch alles gar nicht, ich will mal sehen, ob ich Sie nicht irgendwo dazwischenschieben kann‹. Und nun habe ich schon einen Termin am übernächsten Freitag um acht! Ich soll Wartezeit mitbringen.«

Ärzte und Arzthelferinnen bekamen von ihr zu Weihnachten stets kleine Geschenke und Grußkarten, so wie man japanischen Hausgöttern Opfergaben darbrachte. Bei der nächsten Grippewelle würde sich diese Investition in Form eines Hausbesuches auszahlen.

Egal, was für Krankheiten Ava auch befielen, ihre Mutter oder eine ihrer Schwestern hatten schon alles erlebt. Sie waren ein Fleisch und Blut: »Ich weiß genau, wie du dich fühlst!« Darin lagen zu gleichem Teil Mitgefühl und Triumph. Emotionale Nähe stellten sie am schnellsten über gemeinsame Krankheiten und Leiden her. Es folgte der heimliche Wettstreit, wessen DNA und wessen Spezialistenteam am besten damit fertig würde.

Ihre Hausapotheken hatten den gleichen Grundaufbau, weswegen man sich sowohl in Avas Elternhaus, als auch im Haushalt ihrer Schwestern getrost den Magen verderben konnte («Gastrobin«, welches später »Iberogast« hieß), Kreislaufprobleme bekommen konnte (»Korodin« oder »Diacard«) oder Kopfschmerzen (»Aspirin« oder »Togal«). Dazu gab es noch Vitamine, Mineralstoffe und unangebrochene Antibiotika, die ihre Mutter sich vom Arzt verschreiben ließ und nach Lektüre des Beipackzettels zwar nicht einnahm, aber für den Fall aufbewahrte, dass man sie wirklich einmal brauchen sollte. Es war darauf zu achten, statt einer billigen Lizenzausgabe stets die Originalmarke verschrieben zu bekommen, weil nur diese wirkte.

Avas Mutter erhöhte dabei stets eigenmächtig die im Beipackzettel empfohlene Dosis der Medikamente.

»Ach was, 20 Tropfen Paspertin! Nimm lieber gleich 30, das wirkt schneller.«

»Aber Mama, wenn da zwanzig steht …«

»Ich bitte dich, Schatz. Die wollen sich doch nur rechtlich absichern. Hast du nun Bauchweh oder nicht?«

Später hatten sich ihre Schwerpunkte verlagert. Ihre Mutter repräsentierte immer noch die »old school« – was nicht verschreibungspflichtig war, war Schrott, apothekenpflichtig für Weicheier – während Ava sich mehr auf Homöopathie, Schüsslersalze und Bachblüten spezialisierte. Seit sie selber Kinder hatte, verließ sie die Wohnung nie ohne Rescue-Tropfen, Desinfektionsspray, Arnica-Kügelchen, und einer braunen »Esst mehr Obst, und ihr bleibt gesund«-Papiertüte gegen Hyperventilation.

Ihre älteste Schwester Lana, Pressesprecherin eines Modekonzerns in New York, wurde immer dünner, seit sie ihre Ernährung auf Rohkost umgestellt hatte. Zur Ergänzung setzte sie auf eine gediegene Hausbar: Bier entspannte bei

Stress, Rotwein war gut für die Gefäße, Aquavit für die Verdauung. Wodka desinfizierte, Sekt kurbelte den Kreislauf an, und die unspezifische, aber positive Wirkung von Grappa war an den schönen, fröhlichen Italienern zu sehen.

Gilda, die Mittlere, war Zahnärztin und als Einzige privat versichert. In ihrem Lebenslauf hatte sich das rentiert, denn ihre Unfälle waren legendär. Ein Ausrutscher in der Badewanne bescherte ihr zwei komplizierte Armbrüche, der Reitunfall mit einem Kamel in Ägypten einen Bänderriss und einen Privatflug zurück. Einmal hatte Gilda durch bloßes Bücken einen Bandscheibenvorfall provoziert, der notoperiert werden musste. Einzelzimmer mit Bad. Chefbehandlung. Glück im Unglück.

Wenn sie früher gemeinsam in den Urlaub gefahren waren, suchte und fand ihre Mutter stets Ziele und Quartiere, die in der Nähe eines größeren Krankenhauses lagen. Nur für den Notfall. Das ganze Leben war ein Notfall, der nie Urlaub machte. Ava wusste bald, was Krankenhaus auf Italienisch, Spanisch, Französisch und Englisch hieß, und dass im Ausland ein rotes Kreuz auch mal grün sein konnte.

Ihre Mutter hätte sich allerdings niemals in ein Wartezimmer gesetzt, weil man sich dort all die ordinären Krankheiten einfing, die man bisher nicht gehabt hatte und nicht im Traum zu bekommen gedachte. Die Wartezimmer-Superinfektion.

»Setz dich da bloß nicht hinein, Schatz. Ruf lieber fünf Minuten vor deinem Termin an und frag, wie lange er sich verzögert. Geh in der Zeit lieber an der frischen Luft spazieren.«

Die Aufregung, die Todesangst auf dem Weg zur Besprechung eines großen Blutbildes durchbrach die Langeweile des Alltags. Es war ein Meeting mit dem Schicksal. Das rauschhaft gesteigerte Lebensgefühl, wenn man leichtfüßig die Praxis verließ mit der Bestätigung, dass alle messbaren Werte im gesunden Bereich lagen – man konnte süchtig danach werden. Darauf folgte die schlagartige Ernüchterung, wenn später klar wurde, dass man keine Ausrede mehr hatte, seine Träume nicht zu verwirklichen. Den Berg nicht zu besteigen. Nie im Cabrio durch Amerika zu fahren. Seinen Mann weder zu betrügen, noch zu verlassen.

Avas Schwiegereltern waren über siebzig, und in ihrem Haushalt gab es eine Packung Aspirin historischen Verfallsdatums sowie eine Tube Arnikasalbe gegen Rückenschmerzen. Wie waren die nur so alt geworden? War es ihre Krankenversicherung, katholisch zu sein?

Ava wäre auch gerne gläubig gewesen. Oder naiv. Oder wenigstens mit einem Arzt verheiratet. Leider hatte sie zu einer Zeit geheiratet, als sie noch dachte, dass der Mann, dem sie die exklusive Nutzung ihres Körpers versprach, damit Aufregenderes anstellen müsse, als ihr den Blutdruck zu messen. Woher hätte sie wissen sollen, dass Sex nach zehn Jahren Ehe und zwei Kindern kein Kriterium mehr wäre?

Am Abend glaubte Ava in der Wohnung zu ersticken. Ihre Kraft und Geduld schwanden mit dem Tageslicht, ihre Bitten wurden zu Kommandos. Die Kinder reagierten mürrisch oder gar nicht.

»In der Schule ist Frau Lemke der Bestimmer, und zu Hause du. Das ist so ungerecht. Wann darf ich mal bestimmen?«, maulte Ella.

Schwarzer Ostwind mit der Schärfe vereister Sushimesser drang gegen die Fenster und schloss alle drei mit ihrer schlechten Laune ein. Als Ava hörte, wie David die Wohnungstür aufschloss, hielt sie Ella spontan ihre selbst gebastelte Dinosaurierlaterne und ihren Daunenparka hin.

»Komm, Süße, wir beide gehen uns mal den Sturm draußen ansehen!«

»Au ja! Aber – ist das nicht gefährlich?«

»Weniger gefährlich, als hier drinnen zu bleiben«, dachte Ava. Sie hörte, wie Ferris leise die Tür des Gästeklos hinter sich schloss.

»Ach was, das wird toll!«, antwortete sie Ella und zog ihr die rosa Schalmütze über den Kopf.

Sie wanderten durch das Kastaniensperrfeuer der Parkallee. Kein Mensch außer ihnen war unterwegs. Sie konnten die Nachbarn im Hochparterre unter Kristalllüstern sitzen sehen. Aus den Fenstern leuchteten in dieser Gegend immer noch mehr Kerzen als Fernsehgeräte, gelber Schein statt blauer Strahlung.

In der Adventszeit provozierten zudem reifengroße Tannenkränze an breiten, dunkelroten Bändern die Tragfähigkeit vier Meter hoher, stuckverkrusteter Decken. Tischgestecke waren für Leute mit 2,15 Meter Raumhöhe. Das Viertel präsentierte sich mit echten Tannengirlanden an den Fenstern, Knabenchören in den Kirchen, Mistelbüschen in den Durchgängen und dem Duft von Zimtstangen, frischem Eukalyptus und nelkengespickten Orangen.

Die Bewohner von Neubau-Gegenden erwarteten die Ankunft des Heilands häufiger mit der amerikanisierten Variante von »Merry Xmas« – elektrischen Lichterbögen in den Fensterchen, bunt flackernden Lichterschläuchen in Form von Rentieren, die Schlitten zogen, fassadenkletternden Santa Clausen aus Plastik, chemische Dünste aus Duftkerzen »Winterzauber«.

Endlich bogen Ava und Ella in den Park ein und standen still in so viel Dunkelheit, Einsamkeit auf so viel Waldweg wie mitten in der Großstadt möglich.

Hand in Hand floss zwischen ihnen die warme Verbindung ihrer Körper, ihrer Seelen, ihrer Gene. Der Sturm raste mit einer Lautstärke und Gewalt eines ICE, der auf seinem Weg nach Berlin durch einen eingleisigen Provinzbahnhof rauscht. Er zerrte an ihren Kapuzen und peitschte die gewaltigen Kronen der alten Buchen durcheinander. Kahle Äste brachen und knallten um sie herum auf den Boden, totes Laub wirbelte wiederbelebt empor, doch sie fühlten sich zusammen ganz sicher.

Ella reckte dem Wind ihre bereits zerfetzte Laterne aus Pergament entgegen, halb spielerisch, halb kampfbereit. Der orangefarbene leuchtende Saurier riss sich in einer weiteren Böe endgültig vom Haken und kullerte davon. Nur der nackte Stab mit dem tanzenden elektrischen Glühwürmchen blieb in ihrer Hand zurück. Ella lachte und schrie, Mund und Augen weit aufgerissen.

Hellgraue Wolken flogen im Schnelldurchlauf über das schwarze Dach der Nacht, zu getrieben, um abzuregnen. Sterne blitzten dazwischen auf.

Ava und Ella standen geborgen in der mächtigen Mitte des Sturms. Sie lauschten Gottes Stimme. Aller Zorn, alle Unruhe waren verschwunden. Ava spürte eine fantastische, belebende Aufregung. Neben ihr schaute Ellas zartes, ausdrucksvolles Gesichtchen aus dem ovalen Rahmen der Schalmütze vertrauensvoll zu ihr auf, der Wind verwirbelte hervorschauende Strähnen der langen dunkelbraunen Haare. Ihre Gesichter wurden taub vor Kälte. Sie strahlten sich an.

Wie glücklich Ava jetzt war. Warum konnte sie es nur so selten fühlen?

Als sie die Wohnungstür aufschloss, hörte sie das Rascheln einer eilig niedergelegten Zeitung.

»Hallo!«, sagte David und kam ihnen schnell aus dem Wohnzimmer entgegen, »da kommt ihr ja endlich! Ferris hat nur Blödsinn gemacht, Ava. Guck dir mal das Gästeklo an!«

Ferris kam barfuß aus seinem Zimmer gerannt und umklammerte ihre Beine. »Mama! Mama! Papa hat die ganze Zeit mit mir gemeckert!« Sein Gesicht war verweint, sein T-Shirt nass.

»Guck dir mal das Klo an!«, rief David.

Der Toilettendeckel und die gefliesten Wände waren mit Seifencreme glasiert, auf dem Holzboden lagen zwei nasse Handtücher. Die Klobürste, mit der Ferris das Fenster geputzt hatte, steckte im Handwaschbecken, zusammen mit dem Bauarbeiterklo von Playmobil. Ava drehte den rieselnden Wasserhahn zu.

»Und warum hast du ihm nicht längst das nasse T-Shirt ausgezogen und die Sauerei selber weggemacht?«, fragte Ava. Sie zog Ferris bereits das T-Shirt über die Ohren. Seine Brust und sein Bauch waren kalt. »Er ist doch sowieso schon total erkältet!«

»Ich hab dir doch gesagt, du sollst das hier aufräumen, ehe Mama nach Hause kommt!«, rief David wütend auf den Vierjährigen hinab.

Ava holte tief Atem. Am liebsten wäre sie mit Ella wieder rausgerannt, um im Park zu übernachten.

»Dein Sohn ist VIER, David! ER darf sich noch kindisch benehmen!« Sie schob Ella in Richtung Kinderzimmer. »Ich bringe jetzt Ella ins Bett. Wenn ich wiederkomme, hat Ferris einen Schlafanzug an, die Hände gewaschen, Zähne geputzt, und du hast diese Schweinerei hier aufgeräumt, verstanden?«

»Jaja, jetzt bin ich wieder schuld!«, schrie er hinter ihr her.

Ava blendete ihn mit rasendem Herzen aus. Ich will endlich mal wieder Liebeskummer haben, nicht immer nur diesen elenden Ehekrach, flüsterte sie. Sie konzentrierte sich darauf, das Glücksgefühl von vorhin festzuhalten. Wie ein winziges rosa Rettungsboot trieb es leer auf der schwarzen Flut von Wut und Verzweiflung davon. Erst als Ella in ihrem rosageringelten Schlafanzug in ihrer rosakarierten Bettwäsche lag, kam es wieder in Sichtweite.

»Du Mama? Weißt du was?«

Der rituelle Beginn jeder Art längerer Gespräche. Dann folgte Schweigen, bis die ebenso ritualisierte Antwort kam, die bedeutete, dass Ava auf Empfang geschaltet hatte. Sie streichelte ihre Wangen.

»Nein, was denn, mein Schatz?«

»Wo kommt eigentlich das neue Jahr her?«

»Aus der Zukunft.«

»Und wo geht das alte Jahr hin?«

»Naja, in die Vergangenheit.«

»Treffen sich Zukunft und Vergangenheit dann am selben Platz? Wo denn?«

»Äh ... ja, in der Ewigkeit.«

»Wie weit ist ewig?«

»Tja, Schatz, gute Frage ...«

Ella wollte ständig unerklärliche Dinge wissen. Ava fühlte sich oft wie ein CD-ROM-Lexikon, bei dem jede Antwort zu immer neuen Begriffen, Querverbindungen und Fragen führte. Warum war der Himmel mittags blau und abends rosa? Gibt es mehr Sterne am Himmel oder Sandkörner am Meer? Warum stopft man tote Tiere für das Museum aus, wo alle sie anglotzen, und lässt sie nicht in Frieden in der Erde liegen? Bei Menschen darf man das doch auch nicht! Würdest du Oma ausstopfen lassen und aufs Sofa setzen? Haben Tiere keine Seele? Wo geht die Seele hin, wo kommt sie her?

Ella hatte für alle Antworten ein Tagebuch angelegt und sorgfältig den Titel »Fragwürdige Fragen« auf das erste Blatt gemalt. Die Welt war voll davon.

Nach dem gemeinsam gesungenen Abendlied »Bunt sind schon die Wälder« erhob sich Ava von Ellas Bettkante und freute sich auf ein Bier. Da griff noch einmal Ellas Stimme nach ihr:

»Du, Mama? Gibt es Gott eigentlich wirklich?«

Ava bedauerte, dass sie nicht schon ein paar Bier getrunken hatte, und setzte sich wieder.

»Ja, sicher«, sagte sie automatisch.

»Und woher weißt du das, wenn man Gott doch nie sehen kann?«

Avas Gedanken wirbelten. Von ihrer Antwort würde einiges abhängen. Sie wollte ihrer Tochter so gerne ein Gottvertrauen vermitteln und das Gefühl, dass es eine Macht gab, die darauf achtete, dass stets alles gut ausging. Aber wie, wo Ava doch selber so große Schwierigkeiten hatte, daran zu glauben?

»Also …«, begann sie, »du weißt doch sicher, wie sich Liebe anfühlt.«

Ellas skeptisches Gesichtchen strahlte im Halbdunkel.

»Ja, das weiß ich«, sagte sie, »dich habe ich so lieb, Mama. Das fühlt sich an, als ob tausend Blumen in meinem Herzen blühen.«

Tränen fraßen durch Avas Kehle an ihrer Stimme. Das war einer dieser Momente, für die sich die Tage lohnten, während der sie das Gefühl hatte, ihr Intellekt sei einst ein scharf geschliffenes Skalpell gewesen, mit dem sie nun den ganzen Tag lang Holz hacken musste. Ein Hochleistungsmotor, der im Leerlauf langsam durchdrehte. Mütter waren Goldwäscher, die jahrelang auf Kosten ihrer Gesundheit in eisigem Wasser Dreck wuschen, um ab und zu auf Nuggets wie dieses zu stoßen.

Sie schluckte. »Genau«, sagte sie, »Liebe selber kann man nicht sehen. Aber man kann sie fühlen und sehen, wie sie wirkt und Menschen oder Dinge verändert ... weißt du, was ich meine?«

Das Mädchen nickte ernst. Ava legte sich argumentativ in die nächste Kurve.

»Und so ist das mit Gott auch. Du siehst ihn zwar nicht, aber erkennst ihn durch das, was er tut. Durch all das Wunderbare, das er geschaffen hat ... die Bäume, das Meer, die Wolken, die Sterne ...«

»Deshalb heißt er auch bestimmt der liebe Gott, oder?«

»Genau! Und für weitere Fragen«, Ava stand schnell wieder auf, »fragst du einfach euren Pastor Lüders in der Schule. Der hat den lieben Gott studiert.«

Sie streichelte Ellas dicke kastanienbraune Haare. »Und sag mir dann, was er gesagt hat, ja? Das würde mich wirklich interessieren.«

»Mal gucken, ob ich mich traue«, sagte Ella, »Pastor Lüders hat den lieben Gott studiert? Echt?«

»Echt«, sagte Ava. »Pastor Lüders, der Mann ist Profi, was Gott betrifft. Gute Nacht, mein Schatz.«

Sie umarmte und hielt Ellas zarten, warmen Körper noch einmal, sie roch an ihrem duftenden Hals und küsste ihre seidigen Wangen.

Wenn alles gut geht, wird sie irgendwann größer sein und mehr wissen als ich, dachte sie. Irgendwann wird sie fortgehen. Irgendwann werde ich sie anrufen und sie mit Fragen nach ihrem Leben belästigen. Irgendwann werde ich einen Mann hassen, weil er meine Tochter zum Weinen gebracht hat.

»Außerdem muss es einen lieben Gott geben, einfach weil es dich gibt, und er Dich zu mir geschickt hat«, sagte Ava.

»Ja, das glaube ich auch«, erwiderte Ella müde und raschelte sich zufrieden in ihrem Bett zwischen all ihren Plüschtieren zurecht. Den Beanie-Baby-Tiger und den rosa

Plüschpudel steckte sie wie immer oben in den Ausschnitt ihres Nachthemds.

»Lass die Tür auf, Mama. Noch weiter auf!«

»Gute Nacht, Schatz. Ich hab dich lieb.«

Auf ihrem Weg in die Küche dachte Ava erstaunt: Ja wirklich, es gibt einen lieben Gott, das glaube ich auch! Wenigstens für heute Nacht.

Die Krebsdiagnose hatte alle überrascht.

Lange saß Ava neben ihrer Mutter, die dem Ende der Narkose und dem Beginn der Schmerzen entgegenschlief. Sie sah so klein und zerbrechlich aus, hatte einen enttäuschten Ausdruck auf ihrem Gesicht. Ihr fröhlicher Optimismus, den sie stets als Schutzschild trug, war ohnmächtig.

Das ganze Leben hatte sie verlebt in der unbewussten Hoffnung, dass bald der Prinz auf dem weißen Pferd käme und sie zum standesgemäßen Happy End auf sein Schloss retten würde. Dieser Glaube hatte das Mädchen in ihr bewahrt, sie sah immer noch jung aus. Sie duftete auch immer frisch und gut, zog nie diesen stechenden Hautgout aus altem Kohl, dreckiger Wäsche und Resignation nach sich, der älteren Leuten oft nachhing.

Avas Mutter ging sowieso nicht gerne unter alte Leute, als ob das Alter eine ansteckende Krankheit wäre. Worte wie »Rente« setzte sie mit einem ironischen Lachen in akustische Anführungsstriche. Das Thema »Sterben« behandelte sie wie ein morbides Hobby einer Sekte mit unverständlich großer Anhängerschaft. Jetzt, mit 77, nach dieser Operation, schien sie im chemischen Traum zum ersten Mal zu ahnen, dass der Prinz, der sie holen würde, auf einem schwarzen Pferd käme und eine Sense trüge.

Sie wollte nicht, dass Ava sie besuchen kam, auch keine von Avas Schwestern.

»Ach was, ich bin ja bald wieder zu Hause. Ihr habt doch selber so viel zu tun.«

In Wahrheit wolle sie nicht, dass ihr Fleisch und Blut sie so sah. Dass Ava, Gilda und Lana merkten, dass auch dem besten Arzt Grenzen gesetzt sind. Sie wollte ihren Töchtern die Schmerzen ersparen, sie so zu sehen; und sich den Schmerz, von ihnen so gesehen zu werden.

Ava saß neben ihr und streichelte ihre Hand.

Unvorstellbar, ohne ihre Mutter leben zu müssen. Ihre Telefonnummer zu wählen, und niemand würde abheben. Nie mehr das unzerstörbare Sicherheitsnetz ihrer Liebe über dem Abgrund zu wissen. Keine Generation mehr zu haben, die zwischen ihrer und dem Tod Wache stand.

Ava sah ihre Mutter an und erkannte sie erstmals als zerbrechliche, vergängliche Frau. Bisher war sie für ihre Familie wie der Zauberer von Oz gewesen – allmächtig und allwissend, man fürchtete ihn zwar etwas, fühlte sich in seinem Schutz aber unbesiegbar. Nun war Ava verbotenerweise hinter den Vorhang getreten und sah die Wahrheit: einen alten Menschen, der panisch an den Hebeln seiner Instrumente riss, um seine Macht und Magie aufrechtzuerhalten.

Ava dachte an ein Gespräch im letzten Dezember. Ihre Mutter war zu Besuch gewesen, vor dem Zubettgehen hatten sie gemeinsam die Kerzen auf dem Adventskranz ausgepustet.

»Der Geruch von gelöschten Kerzen macht mich immer traurig«, sagte ihre Mutter in die warme Stille.

»Wieso das denn, Mama? Das duftet doch gemütlich.«

»Nein, das riecht nach Abschied. Brennende Kerzen bedeuten immer Feste, schöne, helle Stunden mit geliebten Menschen … und dieser Geruch bedeutet, dass alles nun zu Ende ist. Dunkel. Tot. Er macht mir immer ein ganz hohles Gefühl im Bauch.«

Vielleicht war es mit dem Lebenslicht auch so. Ist es weg, blieben nur Dunkelheit und Rauch, der sich in Luft auflöste.

Ava schmeckte Angst.

Mit fünfundzwanzig hatte sie erlebt, wie ihre Großmutter starb. Es war später Frühling gewesen, alle Blumen blühten. Typisch, dass Oma nicht im Winter starb, wie die meisten alten Leute bei ihr im Heim. Sie hatte nie getan, was andere Leute taten, vor allem nicht, was andere Alte taten, zu denen auch sie sich selber nie zählte. Es war erstaunlich, dass sie überhaupt starb.

Doch Ava wusste seit Wochen, dass Oma Frieda auf dem Weg war. Ihre Seele hatte für den großen Umzug gepackt, die wichtigsten Sachen waren schon fort. Das Licht in den Augen war abgestellt, über den rehbraunen Pupillen lagen milchige Tücher.

Alle Kraft hatte ihren Körper verlassen, der immer stämmig gewesen war und jetzt zerbrechlich unter der Bettdecke lag, verhüllt durch das Nachthemd aus rosa Jersey mit Schleife am Kragen, das Avas Mutter ihrer Schwiegermutter letzte Weihnachten geschenkt hatte. Es war das Nachthemd eines kleinen Mädchens, dass in Zeltgröße an ihrem Skelett hing. Geplündert und verwüstet war der Knochenschrein ihres Schädels, vom Krebs bestohlen die Schatzkammern voll polierter Erinnerungen eines Lebens. Ohne Gebiss wirkte er wie ein mit gelber Pergamenthaut bespannter Totenkopf, über den sich ein Zuckerwatteknäuel weißer Haare spann.

Was waren wohl ihre letzten Gedanken? Wer weiß, ob da noch Gedanken waren, ob es Vergangenheit oder Gegenwart oder Zukunft gab.

Ava hatte viel Zeit, Oma Frieda zu betrachten, während sie stille Sonnentage auf ihrem Bettende saß, blassen Hagebuttentee aus den groben weißen Porzellantassen trank und die unregelmäßigen Atemzüge zählte, um den letzten nur nicht zu verpassen.

Auf dem Metallnachttisch lagen Omas dicke Brille und das Gebiss. Die Ersatzteile würden ihre Trägerin überdauern. Über die hellgrün gestrichene Wand hinter dem Betthaupt tanzte das Schattenspiel windbewegter Blätter vor dem Fenster.

Ab und zu murmelte ihre Großmutter etwas, wohl schon in der Sprache der Welt, in die sie gehen würde. Ava verstand ihre Worte nicht. Doch irgendwann an diesem Nachmittag bewegte sich Oma Friedas Hand in ihrer, sie blickte Ava plötzlich ganz klar an und sagte zum Abschied ihren Namen. Dann füllte ihr Leben den Raum. Ava öffnete die Fenster. Als zwei Pfleger den leeren, kleinen Körper hinaustrugen und mit einem Büschel Wiesenblumen in den Händen im Keller aufbahrten, war Oma Frieda längst weg.

Ava sah sie erst bei der Beerdigung als Metallkasten von der Größe eines Autoradios wieder. Vor Erleichterung hätte sie fast gelacht. Es schien unglaublich, dass darin Oma Frieda stecken sollte. Sie blickte sich mit neuer Hoffnung auf dem Urnenfeld um. Kein Mensch konnte in einer hässlichen Blechbüchse verschwinden, egal wie alt oder tot er auch sein mochte.

Neben dem Metallkasten war ein tiefes, rechteckiges Loch in den lehmigen Boden gestochen worden.

Der geschlossene Metallkasten, der mehr nach verunglücktem Flugdatenschreiber als nach Urne aussah, wurde in das Loch hinabgelassen. Wer garantierte, dass da drinnen wirklich der zu Asche verbrannte Körper ihrer Großmutter war? Die Situation war zu absurd, um traurig zu sein.

Ava wurde aufgefordert, eine kleine Schaufel Erde darauf zu werfen. Sie kniete nieder, holte den Roman aus ihrer

Tasche, den Oma Frieda nicht mehr zu Ende hatte lesen können, legte ihn vorsichtig auf die Metallkiste, stand wieder auf und trat einige Schritte zurück, um nicht sehen zu müssen, wie das Loch dem Erdboden gleichgemacht wurde. Da war nichts mehr, von dem sie sich verabschieden konnte.

Die Überlebenden kondolierten. Ava stand noch eine Weile zwischen ihren Eltern und ihrer Schwester auf dem Friedhof herum. Sie wartete. Sie hoffte bis zuletzt, dass Oma Frieda sie wieder zurückbegleiten würde. Als sie endlich schweigend gingen, sah sie sich immer wieder um.

Beim Abendessen an dem vertrauten dänischen Teakholztisch fingen Ava und Gilda endlich an zu streiten. Ava war die einzige Enkelin gewesen, die Oma Frieda während des Sterbens besucht hatte, Lana und Gilda hatten keine Zeit gehabt. Lana war selbst am Tag der Beerdigung in New York unabkömmlich.

»Aber in Wirklichkeit«, sagte Gilda nach dem dritten Bier, »konnte ich nicht eher kommen, weil ich Oma Frieda von euch allen am meisten geliebt habe. Mir wäre das zu tief reingegangen.« Gilda wischte sich eine Träne ab. »Ich hab sie eben viel zu sehr geliebt, um sie sterben zu sehen!«

Ava starrte ihre Schwester an.

»Willst du sagen, ich hätte Oma Frieda gut beim Sterben zusehen können, weil sie mir scheißegal war?«, fragte sie nach.

»Das soll kein Vorwurf sein, Ava! Du hast sie nur nicht so geliebt wie ich. Ich kannte sie ja zwei Jahre vor dir. Außerdem bist du deutlich oberflächlicher als ich, dadurch hattest du es immer leichter im Leben«, setzte Gilda noch hinzu.

Ava sah die Wut auf sich zurasen wie einen roten Schnellbus. Kurz überlegte sie noch auszuweichen, dann spannte sie alle Muskeln an und sprang in voller Fahrt auf.

»Du bist so ein selbstgerechtes Arschloch, Gilda! Weißt du was? Mir ging es auch nicht besonders gut, auf Omas Bett zu sitzen und ihr beim Sterben zuzusehen! Aber wenn man jemanden liebt, hat man verdammt nochmal dazubleiben! Es war gut für Oma Frieda, dass ich bei ihr war, das war wichtiger, als dass es mir dabei schlecht ging! Was quatschst du von Liebe?«

»Mama! Sag Ava, sie soll sofort damit aufhören! Sie ist mal wieder total gemein zu mir!«

»Trink schnell noch ein paar Bier!«, schrie Ava zurück, »dann vergisst du vielleicht, dass du Oma Frieda im Stich gelassen hast. Aber weißt du, was gerecht ist? Du wirst wirklich am meisten unter ihrem Tod leiden. Ich habe nämlich den Trost, dass wir uns verabschieden konnten.«

»Ava! Gilda! Nun hört aber auf!«, rief ihre Mutter mit zitternder Stimme. Ava stand auf.

»Und ich hatte es im Leben nie leichter, weil ich oberflächlicher war als du, Gilda – höchstens weil ich besser aussah!«

Sie rannte hinaus in den Vorgarten. Ihre Wut, die sie bisher getragen hatte, brach ein und ließ Ava wassertretend in einem Meer aus Traurigkeit zurück.

Nachts, in ihrem alten Jugendzimmer, konnte sie nicht schlafen. Ab und zu fuhr auf der Straße ein Auto vorbei, die Scheinwerfer schwenkten durch die grobgewebten, moosgrünen Gardinen langsam über die holzgetäfelte Decke. Dann war wieder Dunkelheit und Stille.

Sie erinnerte sich plötzlich nicht mehr, wie man Luft holte. Mit jeder grünlich leuchtenden Minute, die das orangefarbene Digitalradio fallen ließ, rückten die Wände raschelnd näher.

Klack.

Ava lag in ihrem alten Klappbett, halb in der lindgrünen

Schrankwand, und ihr Atem wurde immer flacher. Ihre Hände und Füße waren marmorkalt.

Klack.

Die Decke lastete auf ihrer Brust. Ava stand auf und stellte sich ans Fenster: Oma Frieda steckte gerade in der Erde fest und versuchte verzweifelt auszubrechen. Regen fiel eng aus dem gleichgültigen Himmel; er schlug gegen die großen Fensterscheiben, tränkte die Blumenbeete und sickerte in den Boden des Friedhofs. Sein schwarzes Wasser war das Blut der Erde, und Oma Frieda ertrank darin. Ava hörte sie rufen. Ava sollte kommen und sie retten, doch sie durfte nicht. Ava war die Einzige, die wusste, dass Oma Frieda heute Mittag noch gar nicht tot gewesen war. Sie starb erst jetzt, alleine, weil ihre Familie sie vom Friedhof nicht wieder mitgenommen hatte.

Da heulte Ava zum ersten Mal an diesem Tag. Sie riss das Fenster auf. Das Pflaster unter ihr glänzte nass. Panisch schluchzte sie: »Oma Frieda! Oma kriegt keine Luft da unten! Sie kriegt doch gar keine Luft! Mama! Wir müssen sie da rausholen!«

»Ganz ruhig, mein Schatz. Es wird alles wieder gut. Nimm das hier.« Avas Mutter war da. Sie streichelte über ihren Rücken.

Ava schluckte die Tablette ohne jede Nachfrage nach Nebenwirkungen.

Ihre Mutter, die mittlerweile fast zwei Köpfe kleiner war, hielt sie auf dem Klappbett im Arm, bis die Betäubung Ava übernahm.

Lana erbte die gusseiserne Nähmaschine. Gilda Oma Friedas Aquamarinring. Ava sollte ihren Fuchsmantel weitertragen.

Dazu brauchte man Mut.

Ihre Großmutter gehörte zu den Damen einer Generation, die so unreflektiert stolz auf ihren echten Pelz waren, wie es heute nur noch Russinnen und Italienerinnen sind. Ihr bestes Stück war der knöchellange, rotgolden schimmernde Fuchsmantel, den sie von Herbst bis Sommer trug.

Das einzige Problem mit dem Mantel war, dass er nicht richtig gegerbt worden war und deshalb immer noch nach Fuchs roch. Auf Sonntagsspaziergängen im Stadtwald gingen Ava, Gilda und Lana respektvoll auf Abstand, während jeder Hund, dem nicht der letzte Rest Jagdinstinkt weggezüchtet worden war, Oma Frieda im Fuchspelz jagte und kläffend an ihr emporsprang.

Mit Todesverachtung schlug Oma Frieda nach den Tölen und schritt, von einer bellenden Meute umtobt, ihres Weges. Zusammen wirkte die Glantz-Familie wie eine englische Jagdgesellschaft, denen die Pferde abhanden gekommen waren.

Einerseits fanden es alle Schwestern peinlich, dass Oma immer die Hunde auf sie hetzten musste, andererseits bewunderten sie ihre stoische Unerschrockenheit. Oma Frieda war es auch, nach der sie riefen, wenn sie in ihren Zimmern Wespen oder Spinnen entdeckten. Sie hatte den Krieg überlebt und erlegte mit ihrem tödlichen Pantoffel giftige Insekten aller Größen und Arten.

Ava liebte ihre Großmutter. Von ihr wusste sie, dass es Gespenster gab und dass ein Mensch sterben musste, der aufgewärmten Spinat aß. Von ihr bekam sie heimlich Karamellbonbons, die schon so lange in der Krokoledertasche hinter dem Sofa gelegen hatten, dass sie mit dem Einwickelpapier untrennbar verschmolzen waren. Oma Frieda gehörte zu den alten Menschen, die eine hübsch verpackte Tafel Sprengel-Schokolade noch für ein vollwertiges Präsent hielten. Zu Geburtstagen schenkte sie jeder Enkelin zudem eine

Schmuckdose »Quality Street«-Karamellkonfekt mit der hübschen Dame im rosa Rüschenkleid darauf.

Ava und Gilda waren vor Tschernobyl jeden Herbst mit Oma Frieda Pilzesuchen gewesen. Lana war nicht mehr mitgekommen, seit sich beim Pinkeln ins Unterholz eine Zecke in ihre linke Schamlippe gebohrt hatte, die spätabends von einem grinsenden Notarzt hatte entfernt werden müssen.

Der Duft der feuchten, kiefernnadelbedeckten Erde im Spätsommer beglückte Ava jedes Jahr. Die helle Luft hatte schon frühmorgens eine frische Schärfe. Das mächtige Sausen des Windes in den Fichten über ihren Köpfen klang abenteuerlicher als das Rauschen von Laubbäumen. Zwischen den Ästen schwangen glitzernde Altweibersommerfäden, die Insektenschwärme darin waren Noten.

»Echtes Pilzwetter. Ich kann sie schon riechen«, hatte Oma an solchen magischen Tagen zufrieden gesagt und ihr blaues Kopftuch mit den weißen Punkten aufgesetzt (es war eine Zeit, als ältere Frauen noch Kopftücher tragen konnten, ohne dass jemand auf die Idee kam, sie könnten auf ihre alten Tage zum Islam konvertiert sein). Sie schärfte ihren Enkelinnen jedes Mal wieder ein, Pilze nie mit der Wurzel herauszudrehen, sondern mit dem Messer abzuschneiden. Nur so würden sie hier nächstes Jahr wieder neue Pilze finden können.

Dann kletterten und krochen und suchten Ava, Gilda und Oma Frieda bis zur Dämmerung durch den Tag. Tannennadeln und Spinnweben in den Haaren, Kiefernzapfen in den Jackentaschen, Sandboden in den Schuhen. Da es keinen Weg gab, hatten sie nie Angst, sich zu verlaufen. Spät am Nachmittag holte der einzige Mann der Familie sie vom nächstgelegenen Parkplatz ab. Auf der Rückfahrt hatte Ava immer das Gefühl, sehr viel weiter und länger fort gewesen zu sein. Zu Hause putzte Oma Frieda ihre Fundstücke liebevoll einzeln mit dem Backpinsel ab und briet sie in Butter.

Ava wunderte sich immer wieder, wie aus einem ganzen Beutel Maronen und Steinpilze ein Esslöffel geschmorter Pilze werden konnte. Den aß Oma Frieda jedes Mal todesmutig alleine, weil ihre Enkelinnen fürchteten, es könnte doch mal ein falscher dabei gewesen sein. Der anschließende Abend war aufregend. Alle warteten, wann und wie Oma Frieda erste Anzeichen einer Vergiftung zeigen würde. Jedes Mal umsonst.

Nachts im Bett roch Ava mit Haut und Haaren immer noch nach Wald.

Oma Frieda war Schneiderin gewesen. Ihr einziger Sohn war von klein auf in maßgeschneiderten Anzügen herumgelaufen, einer der Gründe, warum sich Avas Mutter einst in ihn verliebt hatte.

Später hatte Oma Frieda dann ihren Enkelinnen alle Kindersachen genäht und aus den Stoffresten anschließend winzige Sachen für die Barbiepuppen angefertigt.

Als Ava dreizehn wurde, schneiderte Oma Frieda ihr einen hellblauen Jeansanzug und bestickte ihn mit bunten Blumen. Als er fertig war, hatte sie ihre Enkelin damit überrascht. Ava zog ihn schon am nächsten Tag in die Schule an. Auf dem Weg dahin spiegelte sie sich in jeder Fensterscheibe und fand sich wunderschön. Hätte es den Begriff »cool« schon gegeben, Ava wäre es gewesen.

In der Schule wurde sie den ganzen Tag dafür verspottet. Hinter ihrem blumenbestickten Rücken hörte Ava die anderen lachen. Der Anzug war noch nicht mal out, denn er war nie in gewesen. Wie ich, dachte Ava verzweifelt.

Sie tat, als würde sie nichts merken. Nach jahrelangen Stunden rannte sie weinend nach Hause. Sie hasste die Schule, sie hasste den Anzug, und ja, sie hasste auch ihre Großmutter, die einen Stoff ausgesucht hatte, der viel zu hellblau und flatterig war, ihn viel zu eng auf eine Figur geschnitten hatte, von der Ava nur träumen konnte, ihn mit dunkelblauem Zierstich zusammengenäht, mit roter Zackenlitze gesäumt und mit gelben, grünen, violetten und orangefarbenen Blumen bestickt hatte, die selbst dem Zeitgeist zu groß und zu bunt waren.

Ja, Oma Frieda hatte sich viel Mühe gegeben, Ava total lächerlich zu machen. Und alles aus Liebe zu ihr. Am meisten hasste Ava sich selbst, weil sie zu schwach war, sich für den Anzug nicht zu schämen. Sie zog ihn nie wieder an.

Gemütlich war es in der kleinen, ebenerdigen Einliegerwohnung im Haus von Avas Eltern beim Geruch nach rosa Schneiderkreide und dem Öl, mit dem ihre Großmutter ihre gusseiserne Nähmaschine schmierte. Zwischen Spitzengardinen und Fenster klapperten an Nylonfäden hängende Mobileés aus bunten, durchsichtigen »Schmelzolan«- Plastikscheiben, die ihre Enkelinnen aus Kunststoffgranulat unter giftigen Dämpfen im Ofen gebacken hatten. In den späten Siebzigern waren Bastelarbeiten grundsätzlich umwelt- und gesundheitsschädlich – mit allen aus Gießharz gegossenen Briefbeschwerern der Glantz-Schwestern hätte man den Garagenvorplatz pflastern können. Nicht einer davon bekam je Briefkontakt.

Bei Oma Frieda musste man außer ihr Gesellschaft nie etwas leisten. Ava, Lana und Gilda sortierten gerne die Knopfsammlung in den alten Bonbondosen neu oder bastelten Deckchen aus Resten von Stoffen, Borten, Litzen und Spitzen. Dabei erholte man sich so gut von den hormonellen Zumutungen der Pubertät.

Ihre Großmutter hatte außerdem eine Katze zum Reden,

Spielen und Streicheln, eine zierliche Schwarze mit einem weißen Fleck auf der Nase. Oft hörte Ava morgens beim Aufwachen ihre Oma im Garten bereits rufen: »Mohrchen! Ja, wo bist du denn nur schon wieder, Mohrchen?« Wenn Ava dann zum Frühstück in die Küche kam, sagte Oma betrübt: »Nun ist Mohrchen schon wieder weg! Hoffentlich findet sie wieder nach Hause.«

»Sicher«, antwortete Ava stets automatisch.

Denn Mohrchen war jedes Mal wiedergekommen. Erst an einem Wochenende im Winter, als Ava, Lana und Gilda mit ihren Eltern verreist waren, verschwand sie für immer.

Sonntagmorgens hatte die Katze tot im Körbchen neben der Heizung gelegen. Oma Frieda setzte sich in den Sessel daneben, nahm Mohrchen auf ihren Schoß und streichelte ihr die letzte Körperwärme aus dem Fell. Dann nahm sie das tote Tier und ging mit ihm in den Garten. Sie legte es neben sich ab und begann mit dem Spaten unter dem alten Birnbaum ein Loch in die gefrorene Erde zu hacken. Himmel und Luft verschmolzen zu einem Eiswürfel, dessen Masse kaum einzuatmen war. Nach einer Stunde gab Oma Frieda durchschwitzt auf. Ihre Arme und Beine zitterten vor Alter und Anstrengung.

Mohrchen lag friedlich im weißgefrorenen Gras.

Oma Frieda strich ihr über das Fell und ging in die Küche. Sie ließ heißes Wasser in einen Becher mit Nescafé laufen und rührte lange um. Sie setzte sich auf den Küchenstuhl, blickte in den Garten und sah den Tag altern, an dem ihre Katze gestorben war.

Dann legte sie das dunkelgrüne Wolltuch mit Rosenborte um, zog ihren Fuchsmantel darüber, setzte ihren Hut mit Fasanenfeder auf, nahm ihre karierte Einkaufstasche und ging in den Garten. Vorsichtig hob sie ihr Mohrchen, das mittlerweile steifgefroren war, hinein. Sie schloss die Tasche sorgfältig. So fuhren beide mit dem Bus zum Zentralfriedhof. Oma Frieda wollte Mohrchen heimlich in ein offenes Grab legen, als Grabbeigabe. Oder in ein frisches Grab, wo die Erde noch locker war, ein kleines Loch schaufeln. So würde ihre alte Katze in geweihter Erde liegen, und sie konnte Mohrchen jederzeit besuchen. Unvorstellbar, dass jemand sich daran stören könnte, mit einer Katze auf den knochigen Füßen zu träumen. Oma Frieda konnte sich den Himmel jedenfalls nicht gemütlicher, den ewigen Frieden nicht friedlicher vorstellen.

Sie wanderte mit ihrer karierten Einkaufstasche über den Friedhof. Hier, am Treffpunkt der Alten, fühlte sie sich unter ihresgleichen so jung, wie sich jugendliche Cliquen in Shopping-Centern miteinander älter fühlten.

Schon bald fand Oma Frieda ein Grab ohne Stein, hübsch gelegen neben einer Eibenhecke. Vorsichtig setzte sie die Einkaufstasche auf dem Weg ab und ging zum nächsten Ständer mit Gießkannen und Schaufeln. Als sie mit einer Schaufel in der Hand zurückkam, fuhr ein schwarzgekleideter Jugendlicher auf seinem Mountainbike an ihr vorbei, die schwarze Kapuze seines Sweatshirts über den Kopf gezogen. Er überholte sie scharf, beugte sich in voller Fahrt herab, riss ihre Einkaufstasche hoch, schwang sie triumphierend und raste damit davon.

Oma Frieda stand mit der Schaufel sehr still und alleine in der eisigen Luft. Nun war ihr Mohrchen tot, und sie wusste wieder nicht, wo sie war.

Die wahre Geschichte bekamen ihre Enkelinnen erst viele Jahre später zu hören. Als Lana, Gilda und Ava an jenem Sonntagabend lärmend und sich schubsend aus der Kälte in das stille, gelbe Klinkerhaus gestürmt waren, hatte Oma Frieda in der Küche gesessen, in den Garten geblickt und nur gesagt: »Mohrchen ist weg!«

»Die kommt schon wieder«, hatte Ava automatisch erwidert. Ihr fiel lange gar nicht auf, dass sie Oma Frieda nie mehr morgens im Garten rufen hörte.

Zur Enttäuschung ihrer gut aussehenden Eltern und Erleichterung ihrer großen Schwestern war Ava ein hässliches Kind gewesen, und wieder kein Junge. Immerhin war sie im Laufe der Jahre auf verblüffend unterschiedliche Arten hässlich. Die Proportionen ihres Gesichts und Körpers veränderten sich ständig, als wolle die Natur beweisen, wie viele verschiedene Missverhältnisse sie herzustellen vermochte.

Gern erzählten alle, wie Avas Vater bei ihrem ersten Anblick vor ihrer Mutter nur mühsam die Fassung bewahrte und ihn Oma Frieda trösten musste: »Lass nur, mein Junge. Das wächst sich alles zurecht!«

Sonntagnachmittags, wenn alle Mahlzeiten und alle Süßigkeiten gegessen waren, alle Fernsehserien verflimmert und alle Spaziergänge abgeschritten, entgingen Ava und Lana ihrem Neubaugebiet auf die Brücke, die über die Autobahn führte. Stundenlang standen beide da, hängten ihre Oberkörper über das dreckige Geländer und winkten den Autofahrern zu. Manche winkten schon von weitem zurück, fuhren extra langsamer, bis sie unter ihnen verschwanden. Andere hoben kurz eine Hand vom Lenkrad, als würden sie Bettlern einen Groschen zuwerfen, viele hatten nicht mal einen Blick für sie.

Doch alle gaben Hoffnung. Denn das Winken von der Brücke war ein kindliches Trampen – es nahm die Mädchen mit. Die Autofahrer rasten weiter, reisten vielleicht in Gedanken kurz in die eigene Kindheit und katapultierten sich wieder ihrer Zukunft entgegen. Doch ihre Fahrt war für Sekunden wieder zum Abenteuer geworden, gesegnet von winkenden Kinderhänden, Begrüßung und Verabschiedung zugleich.

Ava entspannte sich in dem Maße, in dem sich der Metallfluss unter ihren Füßen beschleunigte. Staus verursachten ihr Beklemmungen. Sie liebte das raue Parfum von Abgasen, die kein Katalysator entgiftet hatte. Es machte ihr Heimweh nach dem Platz, den sie noch nicht kannte, aber an den sie gehörte. Dieses Fernweh, nach dem Großsein in einer Zukunft, nach fremden Gegenden, drinnen wie draußen. Sie fühlte auf der Brücke eine Gewissheit, aus der sie später herauswuchs: Es könne nur besser werden.

Noch wussten Ava und Lana nicht, dass alle Städte sich irgendwann ähneln, dass Reisen dann zu Fahrten wurden und noch später zu Dienstreisen. Die grauen Nähte der Straßen verbinden Ausgangspunkte, die zu verlassen einem nicht Leid tut, mit Zielen, die zu erreichen keinen freut.

Doch für die Mädchen auf der Brücke war die Straße noch der Weg, und eine große Reise ein Ziel. Lana erträumte sich dazu einen hübschen Jungen mit braunen Augen und schwarzen Locken. Ava sehnte sich nach einem eigenen Hund, mit dem sie am Meer spazieren gehen wollte.

»Wenn ich groß bin, kaufe ich mir einen Wohnwagen. Damit fahre ich mit meinem Hund durch die ganze Welt«, sagte Ava.

»Wenn ich groß bin, kaufe ich mir ein Haus und ganz viele tolle Kleider. Und heirate einen Arzt«, antwortete Lana, »oder vielleicht einen Tierarzt.«

»Ein Tierarzt wäre besser«, stimmte Ava zu, »dann könntest Du ein eigenes Pferd haben.«

»Und ein riesiges Landhaus«, sagte Lana.

»Wenn ich groß bin«, erklärte Ava, »will ich alles ganz alleine bestimmen. Niemand soll mir mehr etwas befehlen.«

Von solchen Träumen berauscht, schlugen ihre Herzen

schneller. Heimlich zweifelten jedoch beide daran, für so ein Leben je groß genug zu werden, oder ihm auch nur gewachsen zu sein. Und an endlosen Sommernachmittagen redeten Ava und Lana manchmal davon, jetzt über das Geländer zu klettern, sich zusammen fallen zu lassen und dieses Leben zu überspringen. Nie wieder die Übelkeit ab Sonntagmittag, den Tatort nach der Tagesschau am Abend und die Müdigkeit am Montagmorgen.

Wenn die Scheinwerfer aufblendeten, gingen sie brav nach Hause, wo niemand bemerkt hatte, dass sie zu lange fort waren. Jedes Mal wieder nach Hause, zu wurstbelegten Broten und sauren Gurken, die beide ohne Hunger aßen, während der Fernseher lief und das Leben draußen ohne sie fortfuhr.

Abends, wenn Ava im Bett lag, rasten unter ihren geschlossenen Augenlidern immer noch bunte Autos unter der Brücke ihres Bewusstseins hindurch ins Nichts.

Es hatte insgesamt achtzehn Jahre gedauert, bis sich zumindest äußerlich alles zurechtgewachsen hatte. Dann war Ava plötzlich schön geworden. Das hatte ihr zwar nicht das erwartete Glück gebracht, aber eine leichter zu ertragende Form von Unglück.

»Das wächst sich alles zurecht!«

Das hatte Oma Frieda auch nach der ersten Fünf in Mathematik gesagt, und als Ava heulte, weil die anderen Mädchen im Sportunterricht schon BHs trugen und mit Tampons als ultimativem Statussymbol von Weiblichkeit protzten.

Es war ein böser Scherz, dass nun, kurz vor den Vierzigern, Tampons wieder Statussymbol dafür wurden, dass man noch jung, fruchtbar und von den Wechseljahren weit entfernt war.

Einmal war Ferris ins Bad gekommen, als sie sich gerade anziehen wollte. Er schaute sie interessiert an.

»Du Mama, weißt du was?«

»Nein, was denn?«

»Da hängt ein Faden aus deiner Vagina!«

Ava war errötet.

»Ach, tatsächlich?«, hatte sie beiläufig gesagt. »Danke, Schatz.«

Lernte er diese Worte im Kindergarten? Er hatte freundlich genickt und war wieder hinausgelaufen. Die Tür blieb offen. Wie immer. Ach, ihr Sohn. »Meinen Penis find ich super!«, sagte er, sobald er richtig sprechen konnte, und präsentierte ihn ihr stolz. Alle Männer waren dieser Überzeugung, aber die meisten wagten es irgendwann nicht mehr auszusprechen.

Zuletzt hatte Ferris noch eine neue Entdeckung gemacht. Sein Gesichtchen verzog sich nachdenklich.

»Mama, weißt du, was komisch ist?«

»Nein, was denn?«

»Manchmal hab ich in meinem Penis einen Knochen drin und manchmal nicht.«

Ava hob ihn auf ihren Schoß und strich ihm die lockigen, hellblonden Haarsträhnen aus der runden Stirn. »Das ist ganz normal, mein Süßer. Wirklich.«

»Aber ist doch komisch!«

»Ja, das ist es«, bestätigte sie.

Als Ava während ihrer zweiten Schwangerschaft erfuhr, diesmal würde es ein Junge werden, fühlte sie sich seltsam. Dass Frauen Mädchen im Bauch haben und gebären war ihr logisch erschienen; nun, da sie wusste, dass ein winziger Junge in ihrem System lebte, kam sie sich vor wie ein Zwitter, der die zwei Geschlechter vereinte.

Ihre Eltern waren vor Freude außer sich gewesen: Nach

drei Töchtern bekamen sie in nächster Generation endlich einen Sohn. Nun hatten sie zwei neue Hoffnungsträger, die ihren Genen in Zukunft ein Zuhause geben würden. Ein Stück Unsterblichkeit.

Ella und Ferris schliefen endlich, David war mit einem Freund ausgegangen. Ava hatte sich Kerzen angezündet, Musik angemacht und saß mit einer Kanne Ingwertee an dem großen Esstisch aus roher Eiche. Wie jeden Sonntagabend wollte sie endlich ihre Fotos sortieren. Ihr Leben in Alben ordnen, um sich bildlich über seine Entwicklung klar zu werden. Sie öffnete den Deckel.

Ava hatte nicht gewusst, dass der große Pappkarton ein Endlager für emotionalen Sprengstoff geworden war.

Da waren alte Fotos von David, der aussah wie Keanu Reeves in Matrix, lange ehe Matrix gedreht wurde. Sie betrachtete ihn mit dem Gefühl, unvermutet auf das Bild eines Exfreundes gestoßen zu sein, den sie sehr geliebt hatte, ehe er verschwunden war, aus Gründen, die sie bis heute nicht verstand. Zu dem David auf dem Foto fühlte sie eine stärkere Verbindung als zu dem Mann, der hier zur Untermiete lebte.

Dann war da Ava mit der winzigen Ella auf dem Arm. Sie presste ihr Baby an sich wie eine Olympiasiegerin ihre Goldmedaille, strahlend wie nie. Auf dem nächsten Bild hielt ihre Mutter Ella auf dem Schoß, strahlend wie die Gewinnerin der Silbermedaille. Dann die Fotoserie von Ellas erstem Geburtstag, mit runden Babyaugen und rosaweichem Schmelz auf den Wangen, den sie im Wachzustand irgendwann verloren hatte.

Danach begann optisch die große Lücke in Avas Existenz. Ihr Dasein wurde über Jahre nicht mehr dokumentiert. Wenn sie auf einem Foto zu sehen war, dann als Funktion: als Hand, die ein Baby hielt oder fütterte. Als Bein, das rannte, um dem Kind etwas zu holen. Als Rücken, der sich bückte, um beim Kindergeburtstag etwas aufzuwischen. Ava war vom Vordergrund in den Hintergrund getreten. Porträtiert waren immer nur David und Ella. Der Vater, der selten da war, war auf sämtlichen Familienfotos überpräsent. Von der Mutter hatte niemand Fotos gemacht.

Erst wieder, als sie mit Ferris schwanger war. Aus der Spätphase gab es einige Schnappschüsse von Ava mit einem Bauch wie ein Medizinball, deren Fokus mehr auf dem Phänomen lag, als auf ihrer Person.

Dann eine ganze Serie von Bildern von David mit dem winzigen Ferris auf dem Arm. Wie stolz Männer auf ihre Söhne waren. Sie betrachteten sie nicht nur vom ersten Moment an als »kleinen Mann«, sie sprachen sie oft auch so an. Ach, die Fotos von Ferris' erstem Geburtstag, mit blondem Flaum auf dem Kopf und seinem Steiff-Fußball aus buntem Plüsch im Arm, den er von David bekommen hatte.

In hunderten Bildern hatte Ava versucht, die Zeit zu konservieren, um die Momente zu genießen, wenn sie mal Zeit dafür haben würde. Ava fotografierte die Schönheit ihrer Kinder. Sie wollte alles festhalten, den Ausdruck ihrer Gesichter, der sich ein paar Tage später schon wieder ausgewachsen hatte. Den Moment, wo plötzlich etwas Neues in ihrem Blick lag. Ihre runden Arme und Beine, zuerst frei von sichtbaren Muskeln, die sich bei Ella mit zunehmendem Gebrauch ausgebildet hatten.

Die Schnappschüsse streiften ihre Seele. Ava fotografierte. Ihr Familienarchiv wuchs.

Ach, da war das einzige Foto von Ella an ihrem ersten Schultag! Ihr angespanntes Gesichtchen, ihr wissender Blick über der Schultüte, an der Ava eine Woche gebastelt hatte. Ein Jahr lang hatte Ella die Tage bis zur Einschulung gezählt. Aber am Nachmittag, zwischen Omas und Opas an der Kuchentafel, hatte sie plötzlich losgeweint: »Ich hatte mich so darauf gefreut, und nun ist es fast vorbei. Aber es war gar nicht so schön, wie ich gedacht hatte.« Ihre Tochter litt an der Vergänglichkeit von Momenten. Und an der Tatsache, dass die Dinge selten so schön waren wie in ihrer Phantasie. Ava konnte es nachfühlen. Sie dachte an ihren eigenen Hochzeitstag: »Ich will nicht, dass das der schönste Tag in meinem Leben war – da können doch nur noch schlechtere kommen …«

Ella war ihre Co-Melancholikerin, die Sterne so schön fand, »dass sie mich ganz traurig machen«. Statt sich zu freuen, war sie geschockt gewesen, als sie lesen und schreiben konnte. »Jetzt kann ich nie wieder einen Buchstaben einfach so angucken«, hatte Ella plötzlich geflüstert, »immer muss ich alles lesen.«

Erst hatte Ava gelacht. Dann begriffen, dass Ella instinktiv mehr verstanden hatte als sie. Eine weitere Grenze war überschritten. Ella hatte die Welt der Dinge, die einst eins mit ihr gewesen waren, endgültig verlassen. Nun hatte alles eine Doppelbedeutung bekommen. Lesen zu können machte im Moment nichts leichter, sondern komplizierte und etikettierte alles. Die offiziellen Begriffe nahmen Ella ihre eigenen Vorstellungen besserwisserisch weg. Sie konnte sich nicht gegen ihre Macht schützen. Ihre kleine Welt war eine weitere Metaebene vom Körper zu Kopf gestiegen, war zwanghaft der großen angeschlossen worden. Ella trauerte. »Und das geht jetzt nie wieder weg!«, hatte sie an Avas Hals gewimmert.

»Meine arme, kleine Lesemaus«, sagte Ava. Sie hatte Ella in ihren Armen gewiegt. »Bald freust du dich bestimmt darüber. Versprochen. Dann wirst du auf deinem Bett liegen und ganze Nachmittage lesen, über all die aufregenden Welten, die in den Büchern sind … Oder wenn du dich verläufst, dann kannst du die Straßenschilder lesen! Oder – ach, egal.«

Ich darf es ihr nicht wegreden, nicht klein machen, dachte sie. Ich muss es einfach mit ihr zusammen aushalten. Erst nehmen die Wörter ihre Welt weg, und jetzt versuche ich auch noch ihren Schmerz darüber wegzureden. Sie hat aber ein Recht darauf, traurig zu sein. Ich muss meinen Schmerz über ihren Schmerz ertragen lernen. Ava hatte ihr weinendes Kind im Arm gewiegt und eine neue Dimension dessen gespürt, was Liebe bedeuten konnte.

Ava legte das Foto von Ellas Einschulung vorsichtig beiseite. Und hier war Ellas Klassenfoto, das am ersten Elternabend gemacht worden war. Ein abgegriffenes Stofftier hatte die Runde gemacht, und jeder, der es in der Hand hielt, sollte sich und sein Kind kurz vorstellen. Die Stimmung wurde zusehends lockerer, bis ein Anzugträger das Plüschtier an sich genommen hatte, es zwischen seinen Händen presste und zu ihm sprach:

»Guten Abend. Wir sind die Familie Elberstadt. Uns gehört die Optikerfirma Elberstadt mit 126 Filialen in ganz Deutschland. Vor vier Jahren sind wir erfolgreich an die Börse gegangen, im Moment erschließen wir hauptsächlich den Markt in Osteuropa. Unser Umsatz im letzten Jahr belief sich auf gut 90 Millionen Euro. Ja.«

In das Schweigen hinein reichte er zufrieden das Stofftier dem Nächstsitzenden weiter. Da riss Frau Elberstadt, die still daneben gesessen hatte, das Stofftier zurück und setzte hinzu: »Unser Sohn heißt übrigens Severin, und wir freuen uns sehr auf die kommende Schulzeit. Severin kann übrigens schon etwas schreiben.«

Damit gab sie den räudigen Bären nach links weiter, und Ava hörte, wie sie ihrem Mann zuflüsterte: »Das ist hier doch keine Aktionärsversammlung, Gerhard!«

Doch der nächste Vater fühlte sich herausgefordert. Kaum spürte er Plüsch in der Hand, als er begann: »Ich bin Eckhard Wilms der Dritte. Mein Urgroßvater leitete schon unsere Firma, und interessanterweise gehörte auch immer ein Wilms zu den Senatoren der Hansestadt Hamburg. In unserem Handelssitz am Ballindamm sind heute noch …«

»Herr Wilms, wir sind hier nicht an Firmengeschichten interessiert. Dies ist ein ganz informelles Kennenlernen«, fiel ihm diesmal die Lehrerin ins Wort, »es geht heute um Ihre Kinder.«

Die anderen Väter, die gerade hastig ihre Umsätze überschlagen hatten, schauten enttäuscht.

Herr Wilms aber saß steif da und hielt sich wütend an dem Redebären fest. Noch nie hatte sich ein Wilms die Redefreiheit nehmen lassen. Gleich würde ihm die passende Entgegnung einfallen.

»Nun gib erstmal weiter«, hatte die Mutter neben ihm da gesagt, »Nein? Na dann eben ohne Bär. Ich bin Suzanne Block. Wir haben leider nichts mit den Steakhäusern zu tun, und wir haben auch keinen eigenen Straßennamen in dieser Stadt, aber meine Tochter Amanda hatte deshalb noch keine Minderwertigkeitskomplexe. Noch freut sie sich auf die Schule. Ich hoffe sehr, dass es so bleibt.«

Die ist nett, hatte Ava erleichtert gedacht und Suzanne angelächelt. Suzanne hatte den Bären weitergegeben und zurückgelächelt.

Danach hatten die Eltern einer Enya übernommen. Die Mutter hatte kichernd erzählt, ihre Tochter sei zu den Klängen von »Orinoco Flow« gezeugt worden, und der Vater schloss mit der Bemerkung, ihre Enya sei mit Sicherheit hoch begabt. Ja, aber das wollten sie hier doch nicht sagen, rief Enyas Mutter, sonst glaubten die anderen Eltern noch, sie wollten angeben! »Ich habe doch gar nichts gesagt«, antwortete der Vater von Enya zwinkernd. Und dann hatten beide schelmisch gelacht.

Ava hatte am nächsten Tag ihre Tochter gebeten, sich bloß von Enya fernzuhalten. Diese Leute wollte sie nie näher kennen lernen, was unabdingbar war, wenn die Kinder befreundet waren. Glücklicherweise war Ella auch nicht an Enya interessiert.

Drei Wochen war alles bis auf das frühe Aufstehen gut gegangen. Dann, als Ava Ella mittags von der Schule abholte, hatte Ella tiefe Schatten unter den Augen gehabt. Auf Avas besorgte Fragen murmelte sie nur, es sei alles okay, sie fühle »nur so eine scheußliche Mischung aus Angst und Traurigkeit«.

Aber am Abend des übernächsten Tages, beim Abendessen, sagte sie plötzlich:

»Du Mama, weißt du was? In der Schule hat uns Frau von Beltz erzählt, dass da eine Turnhalle war, wo Kinder ihren ersten Schultag gefeiert haben. Und dann sind plötzlich ganz böse Menschen gekommen. Die haben alle Kinder gefangen.« Die Schatten unter Ellas Augen waren noch violetter geworden. »Und dann haben die bösen Leute ganz viele Kinder erschossen.«

Ava zitterte die Gabel in der Hand. Was war heute bloß passiert? Erst langsam begann sie zu verstehen. Kein Wunder, dass Ella gestern nicht zum Turnunterricht wollte. In ihrer Klasse war auf Anregung der Schulbehörde eine Gedenkminute für die toten Kinder von Beslan abgehalten worden. Aber für Erstklässler? Vor dieser Horrorgeschichte hatte Ava Ella gezielt geschützt, das entsprechende »Spiegel«-Titelblatt hatte sie abgerissen.

Ava erinnerte sich zu gut, wie sie selber als Kind vor Angst nicht schlafen konnte, ein RAF-Terrorist würde sie nachts in ihrem Bett abknallen, weil auf der Post überall die Plakate mit den schwarzweißen Fahndungsfotos hingen: »Vorsicht! Gefährlich! Schusswaffengebrauch!«

Und ihr Kind, das selbst erst seit kurzem in die Schule ging, sollte nicht mit etwas derart Grauenhaftem belastet werden, das selbst für Erwachsene unerklärlich, unerträglich war und dem niemand den geringsten positiven Aspekt abringen konnte.

»Ich geh morgen nicht zum Turnen«, sagte Ella prompt. »Ich hab solche Angst.« Trotz ihrer Rückenschmerzen hob Ava ihre langbeinige Tochter hoch und drückte die dreiundzwanzig Kilo an sich.

»Du musst keine Angst haben, mein Schatz. Das war ganz, ganz weit weg.«

»Warum haben die das gemacht?«, fragte Ella. Ihre dunkelblauen Augen mit den langen schwarzen Wimpern waren noch voller Vertrauen, dass Mama ihre kleine Welt, ihren Glauben an den lieben Gott, an das Gute in den Menschen endlich wieder geraderücken würde. Was konnte Ava ihrer Tochter sagen? Dass beim Untergang der »Titanic« Frauen und Kinder noch zuerst in die Rettungsboote gedurft hatten, heute aber die Schwächsten zuerst gefoltert und ermordet wurden? Dass Grausamkeit kein Tabu mehr kannte? Ferris war bei den letzten Sätzen dazugekommen.

»Wenn man tot ist, kann man auch nicht mehr so gut sehen«, sagte er. »Aber Mama, weißt du was? Ich habe vor gar nichts Angst. Ich hab nämlich schon mal eine Ente gestreichelt.«

Sogar Ella hatte gelächelt. Ava auch. Das war in der Vorzeit der Vogelgrippe gewesen.

Beim nächsten Elternabend waren nur noch drei Väter mitgekommen. Einer davon war David gewesen.

»Ich möchte noch über diese Gedenkminute für die Kinder von Beslan sprechen«, hatte Ava gesagt, als sich nach zwei Stunden alle erleichtert von den harten Kinderstühlchen erheben wollten. Ihr Herz hämmerte. »Ella hat das seelisch sehr mitgenommen. Außer, dass sie in ihrem Sicherheitsgefühl verletzt wurde, sehe ich keine positive Wirkung!«

»Ich bin sicher, Frau von Beltz hat das einfühlsam und pädagogisch einwandfrei gemacht. Schließlich hat sie selber Kinder«, erwiderte die Klassenlehrerin Frau Lemke steif.

»Das ist noch lange kein Grund, in einer Sache gleicher Meinung zu sein«, konterte Ava.

Seit Geburt ihres ersten Kindes fragten kinderlose Freunde immer: »Kennst du eigentlich die Sonja/Petra/Ulrike? Ihr müsstet euch unbedingt kennen lernen!« Wenn Ava dann wissen wollte, wer die Sonja/Petra/Ulrike war, und was sie zu künftiger Seelenverwandtschaft bestimmte, hieß es immer: »Die hat auch ein Kind!«

Als wären Eltern eine behinderte Minderheit, die sich am besten als Selbsthilfegruppe verständigten und den Rest der Welt mit ihren Problemen in Ruhe ließen. Wahrscheinlich hatten sie sogar Recht.

»Ich sehe das anders. Es gibt so viel Elend auf der Welt«, fuhr Ava fort, »wo will man da anfangen?«

Ihre Stimme hatte schon weniger gezittert. »Außerdem sind im Irak bei einem US-Luftangriff wieder mindestens sechzig Menschen umgekommen, darunter viele Frauen und Kinder. Die Opfer der Hurrikans kämen auch noch dazu. Wenn wir nun alle Gedenkminuten zusammenzählen und dabei mal die Hutus, Tutsis, Palästinenser und Israelis weglassen, bei denen ja immer etwas los ist, dann käme hier vor lauter Gedenkminuten kein Kind dazu, noch Rechnen oder Schreiben zu lernen. Außerdem war die Aktion nicht mit den Eltern abgesprochen.«

»Vielleicht hätten Sie schon längst selber mit Ella darüber reden sollen«, hatte Frau Lemke routiniert gekontert.

»Ich will aber nicht, dass Ella völlig sinnlos mit so was Grauenhaftem konfrontiert wird! Und zwar nicht aus Faulheit. Das war eine bewusste Entscheidung!«, rief Ava. »Ja, Sie sind die Lehrerin von Ella, aber ich bin immer noch die Erziehungsberechtigte!«

»Wir«, hatte David leise, aber immer noch zu laut korrigiert, »nicht du.«

Er war ihr auf die Straße gefolgt. Ava rannte zu ihrem Wagen, den sie in zweiter Reihe geparkt hatte, und drückte ihren Schlüssel. Zu spät fiel ihr wieder ein, dass sie längst eine neue Batterie für die Fernbedienung der Zentral-Verriegelung besorgen musste. Zumindest diese Peinlichkeit war einem erspart geblieben, als man noch die Knöpfchen jeder Autotür einzeln herunterdrücken musste, um abzuschließen. Gute alte Zeit, als Kopfstützen und Sicherheitsgurte noch teure Extras waren, Airbags Science-Fiction, und Beifahrersitze nach vorne geklappt wurden, damit sich Menschen auf die Rückbank zwängen konnten.

David öffnete den Wagen mit einem Druck auf seinen Schlüssel.

»Das war eben dumm von dir«, sagte er schroff.

»Warum? Das war einfach die Wahrheit! Du hast doch gesehen, wie fertig Ella war! Die ganze Aktion war total überflüssig und schwachsinnig«, rief Ava wütend. »Viele andere Eltern fanden das auch!«

»Ja, aber alle außer dir haben klugerweise die Klappe gehalten!« Er schnaubte verächtlich. »Die Wahrheit, Ava! Du hast ja Recht, aber kannst Du einmal nicht so egoistisch sein, nur an dein Recht zu denken? Du willst immer nur Recht haben! Denkst du vielleicht mal an Ella? Die Frau da drinnen ist für vier Jahre ihre Klassenlehrerin! Und die war gerade richtig wütend auf dich! Eines Tages wird sie das an Ella auslassen! Willst du das? Ist es dir das wert, dass du mal wieder Recht hattest?«

Sie schwang sich auf den Fahrersitz. »Schrei mich nicht so an! Du warst doch nur zu feige, selber was zu sagen«, schrie sie zurück. Die Angst, er könne Recht haben, machte sie noch aggressiver. »Frau Lemke hat doch selber gesagt, wenn es ein Problem gibt, soll man das ansprechen!«

Er knallte die Tür hinter sich zu.

»Höchstens ein Problem, das du mit deinen Kindern hast! Kein Problem, das du mit ihren Lehrern hast! Die sitzen immer am längeren Hebel. Keine Kritik! Vor allem nicht vor all den anderen!«

»Man muss seine Meinung offen vertreten. Das habe ich immer gemacht! Sollen unsere Kinder lernen, dass man am besten das Maul hält, um keinen Ärger zu kriegen? Was für ein Vorbild ist das denn?«

Er starrte durch die Scheibe.

»Ach, werd endlich erwachsen, Ava. Unseren Kindern zuliebe.«

»Ich hasse dich«, hatte Ava gerufen, »du stehst auf ihrer Seite. Opportunist!«

Mittlerweile war die ganze Tischplatte mit Fotos bedeckt. Und plötzlich fand Ava ein aktuelles Foto von sich. Es war bei dem Essen im Hafen geschossen worden, wo jeder eine kreditkartengroße Digicam dabeigehabt hatte, um sich im Nachhinein zu freuen, was er für schöne Leute kennen gelernt hatte. Ava starrte sich an. Ihre Hoffnung, dass die Anstrengungen der letzten Jahre, der versäumte Schlaf, die Überlast der Verantwortung sich wenigstens nicht optisch niedergeschlagen hatten, war falsch gewesen. Sie legte das Siegerfoto von sich mit Ella daneben. Es lagen Welten dazwischen.

Ava schaufelte alle Fotos vorsichtig zurück in den Karton und schloss behutsam den Deckel darüber. Ihr Herz klopfte heftig. Nein, heute konnte sie diese Bilder ohne Weinkrampf weder in Fotoalben noch in ihr Selbstbild einordnen.

Warm leuchtete das Licht durch die altrosa Seidengardinen im obersten Stock der Backsteinvilla. Dahinter versuchte Ascan Ansgart wieder einmal, seine Frau mit einem schönen Stammhalter zu schwängern. Während er mit seinem krummen Dietrich herumstocherte, um ihren Gentresor zu knacken, hatte sie sich weitestgehend aus ihrem Körper zurückgezogen.

»Nun mach schon richtig auf«, zischte er feucht an ihrem Ohr.

»Du bist zu weich, Ascan«, sagte Milena unbeteiligt. Sie war sowieso nicht in ihrer fruchtbaren Phase, aber er wusste sicher nicht einmal, dass es so etwas gab. Sie dachte an ihren ersten und außer Ascan einzigen Liebhaber, der ihre Seele auf Schmerzen, aber ihren Körper auf Vergnügen geprägt hatte. Sie war so enttäuscht gewesen, dass nicht jeder Mann gleich gebaut war. In der Hochzeitsnacht hatte sie noch gedacht, Ascan würde Witze machen und jeden Moment irgendwoher den richtigen Penis herbeizaubern.

»Frau von Markow bin ich nie zu weich. Die stöhnt die ganze Zeit, wie riesig er ist«, hörte sie ihn reden.

»Ich hoffe, Frau von Markow geht mit Deiner Buchhaltung ehrlicher um«, flüsterte Milena.

Das Beste, was man von Ascans Geschlechtsausstattung sagen konnte, war, dass er wenigstens damit niemandem wehtun konnte.

Eine Weile herrschte Stille. Durch den Widerstand ihres gegenseitigen Hasses hindurch versuchte Ascan Ansgart einen Ansatz von Erektion in Milas gelangweiltes Geschlecht zu pressen. Milena schloss die Augen, atmete flach und dachte an die neuen Marc-Jacobs-Stiefeletten, die sie gestern bei Net-a-porter bestellt hatte. Ob sie diese Woche noch ankämen? Sie könnte dringend etwas Schönes gebrauchen.

»Mein Gott, nun mach doch mal was! Sag wenigstens irgendwas Geiles für dein Geld, Milena!«, schrie ihr Mann. Sie zuckte zusammen, sein Kleinteil rutschte ab. »Ich meine, für mein Geld«, setzte er hinzu. Er sprang auf und ging zur Stereoanlage. Nun würde er wieder den Bolero auflegen. Milena musste hysterisch kichern. Selbst eine Glanznummer von Ascan käme über die ersten dreißig Takte nicht hinaus. Dadadadada-da-da-daa … die Töne verursachten ihr Übelkeit. Ascan suchte die Fernbedienung und erhöhte die Lautstärke.

Frau Dragowicz, die in der Küche gerade Gläser von Hand abspülte und polierte, horchte auf und bekreuzigte sich.

Ascan schwenkte ungeschickt seine breiten Hüften im Takt und tänzelte zum Bett zurück. »Komm, mach mich an! Weißt Du nicht, was ich brauche?«

»Viagra«, murmelte Milena in ihr Kissen. Nicht leise genug.

»Witzig, für deine Verhältnisse, Milena! Bei einer richtigen Frau bräuchte ich das Zeug nicht. Außerdem ist das sicher schlecht fürs Sperma. Wer weiß, was für ein Kind dabei noch rauskäme! Eins und zwei sind schon schlimm genug, was?«

Mit einem plumpen Hechtsprung landete er auf ihrem zierlichen Körper. Stundenlange Minuten vergingen mit der Persiflage sexueller Mechanik. Ascans Körper, weiß, spannungs- und nahezu haarlos, überzog sich mit kaltem

Schweiß. Milas Vorderseite wurde glitschig davon. Sie litt um den zarten, champagnerfarbenen BH mit Satinhalbschalen, auf dem Ascan beim Sex bestand, um ihre Brüste in Bestform vor Augen zu haben. Es war ein elegantes Wäschestück für Frauen, die ihren Körper ehrten. Zu schade für den Kontakt mit Männern. Viel zu schade, um es von Ascans Körperflüssigkeiten besudeln zu lassen. Diese Ränder würden nie mehr rausgehen.

»Verdammt, du machst mich nicht mehr scharf!«, schrie er wütend, »Frau von Markow, die hat so geile rote Slips mit Reißverschluss im Schritt ...«

Zwickel, nicht Schritt, dachte Milena.

»... und den reißt sie in der Mittagspause unter ihrem engen Rock für mich einfach auf! Rock hoch – RATSCH! DAS ist scharf, allein das Geräusch macht mich verrückt. Ich will, dass du ab morgen auch so was trägst, hörst du, Milena? Nicht immer diesen biederen ... Luxusscheiß für Lesben!«

»Dein Schwänzchen hat einen billigen Geschmack, Ascan. Niemals werde ich so etwas Hässliches, Ordinäres tragen«, sagte Mila entschlossen. Sie drückte ihn mit beiden Armen von sich weg. »Ich hab die schönste, feinste Wäsche, die es gibt!«

Ascan Ansgart ließ von ihr ab und sprang aus dem Bett. Sie duckte sich in die weißen Kissen. Er zog seinen gestreiften Bademantel über, rannte zu Milenas Wäschekommode, riss die Schubladen auf und häufte Stapel pastellfarbener Seidenslips in seine Arme. Er rannte damit auf die Galerie, die Tür ließ er offen. Der Bolero steigerte sich furios ins Finale.

»Ascan!«, rief Mila ängstlich. Sie rieb ihre Haut mit der nach Lavendelbügelspray duftenden Bettdecke trocken.

»Frau Dragowicz!«, brüllte er vor der Tür, »Frau Dragowicz! Kommen Sie hoch!«

Mila schämte sich schmerzhaft. Für ihn, weil er er war; für

sich, weil sie ihn geheiratet hatte. Sie zog sich die Daunendecke über den Kopf. Trotzdem hörte sie die schweren Schritte, mit denen Frau Dragowicz gleichmäßig die Treppe erstieg. Sie hörte auch, wie er zu ihrer Haushälterin sagte:

»Frau Dragowicz! Ich will, dass Sie die zum Schneider bringen. Er soll bei allen HIER Reißverschlüsse einnähen. Und zwar schnell. Haben Sie das verstanden?«

»Reißverschlüsse? In – passender Farbe?«, hörte Mila Frau Dragowicz ungläubig fragen.

»Bloß nicht! Am besten in Schwarz. Oder Rot. Irgendwas Fröhliches«, antwortete ihr Gatte. »Und meine Frau holt ihre Sachen selber wieder ab. Die ist ja unsere Modespezialistin.«

Dass er sie quälte, daran war Mila gewöhnt. Aber nun schändete er auch ihre wunderschönen, liebevoll gesammelten Dessous! Milena weinte im Schallschutz der weichen, warmen Dunkelheit. »Es geht alles einmal vorbei …«, flüsterte sie. Sie fühlte sich im Innersten beschädigt, dort, wohin Ascan bisher nie hatte vordringen können. Sie weinte so heftig, dass sie nicht hörte, wie sich Frau Dragowicz' schwere, bedächtige Schritte wieder treppab entfernten.

Ascan Ansgart schlug die Bettdecke zurück. Der Bolero bäumte sich noch einmal auf und stand dann mit einem letzten Paukenschlag still. Milena lag in Embryonalstellung vor ihm, nur mit diesem BH bekleidet, den sie mit beiden Armen fest umklammerte, als ob er ihre letzte Selbstachtung hochhalten würde. Sie sah aus wie fünfzehn. Ihr schönes, überpflegtes Gesicht, das sonst glatt und emotionsfrei war wie das einer Schaufensterpuppe, war verzerrt. Ihre Augen, ihre Nase waren verschwollen, rote Flecken sprenkelten ihr Gesicht und ihr aufgebahrtes Dekolletee.

Jeder ihrer Schluchzer pumpte Blut in seine Schwellkörper.

»Na bravo, da ist dir ja doch noch was eingefallen«, sagte er zufrieden.

Und da Milena die ganze Zeit weiterweinte, hielt seine Erektion gerade lange genug, um sie in ihrem reglosen Körper unterzubringen und ihm den Samen seiner Familie zuzufügen. Möge daraus die schönste Blüte seines Stammbaums erblühen.

Suzanne deckte in der Küche den Abendbrotstisch und trank dabei ihr erstes Glas Weißwein. »Amanda! Johann! Könnt ihr mir mal helfen, bitte?«

Amanda kam herein und blieb im Türrahmen stehen.

»Kann ich auch ein Klavier haben, Mama?«, fragte sie.

»Nein, Schatz, sowas gibt's bei Ikea nicht«, antwortete Suzanne. »Obwohl das eine gute Idee wäre, was? Ein Klavier ist so unglaublich teuer ... ach komm! Außerdem haben wir sowieso keinen Platz dafür. Komm, stell schon mal die Teller hin. Amanda!«

Es war schwierig, Kindern zu sagen, dass man sich nicht alles leisten konnte, wenn sie täglich von zu viel davon umgeben waren. Suzanne stellte die Teller hin und nahm noch einen tiefen Schluck Wein. Johann hatte sich auch schon darüber beschwert, dass all seine Freunde große Häuser mit großen Gärten bewohnten und er selber nur so eine winzige Wohnung. Dabei waren es immerhin 140 qm, die klassischen fünfeinhalb Zimmer für tausendfünfhundert Euro warm. Na gut, das Bad müsste mal neu gemacht werden, die Fenster auch, die Leitungen sowieso. Aber mit der Lage im richtigen Viertel hatten sie Glück gehabt. Vorher hatten hier Peters Eltern dreißig Jahre lang gelebt, ehe sie einen Königspudel gekauft hatten und in ihren Zweitwohnsitz nach Travemünde umgezogen waren. Peter und Suzanne hatten die Wohnung damals zu einer unglaublich niedrigen Miete übernehmen können, beide hatten noch studiert. Peter hatte sein Studium abgeschlossen. Suzanne waren bei Germanistik und Philosophie drei Kinder und die Scheidung dazwischengekommen. Sie nahm es philosophisch.

Als Sophie in den Kindergarten gekommen war, hatte sie ihr Studium wieder aufgenommen. Einen Abschluss strebte sie in nächster Zeit nicht an: Wenn Suzanne über das Universitätsgelände lief, wenn sie mit ihren Kommilitonen rauchend, den freien Willen diskutierend, in Cafés saß, fühlte sie sich um Jahre jünger, intelligenter, langhaariger, dünner, origineller. Bohémienne. Ab und zu schlief sie im Studentenheim mit einem athletischen Jungen aus dem Thomas-Mann-Seminar, um nicht aus der Übung zu kommen.

Zu Hause klemmte das zeitgenössische Bürgertum mit seinen Accessoires sie wieder ein. Zumindest waren ihre Kinder dort in bester Gesellschaft. Oder etwa nicht? Konsumierten sie den täglichen Luxus einfach unkritisch? Wenn Suzanne ihnen klarmachen wollte, dass fast sämtliche Menschen unter deutlich schlechteren Bedingungen leben mussten, verdrehten sie nur genervt die Augen.

»Jaja, und in Afrika hungern die Negerkinder«, hatte Amanda geleiert.

»Und außerdem haben die meisten Leute hier ihre großen Häuser mit den großen Gärten oder das Geld dafür nicht selber verdient, sondern geerbt«, erklärte Suzanne weiter.

»Cool«, sagte Johann, »Mann, nur wir haben noch alle Omas und Opas! Das ist voll ungerecht.«

Suzanne war schockiert.

»Hättest du auch dann gern ein Haus, wenn dafür deine Großeltern dafür sterben müssten?«, rief sie.

Johann bedachte das. »Na ja, die Lübecker nicht, die sind ganz nett. Aber die von Papa sehen wir sowieso kaum. Das wäre für uns kein großer Unterschied«, resümierte er dann.

»Aber bis die mal sterben, haben sie ihr ganzes Geld schon auf Mallorca gelassen oder bei ihren Kreuzfahrten auf den Kopf gehauen«, warf Amanda bitter ein.

»Ja, die sind voll verantwortungslos. Ich weiß echt nicht, was die sich dabei denken«, pflichtete ihr Bruder bei, »früher war das besser, da waren Typen in ihrem Alter zu schwach, um schnell noch das Erbe der Enkelkinder zu verjuckeln.« Missbilligend schüttelte er den Kopf.

»Zuerst einmal wär es ja wohl mein Erbe«, sagte Suzanne spitz. »Und bis dahin sind wir eben die armen Leute aus Harvestehude. Aber ich dachte, das ist euch immer noch lieber, als zu den Reichsten in Barmbek zu gehören.«

»Oder es ist Papas Erbe«, sagte Johann, »aber davon gibt der uns bestimmt kein Haus ab.«

Worauf du dich verlassen kannst, dachte Suzanne.

Trotzdem machte sie sich über die finanzielle Zukunft ihres Ältesten keine Sorgen. Johann hatte den Geschäftssinn seines Vaters geerbt.

Letztes Jahr hatte er einen mobilen Playmobil-Rettungsservice gegründet, den er erfolgreich per Handy und Fahrrad betrieb. Werbezettel für Computerhilfen, die an allen Laternenpfählen klebten, hatten ihn auf die Idee gebracht. In einem Aktenordner sammelte Johann alle Bauanleitungen, die normalerweise nach dem Grundaufbau verschwanden. Auf Anruf half Johann verzweifelten Eltern und verweinten Kindern bei der Rekonstruktion von zerlegten Königsritterburgen, Piratenschiffen und Plastikpalästen. Er beschaffte auch Ersatzteile und fügte alles flink wieder zusammen. An Weihnachtsabenden, wenn erfahrungsgemäß die größten Teile geschenkt wurden und die meisten Väter beim Aufbau brüllend versagten, fuhr er im Weihnachtsmannkostüm Sonderschichten zu doppeltem Stundenlohn.

Johann schaffte es auch immer, bei den reichsten Familien

seiner Klasse eingeladen zu werden, oft auch über das Wochenende per Privatflugzeug nach Sylt oder Ibiza. Zuerst sprach er die entsprechenden Mütter von hinten an, wenn sie ihre Kinder von der Schule abholten: »Hey, hast du Chris gesehen?«

Wenn sich die Damen daraufhin zu ihm umdrehten, riss Johann verblüfft die Augen auf: »OH! Verzeihung! Ich hab Sie echt für ein Mädchen aus meiner Klasse gehalten!«

»Na, so was!«, riefen die Damen entzückt. Besser konnte ihr Tag kaum werden. Ab sofort stand dieser hinreißende Junge bei ihnen auf der Einladungsliste der Gesellschafter ihrer Kinder ganz oben.

»Maaama?«

Suzannes Vierjährige kam in die Küche gerannt.

»Mama, Mama, ich muss gleich kotzen!«

»Wie heißt das, Sophia?«

Auf gute Manieren legte Suzanne bei ihren Kindern größten Wert, gerade als allein Erziehende. Ohne Vater waren die Armen hier sowieso stigmatisiert, da mussten ihre Umgangsformen makellos sein.

»Mama, darf ich bitte kotzen?«, quiekte Sophia unsicher.

»Nein! Das heißt, Mama, ich muss mich übergeben!«

Mit einem gewaltigen Rülpser übergab sich ihre jüngste Tochter auf den gedeckten Abendbrotstisch. Im Kindergarten hatte es mittags Nudeln mit Tomatensauce gegeben.

Spätabends lag Sophie bei Suzanne im Bett. »Mama? Liest du mir was vor? Mein Bauch tut immer noch so weh.«

»Ich tue alles, was dich vom Spucken abhält, mein armer Hase«, erwiderte Suzanne erschöpft. Liebevoll strich sie ihrer Kleinen über das weiße Gesichtchen. Bloß kein Buch, wo es um Essen oder Trinken ging.

Sie sah auf die Uhr: Langsam müsste das Vomex-Zäpfchen helfen!

Suzanne stieg aus dem Korbbett, schob die Plastikschüssel beiseite und holte ihr eigenes Lieblings-Pixiebuch: »Mein Kätzchen ist krank.« Eine bunte Fotostory, in der ein kleines, blondes Mädchen vom Lande ihre kranke Katze zu dem netten Tierarzt bringt, der sie nach zärtlicher Untersuchung wieder heil macht. Suzanne beneidete die Katze. Der Tierarzt, Dr. Robosto, sah aus wie George Clooney. Er praktizierte in einem romantischen alten Reetdachhaus, von Rosen umrankt.

»Oh nee, immer das«, beschwerte sich Sophie.

»Ach bitte, noch einmal«, sagte Suzanne.

Sie seufzte. Dr. Robosto hatte so schöne Hände. Sie blätterte sich langsam vorlesend durch die Seiten. Auf der letzten stand ganz klein gedruckt etwas, das sie bisher nie gesehen hatte: »Wir danken Doktor Edoard Robosto in Klockow und der kleinen Lena mit ihrer Katze Flöckchen für ihre Hilfe beim Entstehen dieses Buches.«

»Immer das klein Gedruckte mitlesen«, sagte Suzanne leise. Ihr Herz klopfte wild. Als Sophie endlich schlief, zündete sie sich eine Zigarette an, schaltete ihren Computer ein und googlete die Wörter Dr. Robosto+Tierarzt+Klockow. Da war er, mit Adresse und Telefonnummer. Der Mann war echt! Und Klockow lag etwa sechzig Kilometer von Hamburg in Richtung Osten. Den Traumprinzen aus dem Pixiebuch gab es also wirklich! Das musste Suzanne unbedingt für sich behalten. Sie seufzte: Schade, dass sie kein Haustier mehr hatten. Mit Amandas Nintendo-Dogs könnte sie Edoard Robosto wohl kaum aufsuchen.

Zwei Tage später fuhr Suzanne vormittags mit dem Fahrrad zu Milena. Gemessenen Schrittes führte Frau Dragowicz sie durch die schwarzweiß geflieste Halle der Villa in den Garten. Mila, in lila Marc-Jacobs-Gummistiefeln, ließ gerade unterhalb der Terrasse von ihrem Gärtner eine Grube für die neue Sandkiste ausheben. Ihr Zweijähriger lag auf einer Decke auf dem golfgrünen Rasen, der sich bis zum Kanal erstreckte, nuckelte an einem alten Hermès-Tuch und befingerte ernsthaft einzelne Grashalme.

»Fühl mal, das ist mein neuer, gesunder Sand aus Amerika«, sagte Mila nach einer hingeküssten Begrüßung begeistert, »der ist vorgestern mit dem Schiff angekommen.« Sie kniete sich wieder hin. »Wusstest du überhaupt, wie gesundheitsschädlich die normalen Quarzkristalle von Spielsand sind? Beim Einatmen können die später ganz schlimmen Lungenkrebs auslösen! Guck mal auf die Internetseite von »safesand.com.«

»Mensch, Mila«, sagte Suzanne, »ich bin froh, dass ich nicht so viel weiß wie du, dann würde ich mir noch mehr Sorgen machen. Meine Kinder haben, Gott sei Dank, nie Sand geschnüffelt, immer nur gegessen. Und ich verlasse mich für Lungenkrebs lieber auf meine Zigaretten.«

Sie sah Milenas enttäuschtes Gesicht und wühlte schnell durch den Sandhaufen. »Aber schön weich ist er ja. Ich komm demnächst zum Spielen rüber.«

»Aber keine Kippen darin ausdrücken«, erwiderte Mila.

»Ich versuch's. Versprochen. Kann ich mich jetzt endlich bei dir über meinen gestrigen Abend ausheulen?«

»Nur zu.«

Suzannes Erzählungen von der Front der allein Erziehenden gaben Milena immer das Gefühl, es doch nicht so elend zu haben, wie sie sich fühlte.

Suzanne zündete sich eine Zigarette an und berichtete. Wie kalt und egoistisch ihre Kinder wären, und dass vor allem Johann und Amanda nicht schätzen konnten, wie überdurchschnittlich gut es ihnen ging.

»Wohin soll das führen? Was können wir bloß tun, um das

Weltbild unserer Kinder realistischer zu gestalten – dass sie endlich dankbar werden für den Überfluss in ihrem Leben?«, rief Suzanne abschließend. Sie stemmte die Hände in ihre Hüften. »Es ist doch wohl immer noch besser, zu den Ärmsten von Harvestehude zu gehören als zu den oberen Zehn von Barmbek. Oder? Ich weiß nicht mal, ob es da einen Hockeyclub gibt.«

»Aber woher sollten sie es denn auch besser wissen«, überlegte Mila laut, »alles Schöne ist für sie selbstverständlich. Ich weiß ja auch, dass ich Hetty verwöhne, und trotzdem kann ich nicht aufhören, ihr ständig was Neues mitzubringen. Dabei hat sie ja schon von allem zu viel. Aber für fünf Minuten freut sie sich dann. Und ich freue mich immer so, wenn sie sich freut ...« Sie seufzte. »Hetty hat sich zu ihrem nächsten Geburtstag ein eigenes Patenkind von Plan International gewünscht. Ein Mädchen, so alt wie sie, nur in arm. Ich hielt das für eine tolle Idee. Nächstenliebe, Toleranz und so weiter.«

Suzanne fühlte, wie sie zu lächeln begann: »Und dann?«

»Dann haben wir uns im Computer Fotos von entsprechenden Kindern angeguckt. Aus Bolivien und Peru und Sri Lanka. Und da wollte sie auf einmal keine mehr davon haben: Die eine war ihr nicht hübsch genug, die andere zu dreckig!«

Milena drehte ihre Handflächen nach oben und zuckte die Schultern: »Ich hab gesagt, Hetty, das ist eben nicht der Katalog von den United Colors of Benetton! Armut sieht nun mal nicht schön aus. Schick dem Mädchen ein paar Kleider von dir, und deine Bulgari-»Maman et petites«-Pflegeserie, dann würdest du aber staunen!«

Suzanne lag mittlerweile ausgestreckt neben Ascan junior auf der Decke und grinste. Mila machte ihr immer wieder gute Laune.

»Und wie ging es aus?«

Mila winkte ab. »Wir haben dann die aus Bolivien genommen. Ascan hat geschrien, er wolle nicht, dass die irgendwann mit ihrer ganzen Familie vor unserer Haustür stünde. Ich bitte dich, Bolivianer haben doch gar kein Geld für Flüge! Aber jetzt wünscht sich Hetty zur Belohnung für ihr soziales Engagement auch noch einen Hund zum Geburtstag. Ascan will aber keinen, der auf seinen Rasen kackt.«

»Jedes Kind will einen Hund«, sagte Suzanne träge, »meine auch. Ein Hund ist das Statussymbol der heilen Familie. Er beweist, dass man eine nicht berufstätige Mutter hat, die sich um den Hund kümmert, wenn ihre Kinder in der Schule sind ...« Sie drückte ihre Zigarette im Rasen aus. »Eine Mutter, die ihre Kinder so liebt, dass sie morgens im Regen mit dem Hund Gassi geht, weil die Kinder keine Lust dazu haben. Wo kein Hund ist, gibt's auch keine richtige Mutter, wie bei mir. So einfach ist das.«

Frau Dragowicz kam in den Garten und trug auf einem großen Tablett eine silberne Kanne Tee, zwei Gläser Champagner und selbst gebackene Erdbeertorte heraus. Sie trug alles über den abfallenden Rasen zu dem weißen, reetgedeckten Holzpavillon am Uferrand und stellte es darin auf das Tischchen.

Und plötzlich hatte Milena mal wieder eine gute Idee. »Frau Dragowicz? Kommen Sie doch bitte einmal her zu mir? Ich würde gerne etwas mit Ihnen besprechen.«

»Wo fahren wir denn hin, Mum?«, fragte Hetty.

»Überraschung!«, strahlte Milena. »Wir sind zum Kaffee eingeladen.«

Suzannes Tochter Amanda hob ihre rechte Augenbraue. »Was denn, hier?«

Milena lächelte leicht verkrampft zurück.

»Warum denn nicht?«

Unauffällig drückte sie auf die Zentralverriegelung.

Ein paar Typen standen an der Straße und starrten ihrem Porsche Cayenne entgegen. Milena war froh über die dunkelrauchgrau getönten Scheiben, die ihr beim Kauf völlig egal gewesen waren. Hinter ihr folgte Suzanne in ihrer Mercedes-A-Klasse, leicht erkennbar an der großflächigen Aspirin-Werbung, die das Benzin finanzierte. Peter, ihren Exmann, machte das wahnsinnig.

»Ist dir denn gar nichts mehr peinlich?«, hatte er geschrien, »die Leute werden glauben, ich würde dir nicht genug zahlen!«

»Eben!«, hatte Suzanne kühl geantwortet. Allein das war schon ein Grund.

Wegen der Termine der Kinder war es schwierig gewesen, einen freien Nachmittag für das Projekt zu finden. Hetty hätte eigentlich Klavierunterricht, Amanda Ballett, andere Kinder schwänzten heute ihr Fußballtraining, Hockey, Kinderyoga, Early English, Kunstkurse oder Juniorgolf. Zusammen ergab das einen finanziellen Ausfall von mindestens vierhundert Euro, schätzte Milena.

Bis eben war sie noch sicher gewesen, dass dieser Ausflug es wert war.

Die Hochhäuser kamen in Sicht und wurden immer mächtiger. Dieses Staubiggrün, Orange, Dunkelbraun an den Fassaden dokumentierte ihre Entstehung in den siebziger Jahren. Die Satellitenschüsseln auf den winzigen Betonbalkonen spähten wie tausend runde Augen nach außerirdischen Zeichen. Wir geben ihrer Zukunft kein Zuhause.

Milenas Puls raste los, sie schwitzte. Zur Beruhigung streichelte sie ihren beigefarbenen, beheizten Ledersitz.

Ava saß neben ihr auf dem Beifahrerplatz. »Alles okay, Mila?«, fragte sie.

»Jaja. Keine Angst!«, sagte Milena fröhlich zu Hetty, die sie durch ihre Brille skeptisch im Rückspiegel ansah.

Seht ihr? So habe ich auch gelebt!, wollte sie den Kindern zurufen, die mit muffigen Mienen hinter ihr hockten. Aber sie sagte nichts. Niemand sagte etwas. Ava sah aus dem Fenster.

»Zieht euch möglichst schlicht an«, hatte Milena vorher alle gebeten. Keine Hilfiger-Pullis und Replay-Jeans! Lasst eure Handys zu Hause, eure Playstations, eure Sonderedition-Barbies und I-pods. Und in Gedanken hinzugefügt: einfach euer ganz normales Leben.

»Cool, hör mal«, sagte Amanda, die hinten zwischen Hetty und Ella saß, »das neue Lied von Robbie Williams. Das ist mein absoluter Lieblingssänger!«

»Meiner ist Rolf Zuckowski«, sagte Ella.

»Echt? Das ist doch ein Kindersänger!«, sagte Amanda verächtlich.

Ava lachte. »Aber ihr seid mit euren sieben Jahren doch auch noch – Kinder, oder?«

Sie bekam keine Antwort. Es war, als ob sie einen Beinlosen gefragt hätte, ob er vielleicht – behindert sei. Ava vergaß immer, dass Kinder mit älteren Geschwistern gefühlte drei Jahre weiter waren. Es war paradox. Obwohl ihre Kindheit die beste aller Zeiten war, konnten sie diese anscheinend nicht schnell genug hinter sich bringen.

Milena stoppte abrupt den Wagen. Ava ließ ihr Fenster herab und schaute hinaus. »Mila, du parkst den ganzen Bürgersteig zu!«

Milena zuckte mit den Schultern. Sie stieg aus und entließ den Schwarm Mädchen durch die hintere Tür: »Was soll ich machen, wenn der hier so schmal ist?«

»So«, sagte Milena im Hausflur, der so anders aussah als die gewohnten Jugendstilentrees mit Wandspiegeln und his-

Sie sprang die Stufen hinunter.

»Das war 'ne krasse Idee, Frau Ansgart«, sagte Johann vor dem Hauseingang anerkennend, »voll gruselig, die Tour. Noch viel besser als letztes Wochenende das Hamburger Dungeon.«

»Hast du das Papstbild in Öl mit dem Teelicht davor gesehen? Das war ja noch der Pole! Holy shit!«, ergänzte sein Kumpel Christian begeistert.

Milena verstand endlich. Diese Jungen erlebten diesen Nachmittag nicht als Gelegenheit, über ihr Leben nachzudenken und es höher schätzen zu lernen. Sie sahen darin nur ein weiteres Event. Es war ein interaktiver Besuch im Museum für Völkerkunde oder »Big Brother«-Gucken live.

Keins dieser goldigen Kinder war heute in seinem Sicherheitgefühl oder Selbstbewusstsein erschüttert worden. Sie vertrauten darauf, dass die Realität, die gerade im Rückspiegel verschwand, mit ihnen oder ihrer Welt nie etwas zu tun haben würde.

Wahrscheinlich hatten sie Recht.

»Die hatten noch nicht mal ein Gästeklo!«, sagte Hetty verwundert. »Aber die Tochter von Frau Dragowicz, die war echt nett.«

Autotüren schnappten auf. Kinder drängten herein und rangelten sich um Plätze. Die Jungs holten ihre I-pods unter den Sitzen hervor.

»Und wer will bei mir mitfahren?«, rief Suzanne. »Johann? Johann!! Verdammt, der findet Milas vorgewärmte Ledersitze seinem Hintern natürlich angemessener.«

»Ich setz mich zu dir«, sagte Ava. »Komm mit, Ella.«

Bis zur Autobahn war Schweigen. Suzanne und Ava bezweifelten mittlerweile beide, dass die harte Tour in den Realismus eine gute Idee gewesen war.

»Wie fandest du's denn so?«, fragte Ava ihre Tochter.

»Ganz hübsch«, erwiderte Ella, »auf dem Sofa saßen total viele Plüschtiere und Puppen mit Porzellangesichtern und Rüschenkleidern, hast du die gesehen?« Sie überlegte.

»Und aus den Fenstern konnte man ganz weit gucken.«

»Na, vielleicht hat es ja doch irgendwie einen ganz anderen Blickwinkel gegeben«, sagte Suzanne aufmunternd.

»Hoffentlich nicht nur bei den armen Dragowiczs«, sagte Ava.

»Na ja, so ist das ja oft mit den Kindern«, resümierte Suzanne verärgert, »da denkst du dir alles so schön für sie aus, und dann spielen sie einfach nicht mit!«

Mila fuhr viel zu schnell. Sie wusste zumindest schon, wofür sie morgen die tausend Euro ausgeben konnte: So viel würde es sicher kosten, den tiefen Kratzer beseitigen zu lassen, der sich bei ihrer Rückkehr über die gesamte Wagenlänge gezogen hatte. Noch schlimmer war nur ihr Gefühl, von zu Hause wegzufahren.

Als Milena achtzehn wurde, hatten ihre Mutter und ihre Tante sie aus ihrem polnischen Dorf nahe der Ostsee nach Hamburg geschickt. Zufällig vermietete eine Bekannte einer Freundin einer Nachbarin in Hamburg ein Zimmer. Sie hatten der Frau bereits das Geld für ein Jahr bezahlt. Offiziell würde Milena sie besuchen, inoffiziell als Kellnerin arbeiten oder als Kindermädchen. »Hier hast du doch keine Zukunft, Milchen«, hatte Milas Mutter zu ihrer Tochter gesagt.

Milena wollte nicht allein von zu Hause weg. Doch ihre Mutter wollte ihr zum zweiten Mal das Leben schenken – diesmal ein lebenswertes, wie es beide im Fernsehen zusammen gesehen hatten. Beim Abschied hatte sie mit dem Daumen ein Kreuz auf Milenas Stirn gestrichen. Alle hatten geweint.

»Werd du mir nur glücklich, hörst du?«

Als Milena mit dem Bus ankam, lernte sie als Erstes, dass Harburg nicht Hamburg war.

In Polen war der Spätsommer eine wunderschöne Zeit, mit glitzernden Libellen in klarer Luft, die nach Wasser duftete. Hier war Spätsommer staubiges Grün zwischen grauen Steinplatten. Milena hatte Angst vor den Menschen. Obwohl sie gut deutsch sprach, konnte sie mit niemandem reden. Aber wie konnte sie so Arbeit finden? Und als was? Deine Sache, Mädchen, hatte die Polin ihr gesagt, als Milena sie fragte. Milena hatte auch vor ihr Angst.

In der Wohnung saß sie den größten Teil des Tages in ihrem Zimmerchen auf der Fensterbank und wartete darauf, wieder nach Hause zu dürfen. Die Fremde strömte ungefiltert in sie hinein und durch sie hindurch – Menschen, Wetter, Farben, Stimmungen, Schriften, Worte, Gerüche. Milena war voll fremder Gefühle, fremder Gedanken, fremder Bilder. Ohne Identität, die als Schutzhaut ihre leere Innenwelt von der Außenwelt trennte, war sie ihnen ausgeliefert. Ihre Seele hatte keine Ausreisegenehmigung bekommen.

Sie wartete auf das Glück. Das Glück hatte aber immer woanders zu tun. Milena hasste ihr winziges Zimmer. Die niedrigen Decken. Den totgetretenen, dunkelbraunen Teppich. Den schäbigen Korbstuhl. Bald kam sie sich selber vor wie ein Gegenstand. Oft lief Milena vor den Badezimmerspiegel, um sich zu vergewissern, dass sie noch da war. Sie starrte ihr Gesicht an, bis es die Augen schloss. Dann ging sie in ihr Wartezimmer zurück.

Wenn sie nicht auf ihrer Bettcouch lag, saß sie auf der Fensterbank und sah auf die anderen Hochhäuser. Wie in den Fenstern abends das Licht anging, und glückliche Mütter beleuchtete, die ihren glücklichen Familien etwas kochten. Hinter den gehäkelten Gardinen sah man sie hin und her gehen und dabei mit jemandem am Küchentisch reden. Milena wäre gerne dort eingeladen. Sie sehnte sich so nach Zuhause.

»Es geht mir gut, Mama! Ich bin gesund. Alles ist so aufregend hier und ganz anders. Nur Arbeit habe ich noch nicht«, schrieb sie ihrer Mutter. Die Postkarte zeigte die tiefblaue Binnenalster mit Schwänen darauf, im Hintergrund wunderschöne Kirchen und Warenhäuser. Milena schienen sie gleich heilig. Ihre Mutter durfte nicht wissen, dass dieses Paradies für Milena unerreichbar war. Niemals würde sie sich in die Innenstadt trauen.

Ihr wichtigster Besitz war eine alte »Brigitte«-Ausgabe, ein Sommerheft. Darin gab es sie, die helle, schöne Welt. Milena studierte jeden Tag sämtliche Seiten, bis sie vom Blättern ganz weich waren. Gab es für die Herstellung erfolgreichen Lebens eine Anleitung, vielleicht versteckt in der Strickanleitung für Baumwollpullover? Mode schien wichtig, gesunde Diäten. Lachende Mädchen in T-Shirts und Jeans auf grünen Wiesen hatten diese Diät bereits hinter sich oder nie nötig gehabt. Milena glaubte fest, dieses Heft wäre das geheime Tor zu der Welt der Menschen hier. Sie las es wieder und wieder. Aber der Durchbruch gelang ihr nie.

Ihre Vermieterin war den ganzen Tag weg, sie putzte bei reichen Menschen im echten Hamburg. Milena war einsam, blind vor Aussichtslosigkeit. Sie verließ die Wohnung nur, um sich im Supermarkt zwei Straßen weiter Rahmspinat zu kaufen. Wenn die grünen Eisklötze im roten Emailletopf mit dem Blumenmuster langsam schmolzen, fühlte sie etwas Trost. Mila stellte den warmen Topf in ihren Schoß und löffelte den Inhalt. Später aß sie nur noch Sachen, für die man keine Küche, kein Geschirr, kein Besteck, keinen Appetit brauchte. Trockenes Knäckebrot und Äpfel. Ihr Magen krampfte sich vor Hunger zusammen, die Schmerzen weckten sie nachts auf. Dann ging sie in das moosgrüne, fensterlose Bad und trank eiskaltes Wasser aus dem Hahn.

In Nächten, wenn die Unruhe größer wurde als die Sehnsucht, sich ihrem Bewusstsein mit Schlaf zu entziehen, machte Milena die Gymnastik aus dem Brigitte-Heft. Stundenlang trainierte sie, bis alle Muskeln zitterten. Wenn die körperliche Erschöpfung sie dann immer noch nicht von sich erlöste, fuhr Mila U-Bahn. Sie bewegte sich schnell und ziellos und sah fremde Lichter, fremde Straßen, fremde Häuser und Menschen. Es waren wolkenlose Winternächte, in denen Mond und Sterne wie überspannte Halogenlampen summten. Zu Hause, in Polen, da hatten sie einen buttergelben Schmelz gehabt, wie in ihren Kinderbüchern.

Trost bekam sie von den Industrieanlagen am Südufer der Elbe. Sie waren menschenleer, aber hell erleuchtet, stießen Dampf aus und pochten im stählernen Rhythmus. Vielleicht waren diese riesigen hässlichen Gebäude gestrandete, getarnte Raumschiffe, die versuchten, genug Energie zu sammeln, um abzuheben in die Freiheit, nach Hause. Vielleicht würden sie Milena mitnehmen, wenn sie erkannten, dass sie von ihr erkannt worden waren.

Manchmal merkte sie vage, wie schlecht es ihr ging. Aber warum? Wofür wollte Gott sie strafen? Musste sie einfach weiter überleben, bis Mamas Geld alle war? Aber nach Hause durfte sie so auch nicht zurück, so ohne Arbeit und ohne ein Leben wie im Fernsehen. Nein, nichts machte Sinn. Aber ohne Sinn wollte sie auch nicht weiterleben. Milena trug den Gedanken an den Tod mit sich herum wie ein letztes Pfand. Sie fuhr aus dem Schlaf hoch und schrie nach ihrer Mutter. Ihre Stimme klang heiser, lange nicht gebraucht.

In einer eisige Nacht Anfang Februar war Milena heimlich nach Hause geflohen. Sie schlich in den Flur, nahm die Autoschlüssel für den alten Volkswagen der Polin vom Regal, hundert Mark dazu aus deren Portemonnaie, und fuhr los. Die Heizung funktionierte nicht, aber der Tank war voll. Der Osten lag schwarz vor ihr. Das einzige Licht auf der Welt waren ihre Scheinwerfer, das einzige Geräusch auf der Welt das ihres Motors. Ein paar Mal schlief sie kurz ein und schreckte gleich wieder hoch. Oft sah sie Schatten, die sich vor ihr Auto stürzten, und trat abrupt auf die Bremse. Doch endlich erreichte sie die Grenze. Milena fuhr immer weiter.

Gegen Morgen kam sie in einen Ort am Meer. Alles war dunkel, alles schlief oder war tot. Nirgendwo ein Licht. Ein Dorf wie ein gestrandetes Geisterschiff. Milena fuhr instinktiv zur Kirche, parkte das Auto dicht daneben und schlief in ihrem Schutz ein. Nach einer Stunde wachte sie vor Kälte auf, ihr rechter Arm war taub. Sie verließ das Auto und rannte um die Kirche, bis alle Glieder prickelten und schmerzten. Dann wurde sie wieder so müde, dass sie im Auto weiterschlief. Ihr Atem kristallisierte als weiße Wölkchen an den Fensterscheiben.

Als der Himmel dunkelgrau wurde, stieg Milena aus und stolperte in Richtung Strand. Das Rauschen der Wellen war ihr Echolot, die salzige Luft rostfreier Stahl in ihren Lungen. Sie ging über den Sand, ohne ihre Beine zu spüren. Dann stand sie an der Brandung und rang nach Luft.

Milena begann zu schreien. Sie schrie keine Worte, nicht polnisch, nicht deutsch, die Schreie selbst schienen ihre Sprache zu sein. Die Töne wurden so schrill, dass sie selber Angst davor bekam. Milena fürchtete, etwas Schreckliches anzulocken, das kein lebender Mensch sehen sollte und dessen Nähe sie seit einiger Zeit spürte. Sie bekreuzigte sich immer wieder. Dann wurden die Schreie leiser, verstummten. Langsam ging sie zurück zum Auto und fuhr los. Hier kannte sie sich aus.

Vor dem Haus ihrer Mutter hielt Milena an. Sie wartete

auf das Glücksgefühl von Heimkehr, doch es kam nicht. Es gab keine Erleichterung. Die Fremde, die sich in ihr ausgebreitet hatte, reichte nun auch bis in die Heimat. Sie stieg nicht aus. Der graue Tag rann an den kleinen Autofenstern herab. Irgendwann fuhr Milena weiter. Sie hielt nur zum Tanken an.

Sie kam zurück nach Hamburg, die Lichter brannten in ihren Augen. Sie schlich in die Wohnung und schloss sich in ihrem Zimmer ein. Es schien Jahre her zu sein, dass sie es verlassen hatte. Milena legte sich mit allen Kleidern ins Bett und türmte Decken über ihren Körper. Nie wieder würde er warm werden. Sie schlief ein und hörte nicht, was die Polin schrie, die gegen die Tür hämmerte.

Als sie endlich wieder wach war, durchdachte sie zum ersten Mal klar ihre Möglichkeiten. Zurück konnte sie nicht – und wollte es auch nicht mehr. Entsprechend setzte Milena sich das Ziel, das nach ihrer Beobachtung hier am wichtigsten war: Sie musste schön werden.

Sie rannte jeden Tag mit ihrer Angst um die Wette. Sie quälte ihren Körper noch stärker mit Gymnastik und wurde nicht nur schlank, sondern schmal und muskulös. Ihr Gesicht, bis dahin rundlich, wurde klassisch oval, ihre Schlüsselbeine und Hüften knochig, die Taille eng. Ihre hellblauen Augen weiteten sich noch mehr, die hohen Wangenknochen sprangen hervor. Dann merkte Milena an den Blicken der anderen Menschen endlich, dass sich etwas verändert hatte. In fremden Augen sah Milena, dass sie schön geworden war. Nicht attraktiv. Nicht gut aussehend, nicht hübsch, nicht niedlich, nicht apart. Richtig schön.

Sie konnte es erst nicht glauben. Dann wurde sie mutig. Milena ging mit ihrer Schönheit um wie ein Neureicher mit Bündeln von Tausendern in der Hosentasche. Jeden Tag fuhr sie in die Hamburger Innenstadt, an die Binnenalster. Sie sammelte Männer, die sie gierig anstarrten; Frauen, die sie neidisch anstarrten. Milena übersah sie. Sie hasste alle, die einst über das polnische Dickerchen hinweggesehen hätten. Oder war das früher vielleicht noch gar nicht Milena selbst gewesen? Die echte Milena? Sie überquerte den Rathausplatz und grüßte den goldenen Engel, der auf der rechten Turmspitze triumphierend sein Schwert in den Himmel hob.

Ihr neues Ich flanierte den Neuen Wall entlang, spiegelte sich in blanken Schaufenstern und träumte von der teuren Kleidung darin, sich von Schuhen mit dünnen Absätzen erhöhen zu lassen. Milena kaufte sich teure Strumpfhosen, zwanzig Mark das Paar, fest und glänzend, feingewebt, die ihre Beine ausstellten. Ihre Mutter hatte immer nur labbrige, braunfleischige 15 den getragen, sie später, wenn sie Laufmaschen bekamen, noch abschnitt, um Söckchen daraus zu machen.

So zurechtgemacht trugen ihre Beine sie jeden Abend in Clubs und Discotheken. Sie zahlte nie Eintritt, ihr Aussehen war ewig gültige Währung. Milena ließ ihren neuen Körper tanzen und sah ihm mit den anderen verzückt in den Spiegeln zu. Sie lernte Männer kennen. Viele schenkten ihr Kleider und Schuhe, um mit ihr ausgehen zu können. Oder Geld für Kleider und Schuhe und einen guten Friseur. Männer luden Milena in Restaurants ein und zu weiteren Partys und Veranstaltungen, wo sie wieder andere Männer kennen lernte. Nur Sex fehlte ihr immer noch im Vokabular des Westens. Bei C & A hatte sich Milena ein schwarzes Wäscheset gekauft, wie ein Astronaut in seinen Raumanzug steigt, um neue Welten zu erobern.

Als sie es mit einem der Männer das erste Mal tat, oder besser, es zur Vollendung ihres neuen Körpers mit sich tun ließ, erwartete sie keine Liebe, keinen Orgasmus, keine

Freundschaft. Was sie bekam, war noch weniger, doch das machte es nicht einfacher.

Er brachte ihr bei, wie man Männer befriedigt. Dann befriedigte er ihren Körper. Als er damit fertig war, wusste Mila wenigstens, dass es keine Liebe gab. Nur Macht und Ohnmacht, Stärke und Schwäche, Sieger und Verlierer, Arme und Reiche. Endlich durfte sie in sein Bad gehen, das nur durch eine Glaswand von der schonungslos sauberen Küche getrennt war. Sie sah, wie der Mann mit einem Becher Kaffee auf seinem Holzstuhl im harten Morgenlicht saß und ihr zusah, wie sie sich bekreuzigte, bevor sie ihren Körper in das Wasser gleiten ließ und zusammenzuckte.

Milena wusste, auf welcher Seite sie künftig stehen wollte.

Danach ging er mit ihr noch an der Elbe spazieren. Von außen sahen sie wohl aus wie ein normales Paar. Ein weicher Wind streichelte ihre langen, hellblonden Haare. Die grüne Luft roch nach Wasser, wie in Polen. Ob es hier auch Libellen gab? Es war Anfang März, bald würden die Zweige blühen.

»Wir sollten im Frühling noch einmal herkommen«, hatte Milena unbedacht gesagt. Er sah sie überrascht an: »Ich glaube nicht, dass wir uns dann noch kennen werden«, erwiderte er beinahe freundlich. »Komm, lass uns jetzt was essen gehen. Du hast ja schon Mundgeruch vor Hunger.« Er verstand es nicht nur, körperliche Schmerzen zu bereiten. Milena beschloss, die kurze Zeit zu nutzen, um möglichst viel von ihm zu lernen.

Sie nannte sich von nun an so, wie er sie nannte: Mila.

Als sie ihre Mutter besuchen wollte, brachte er Mila sogar mit seinem Auto bis nach Polen. Der Wagen war schwarz und schnell. Der Mann war sehr höflich und charmant zu allen. Am Abend fuhr er ohne Mila fort. Sie sah ihn nie wieder. Als er weg war, wischte sich ihre Mutter ein paar Tränen ab.

»Was hast du denn, Mama?«, fragte Milena sie.

»Du bist ... so anders ...«, hatte ihre Mutter gesagt, »und er ... der Mann sieht brutal aus.«

Milena sah den Schmerz in ihrem Gesicht. Sie sagte nichts. Es war eines der wenigen Male, dass ihre Mutter verstanden hatte. Sie umarmten sich und spürten die Grenze zwischen sich. Mila wohnte nun endgültig im goldenen Westen. Sie hatte nun ein Leben wie im Fernsehen. Doch weder sie noch ihre Mutter hatten gedacht, dass der Preis für den Neid der Nachbarn so hoch sein würde.

Mit dem Bus war Milena zurückgefahren. Dann hatte sie eines Nachts auf einer Feier im Überseeclub Dr. Ansgart kennen gelernt. Ihren Traumprinzen, auch wenn er kleiner war als sie. Er machte ihrer Schönheit den Hof. Er hatte sie mit auf sein Schloss genommen. Beim Sex mit ihm hatte sie die Augen geschlossen und an ihr Vaterland gedacht. Aber sie würde ewig in Reichtum und Freuden und Sicherheit leben, bis an ihr Lebensende. So hatte Mila gedacht, vor zehn Jahren. Obwohl ihre Familie nicht zu ihrer Hochzeit kommen durfte, war sie glücklich gewesen an diesem Tag. Und wunderschön.

Abends saßen Milena und Hetty in der riesigen Bulthaup-Küche der Villa und schnitten an dem alten Klostertisch aus grünem Karton gezackte Blätter für Einladungen aus. Hettys Geburtstagsparty wollte Milena dieses Jahr ganz nach Martha Stewart ausrichten: Das Motto war »Ein Tag im Grünen«. Ende November eine echte Herausforderung.

»Und dann will ich noch Kryzta einladen«, sagte Hetty. Ungeschickt schnipselte sie an der Pappe herum. Mila nahm ihr das Blatt aus der Hand und versäuberte die Konturen. Anschließend befestigte sie mit der Heißklebepistole kleine Gummitiere darauf – Käferchen für die Mädchen, Spinnen für die Jungs.

»Christa? Wer ist das denn, Hetty?«, fragte sie. »Ist das ein neues Mädchen bei euch in der Schule? Kenne ich sie?«

»Weiß nicht. Doch, du hast sie schon mal gesehen. In der Wohnung von den Dragowicz.«

»Da war sie auch mit?«

Mila sah verwirrt hoch. »In welchem Auto ist sie denn mitgefahren? Hinten, bei Suzanne?«

Hetty verdrehte hinter ihrer Brille die Augen. Sie tupfte mit dem Finger heißen Kleber auf die Tischplatte.

»In gar keinem, Dummi. Sie wohnt da. Kryzta hat mir ihr Zimmer gezeigt, und wir haben zusammen Barbies gespielt.«

Milena zuckte zusammen.

»Oh mein Gott! Meinst du etwa die Tochter von Frau Dragowicz, Hetty? Bei aller Liebe, das geht nicht! Das geht auf gar keinen Fall, tut mir Leid! ... und nenn mich nicht noch einmal Dummi«, setzte sie dann noch hinzu.

»Du hast gelogen, du Dummi!«, schrie Hetty ihre Mutter an: »Du hast gesagt, ich kann alle einladen, die ich will! Und ich will Kryzta einladen!«, heulte sie weiter, »die ist nett. Aber die ich einladen soll, sind oft so gemein zu mir! Josefine hat zu Paula gesagt, sie käme sowieso nur wegen der riesigen Tüte mit coolen Sachen, die du allen zum Abschied schenkst. Da wär immer mehr drin, als sie von ihren eigenen Eltern zu ihrem Geburtstag bekommt.«

Josefine! Ich bring die kleine Schlampe um, dachte Milena. Sie sah ihre traurige und wütende Tochter an und war auf einmal sehr müde. Sie clipte Hetty das matte Haar mit dem Spängchen aus der Stirn.

»Ach Hetty«, sagte sie hilflos, »die sind doch alle nur neidisch auf dich, mein Schatz ...«

»Glaub ich nicht!« Tränen liefen aus Hettys wässrigen Augen unter ihren Brillengläsern durch. Ihre knollige Ansgart-Nase schwoll noch mehr an, Mila konnte kaum hinsehen.

»Bitte, Mama. Bittebitte. Darf Kryzta auch kommen? Bitte, bitte liebe Mami! Ich würde mich so freuen.«

Oh mein Gott. Mila umfasste das Brillantkreuz in ihrer Halsgrube. Wie sollte sie den Gästen erklären, dass die Tochter ihrer Putzfrau bei der GPS-Schnitzeljagd mitmachte? Andererseits – scheiß auf Josefine. Scheiß auf ihre beschissenen Eltern, dachte Mila plötzlich. Etwas in ihr wurde lebendig.

»Schatz ... wenn du es dir wirklich so sehr wünschst ... na, meinetwegen.«

Vielleicht merkt es ja keiner. Vielleicht kann ich Frau Dragowicz ja vorher ein Kleid für ihre Tochter mitgeben, das sie zu Hettys Geburtstag anziehen kann. Hauptsache, Kryzta lädt sie nicht im Gegenzug zu ihrem Geburtstag ein, dachte Mila.

»Okay, Schatz, wie schreibt man ihren Namen? Ich lasse gerade Leinenbeutel mit den Namen der Gäste besticken, für die Geschenke.«

»K-r-y-z-t-a. Danke! Du bist die liebste Mami der ganzen Welt!«

Milena lächelte.

»Na, wir schreiben einfach Christy, ja? Sieht doch hübscher aus.«

Am selben Abend, als Ella und Ferris schliefen, suchte Ava im Internet nach einem Geschenk, das Hetty noch überraschen könnte. Heute waren bereits Fünfjährige wunschlos unglücklich; Nachgeborene mit drei Jahren komplett ausgestattet, weil sie erbten, was bei ihren Geschwistern ausgespielt hatte. Obwohl alle Mütter die Konsumorientiertheit ihrer Kinder seufzend kritisierten, gaben sie sich extra viel Mühe, mit einem besonders originellen Geschenk aufzufallen.

Der Status »Geschenk« fing für Kinder sowieso erst ab einem gewissen Wert an – Ritterburgen, Barbieschlösser, Plüschtiere in Originalgröße oder Puppenwagen, die ähnlich viel kosteten wie echte Kinderwagen. Teure Geschenke, die hauptsächlich die Eltern beeindrucken sollten, waren Erstausgaben von Kinderbuchklassikern, ein Schulpult aus der guten, alten Zeit der Prügelstrafe, porzellanköpfige Käthe-Kruse-Puppen für Mädchen oder scharfkantige Tretoldtimer für Jungs. Weniger wert als »Geschenke« waren dann die »Mitbringsel« (Bücher, Puzzles, Haarspangen, Kettchen, Murmeln) und am untersten Ende »kleine Freuden des Alltags« wie Überraschungseier, Pixiebücher, Malzeug, Kleidung, Flummys, Bastelsachen.

Gut, wenn man gerade im Ausland gewesen war: maßgeschneiderte Seidenpyjamas aus China, kleine Cowboyboots aus Amerika, ein Original-Buschtrommelset aus Afrika kamen immer gut an. So etwas fand sich leider nie in einem der hiesigen »Geschenkläden«, deren Sortiment so hässlich und unbrauchbar war, dass es wirklich keiner geschenkt haben wollte.

Ava hatte gestern bei Mila angerufen, um das genaue Programm und die entsprechende Kleidung zu erfahren.

»Ja, also, zuerst fahren wir alle in den Wald nach Rissen. Auf dem Parkplatz kriegt jedes Kind ein GPS. Die Koordinaten auf dem Satellitengerät weisen den Weg zum Versteck vom Schatz«, hatte Mila begonnen.

Des Schatzes, dachte Ava.

»So was wie Schnitzeljagd in modern, weißt du? Der Schatz liegt dann auf dem Heuboden der Ponyschänke. Alle Kinder bekommen einen hübschen Geschenkebeutel und gehen hinterher Ponyreiten. Bis dahin sind hoffentlich die Heizstrahler angeliefert und das Zeltdach für das Picknick aufgebaut. Hinterher fahren alle zu uns nach Hause. Frau

Dragowicz serviert grüne Torten mit Waldmeistergötterspeise, ehe die zwei Handwerker in alten Trachten klingeln. Die werden mit den Kindern ein Weidenkörbchen flechten«, hatte Mila nervös referiert.

»Toll. Wo kriegst du bloß die Korbflechter her?«, fragte Ava.

»Der Direktor vom Museum für Kunst und Gewerbe hat sie mir vermittelt. Erst fand ich das ja übertrieben. Ich dachte, na ja, vielleicht jemand Nettes aus einer Behindertenwerkstätte ... aber das fand ich dann doch geschmacklos, oder?«

»Auf jeden Fall«, sagte Ava. War das nicht ein Witz? Früher hatten Generationen von Eltern dafür gekämpft, dass ihre Kinder mal einen besseren Beruf ergreifen konnten, damit sie nie für ein paar Pfennige Körbe flechten mussten. Und heute war es cool, übersättigte Kinder halb tote Handwerkstechniken zu lehren. Das reichste Mädchen aus Ellas Klasse hatte seinen Geburtstag im Museum der Arbeit gefeiert.

»Okay Mila, das heißt also erst warme Kleidung, und für später ein hübsches Kleid zum Wechseln. Das war's dann? Wann soll ich Ella abholen?«

Mila klang plötzlich noch nervöser.

»Zum Cooling down, also nach dem Kuchen und Körbeflechten, kurz bevor abgeholt wird, hat sich Hetty gewünscht, dass ich für alle Kasperletheater spiele. Das wär ihr einziger Wunsch, sagt sie. Irgendwie passt das ja gar nicht ins Programm, aber ich traue mich nicht, ihr das zu sagen. Hetty freut sich schon so darauf. Sie hat nämlich ganz viele tolle, teure Kasperlepuppen, die noch nie benutzt worden sind. Ich finde ja, diese geschminkten, grobgeschnitzten Holzköpfe mit den Kronen sehen aus wie Transvestiten. Irgendwie ... hat dafür nie jemand Zeit ...«

»… oder Lust«, sagte Ava.

»Ja. das auch. Bis man alles aufgebaut und sich dazu einen Text ausgedacht hat … also, mir fällt dazu außer »Seid ihr alle DAAA?« nichts ein. Und was sage ich bloß nach dem JAAAA?« Mila seufzte. »Ich habe in einem Antiquitätenladen ein Kasperletheater aus Holz geliehen, so ein großes, schönes, altes, mit roten Samtvorhängen. Es sieht lächerlich aus, wenn nicht nur die Kasperpuppe, sondern noch der halbe Kopf und die Arme von dem hinter dem Sofa rausgucken, der die Puppe spielt, oder?«

»Lass mal locker, Mila. Dir wird schon was einfallen. Es wird bestimmt alles großartig, perfekt, wunderschön. Wie immer bei dir.«

»Glaubst du?«, hatte Mila naiv gefragt, »glaubst du, dass es reicht, damit die angesagten Mädchen Hetty wieder für eine Weile mitspielen lassen? Sie auch mal einladen?«

Ava spürte schmerzhaftes Mitleid. Sie wusste, wie sehr Kindergeburtstage stressen konnten. An Ellas viertem Geburtstag hatte sie sich mit einer Flasche Champagner eine Stunde lang auf der Toilette eingeschlossen und immer wieder »Fangt schon mal mit dem Topfschlagen an – ich komme gleich!« durch die Tür geröhrt. Sie hatte sich nicht getraut, der Schar aufgeputschter Wilder gegenüberzutreten, die einerseits richtig Spaß haben sollten, andererseits davon abgehalten werden mussten, die Wohnung zu zerlegen.

Ava seufzte und schaltete den iMac aus. Sie schloss die Augen und genoss Ruhe und Dunkelheit.

Sie würde am nächsten Morgen einfach mal wieder in die Innenstadt fahren. Vielleicht würde sie da ein hübsches Geschenk finden. Außerdem musste jede Mutter ab Spätsommer darauf achten, Daunenjacken und Stiefel einzukaufen. Bis die Kinder sie wirklich bräuchten, wäre das Beste schon ausverkauft.

Ava stand steifbeinig auf und schlich sich an die Betten ihrer Kinder. Sie deckte jeden zu und hörte sie atmen. Sie strich ihnen ganz leicht über die runde, glatte Stirn. Tief im Schlaf wirkten Ella und Ferris ausdruckslos wie Lieblingspuppen. Mehr bei sich als bei ihr. Manchmal fand Ava es schwer erträglich, dass sie ihnen nicht überallhin folgen konnte. Sie würde sich daran gewöhnen müssen. Sie hob Plüschtiere auf und setzte sie sanft am Kopfende zurecht.

Am Morgen hatte Ava trotz ihrer Erkältung gedacht, es könne ein guter Tag werden. Bis sie telefonisch eine neue Waschmaschine bestellte. Als die frische Gegenstimme mit Ostakzent das Geburtsjahr wissen wollte (ob ich in der Skala zwischen »schon geschäftsfähig, aber noch zurechnungsfähig« liege, dachte Ava), jubelte das Mädel: »1967? Oh, toll! Da ist meine Mutter auch geboren!«

Als Ava dann in der großen Pause zur Schule fuhr, um ihrer Tochter den vergessenen Turnbeutel nachzureichen, war sie von Ellas Lehrerin kritisiert worden, weil sie sich keine Zeit nahm, um »mit den Kindern in aller Ruhe richtig zu frühstücken«. In der ersten Stunde hatte die Klasse über gute Essgewohnheiten geredet.

»Aber ich frühstücke immer nur Milchkaffee, und die Kinder haben gegen sieben auch noch keinen Hunger! Soll ich sie etwa zwingen?«, hatte Ava zurückgefragt.

Die Lehrerin hatte sie angesehen, als ob sie ihr das Sorgerecht entziehen lassen wollte: »Da müssen Sie eben mit gutem Beispiel vorangehen!«

Wahnsinn, dachte Ava nun auf dem Weg in die Stadt. Da bin ich so alt wie die Mutter des Ostmädels mit der Waschmaschine und muss mir immer noch sagen lassen, ich solle gefälligst morgens was essen. Später geht das im Altersheim wahrscheinlich genau so weiter: »NA, WAT IS DENN MIT

UNS, OMMA HEYL? NU ISS SCHON NACH ACHT, UND IHR WUASTBROT LIECHT DA IMMER NOCH RUM! BIS ZUM KÄFFCHEN UM FÜNF GIBT DAS NU ABER NIX MEHR!«

Sie musste lachen.

Unter dem tiefblauen Spätsommerhimmel lief Ava durch erste Blätterwirbel zur U-Bahn. Ockergoldener Sonnenschein untermalte die steinernen Ranken, Gesichter und Blumen der weißen Hausfassaden mit den längsten Schatten des Jahres.

Beschwingt war sie in die Unterwelt eingetaucht, vorbei an dem Blumenladen und dem Zeitschriftenkiosk. Sie war mit der U 1 bis zur Steinstraße gefahren und hatte erfolgreich erste Wintersachen für ihre Kinder gesichert. Schwierig war das, seit es überwiegend Daunenjacken mit abnehmbaren Ärmeln gab, die vorgaukelten, so erwerbe man günstig Jacke und Weste zugleich. Das hatte sich sicher ein kinderloser Marketingmanager ausgedacht. Welche Mutter wollte schon ein Kleidungsstück mit Identitätsproblem, das täglich eine weitere Entscheidung von einem fordert, dachte Ava. Bin ich heute Jacke? Bin ich Weste? Und wenn das Kind schwitzt, zieht es sowieso die ganze Jacke aus und reißt nicht einzeln Ärmel ab, die es dann in der Hand herumtragen müsste. Niemand schwitzte an den Armen.

Sogar ein tolles Geschenk für Hetty hatte sie in einem Kaufhaus gefunden, in Hellgrün, passend zu dem Motto der Party: einen »Battle Dome« aus Plexiglas, eine Art Kinderflipper in Ufoform für mehrere Mitspieler, der neue Freunde geradezu anzog. So was hatte Hetty bestimmt noch nicht. Ava wechselte die schweren Tüten in die andere Hand. Unauffällig blickte sie sich um.

Da war er wieder.

Ava ahnte schon seit einer Weile, dass er hinter ihr her war.

Die ganze Spitaler Straße lang folgte der Mann ihr bereits so dicht, dass sein Schweißgeruch sie vor sich hertrieb. Ging sie schneller, tat er es ihr nach. Umkurvte sie einen optischen Dreiklang aus Punk, Hund und Bierflasche, blieb er ihr schwarzer Schatten. Sie versuchte ihn zu ignorieren, doch er verfolgte sie immer weiter.

Ava war schockiert. Früher war ihr so etwas nie passiert. Sie war nicht der Typ, der beim Joggen von Kläffern gejagt wurde oder auf Konzerten den vollen Bierbecher abkriegte. Sie war Ava Glantz. Die Welt respektierte sie. Kein lächerlicher Straßenpantomime hatte je gewagt, sie nachzuäffen. Demnächst würde sie noch von Dreirädern angefahren werden.

Sie strich unbedacht ihre Haare zurück und spürte, ohne sich umzudrehen, dass er auch diese Bewegung nachäffte. Vereinzelt stach Gelächter von Passanten nach ihr. Leblose Gesichter erblühten in Schadenfreude. Traurige Osteuropäer spielten lustige Lieder auf dem Akkordeon. Ava hatte diese Fußgängerzone schon immer gehasst. Nur die größten Kinderabteilungen von H & M und Zara, die sich hier gegenüberlagen, konnten sie herbringen. In der spiegelnden Schaufensterfront beobachtete sie die Bewegungen ihres Verfolgers.

Als sie den Druck in ihrem Hals spürte, fürchtete Ava zuerst, sie würde auch noch anfangen zu weinen. Sie sah bereits vor sich, wie er sein weißgeschminktes Gesicht verziehen würde, den rotangemalten Mund zu einem unhörbaren Plärren entstellen, und sich mit beiden Fäusten affektiert die Augen reiben. Dann fühlte Ava erleichtert, wie der Druck weiter in ihren Kopf aufstieg und sich in radioaktiven Wellen ausbreitete. Wut war die einzige Form von Energie, die ihr geblieben war. Sie stoppte, drehte sich um und ließ die Einkaufstüten fallen.

»So, du Clown!«, schrie sie. Dann schlug sie ihm ihre rechte Faust ins Gesicht, ohne vorher darüber nachzudenken, ob der Daumen dabei in die geballte Hand oder darauf gehörte. Für eine Perfektionistin wie Ava war das beachtlich.

Als der Pantomime seine Hände vor das Gesicht schlug, äffte Ava ihn grimmig nach. Blut tropfte aus der Nase zwischen seinen Fingern hindurch. Nach einem kurzen Zögern hieb sie ihm sorgfältig ihr Knie in die Hoden, die sich unter seinem schwarzen, glänzenden Ganzkörperanzug gut abzeichneten. Bei Jeans hätte sie nicht so gut zielen können. Es funktionierte! Ava lachte überrascht. Wie gut, dass sie Ella immer zum Self-Defending-Kursus begleitet hatte.

Die Menschenmenge um sie herum war nun deutlich größer als die, die seine Parodie angezogen hatte. So viel Publikum hatte er sicher noch nie gehabt.

Ava krümmte sich ihrerseits dramatisch und griff sich wie er mit schmerzverzerrtem Gesicht zwischen die Beine: »Du findest es also okay, für ein paar Euro gestresste Mütter zu verarschen? Reicht es nicht, diese Hirntoten damit zu langweilen, wie du eine unsichtbare Glasscheibe putzt oder an einer imaginären Rose riechst? Ich dachte, ihr Arschlöcher wärt mit Marcel Marceau ausgestorben!«

»Der lebt aber noch«, sagte der Polizist, der nun freundlich um ihre Oberarme fasste. Es war sogar einer in der neuen blauen Uniform. Ava hatte gedacht, die würden nur im goldenen Dreieck zwischen Jungfernstieg und Neuem Wall patrouillieren.

»Echt?«, sagte Ava überrascht. In einem Anfall von Realitätsverlust dachte sie zuerst, sie wollten den Straßenkünstler wegen Belästigung festnehmen. Eine Polizistin mit blondem Pferdeschwanz half ihm gerade in den Polizeiwagen.

»Kommen Sie bitte mal mit«, befahl der Polizist.

»Hören Sie«, sagte Ava, »würden Sie für einen Moment

meinen Arm loslassen?« Sie zeigte mit der anderen Hand auf ihre Stiefeletten. »Damit werde ich Ihnen ja wohl schwerlich wegrennen. Glauben Sie's, die sind schlimmer als Fußfesseln. Danke schön.«

Sie holte ihre Visitenkarten aus ihrer Handtasche und hielt dem Beamten eine davon hin. »Geben Sie mir jetzt schnell noch Ihre? Gegen Abend, wenn mein Mann zu Hause ist, komme ich auf die Wache, und wir regeln dieses kleine Problem.«

Sie deutete auf den Pantomimen, der bereits im Polizeiwagen saß und sich theatralisch ein Tuch gegen die Nase drückte. »Er hat jedenfalls angefangen, dafür gibt's Zeugen. Wahrscheinlich werde ich ihn wegen Belästigung verklagen. Würden Sie nun unseren kleinen Hamburger Kessel bitte wieder öffnen? Ich muss nämlich ganz schnell meinen kleinen Sohn vom Kindergarten abholen. Er hat freitags keinen Mittagstisch.«

Das würde Ferris sicher gut gefallen, dachte Ava, als sie im Polizeiwagen durch die für Verkehr gesperrte Mönckebergstraße raste. Sie klopfte an die Sicherheitsscheibe. »Verzeihung? Könnten Sie wenigstens das Blaulicht anschalten?«

All ihre Sinne waren durch die Situation aktiviert. Der Pantomime saß ihr gegenüber und starrte sie böse an. Sie hatten eben nicht den gleichen Humor. Ava holte ihr Handy aus der Handtasche und machte ein Foto von ihm. »Das glaubt mir sonst keiner«, erklärte sie. Dann rief sie ihren Mann an.

»David? Kannst Du bitte sofort Ferris vom Kindergarten holen? Wieso? Schrei mich nicht an! Ich kann nichts dafür, erst war die Kassenschlange so lang, und jetzt hat mich die Polizei verhaftet. Nein, ich mache keine blöden Witze! Und SCHREI MICH NICHT AUCH NOCH AN! Ich ruf später wieder an.«

»Na, so viel Abwechslung hatte ich jedenfalls lange nicht mehr«, sagte sie, und spürte, wie ihr nun doch noch Tränen über das Gesicht liefen.

Nur hundert Meter entfernt setzte Milena ihre Sonnenbrille auf, zog sich die kamelfarbene Baskenmütze über die Stirn und schlug den Mantelkragen hoch. Nervös blickte sie um sich. Junior schlief in seinem Wagen neben ihr am Tisch. Sie erhob sich unauffällig, ließ das Tablett auf dem Tisch stehen und verließ schnellen Schrittes die Cafeteria bei C&A, den Kinderwagen vor sich herschiebend. Einmal im Monat aß sie hier ein gebackenes Fischfilet mit Kartoffelsalat, für vier Euro achtzig, mit einem Glas Coca-Cola dazu. Es war die einzige Sentimentalität, die einzige Erinnerung, die sie sich an ihre Vergangenheit leistete. Das Essen hatte den Geschmack der Zeit vor Ascan. Als sie zwar auch Depressionen hatte, aber immer noch die Hoffnung, es könnte alles besser werden, vielleicht sogar gut. Damals war ihr ein Essen in der Cafeteria vorgekommen wie der ultimative Luxus.

Schnell raus jetzt. Sie schob Junior erleichtert in den Fahrstuhl und drückte unerkannt auf E. Normalerweise ließ sie ihn dabei zu Hause, aber heute Vormittag musste Frau Dragowicz ein paar Sachen für Hettys Geburtstag besorgen. In der Kinderabteilung hielt der Aufzug an, mehr Frauen mit Kindern schoben sich zu ihr herein.

»Milena – Ansgart?! Bist DU das?«, sagte plötzlich eine davon überrascht.

Der Schock schoss Mila als flüssiges Blei in alle Glieder. »Bitte?«, flüsterte sie. »Na klar, das ist doch eindeutig Ansgart Junior! Was machst DU denn bei C&A, Milena?«

Es war eine entfernt bekannte Mutter aus Hettys Schulklasse, auch sie hatte ein Baby im Wagen dabei. Morgen wäre der ganzen Schule bekannt, dass Milena Ansgart heimlich bei C&A gewesen war, dort vielleicht sogar einkaufte. Mein Gott! Mila wimmerte stumm, Schweiß rann zwischen ihren Brüsten herab. Da war er, der Sozial-GAU, den sie bei ihrem kleinen Laster immer befürchtet hatte. Diese Demütigung. Denk nach, Mila, denk nach, sie dürfen Hetty nicht damit in der Schule ärgern, nachher reißen sie Hetty immer an den Klamotten, um die Schilder darin sehen zu können, oh nein, denk nach, Mila!

Sie blickte hektisch um sich. Außer ihnen war nur eine große Gruppe ausländischer Frauen mit kleinen Kindern im Aufzug. Sie unterhielten sich laut in einer unverständlichen Sprache. Mila, in jeder Beziehung in die Ecke gedrängt, hatte einen Geistesblitz.

Sie blickte verschwörerisch um sich und sprach der Schulmutter leise ins Ohr: »Das darfst du aber auf keinen Fall weitersagen, weil das klingt irgendwie fremdenfeindlich ... aber ich habe in einem alternativen Arztbuch gelesen, wenn man sein Kind nicht impfen lassen will, soll man es stattdessen einmal die Woche für zwei Stunden zu C&A mitnehmen. Das wäre die allerbeste – äh – passive Immunisierung. Was meinst du, wie der Kleine hier einer Vielfalt von Keimen und Viren aus aller Herren Länder ausgesetzt wird?« Mila begeisterte sich richtig beim Reden. »Das ist total gut für sein Immunsystem. Bei uns in der Gegend gibt es doch gar keine richtigen Viren mehr, deshalb sind die Kinder doch alle Nase lang krank! Und Impfungen haben immer so heftige Nebenwirkungen!«

»Ach!«, sagte die Mutter fasziniert. »Und das funktioniert?«

Mila zuckte gelangweilt die Achseln. »Ich probiere es gerade aus. Sicher, es ist keine schöne Methode, aber wenn's hilft ...«

Die Fahrstuhltür ging auf, die Frauen strömten heraus.

Mila blieb als Einzige zurück. Die Schulmutter drehte sich um: »Kommst du nicht mit raus?«

Mila blickte auf ihre Uhr. »Nein, uns fehlen für heute noch etwa zwanzig Minuten in der Kinderabteilung. Damit hat sein Immunsystem dann bis nächste Woche gut mit zu tun. Schönen Tag euch!« Sie winkte.

Sie drückte auf die 4. Die Türen schlossen sich. Mila begann wieder zu atmen. Ihre Stirn unter der Baskenmütze war schweißnass.

»Stimmt es, dass dich die Polizei verhaftet hat? Und du ein Anti-Aggressionstraining machen sollst?«, fragte Suzanne Ava leise beim Elternabend. »Johann und Amanda finden dich supercool.«

»Das ist schön. Vielleicht könnt ihr mich adoptieren. Meiner Familie bin ich nämlich peinlich«, flüsterte Ava zurück. Ihr Hintern war auf dem harten Holzstühlchen ertaubt.

»Ja? Wollten Sie etwas beitragen, Frau Glantz? Gerne! Aber dann doch bitte laut und für alle!«, rief Frau Lemke.

Avas Mutterimage hatte vor kurzem weiter Schaden genommen, als die Schulleitung anrief, um zu erfahren, warum Ella beim Frühstück nur ein scharfes Messer aus ihrer Dose geholt hatte. Ava hatte sich bis zu diesem Zeitpunkt schon gefragt, wieso im Spülbecken drei geschrappte Möhren lagen. Wie sollte man auch morgens um sieben seinem Schulkind ein vollwertiges Frühstück zusammenstellen?

Früher hätte sie Ella einfach ein paar Scheiben Knäckebrot eingepackt, doch nachdem Ava wie jede verantwortungsbewusste Mutter über die Gefahren von Acrylamid aufgeklärt war, hatte sie David letztens im Supermarkt die Packung aus der Hand geschlagen. »Spinnst du? Gib den Kindern bloß nicht dieses hochkanzerogene Zeug!«

»Übertreib doch nicht, Ava. Wenn das wirklich so gefährlich ist, wären die Skandinavier schon ausgerottet. Die essen seit Jahrtausenden jeden Tag Knäckebrot. Astrid Lindgren ist uralt geworden.«

Sie warf einen Blick auf die Zutatenliste und referierte konzentriert die Bestandteile. Einkaufen dauerte immer so lange, man brauchte Zeit, um alle Inhaltsstoffe zu entschlüsseln. Ava zog ihr zerlesenes Greenpeace-Heftchen zum Dechiffrieren der E-Nummern aus der Jackentasche.

»Ava! Du hast als Kind bestimmt auch tonnenweise grüne Götterspeise gegessen und löffelweise oranges C-Frisch-Pulver und knallroten Seelachsersatz aufs Brot. Und? Hat's Dir geschadet?«, fragte David genervt.

»Solange man nicht wusste, was drin war, hat es auch nicht geschadet«, erwiderte sie, »aber die Zeit ist lange vorbei. Als Mutter hat man zwei Urinstinkte: Füttern und Schützen. Aber beides zusammen ist kaum zu kriegen.«

Als Begleitmusik zu diesem Dialog lief auch noch »Being Boring« von den Pet-Shop-Boys. Das war schlimmer als der übliche Muzak-Mix: An der Käsetheke anzustehen und plötzlich ein Lied zu hören, das einmal eine große Zeit im Leben vertont hatte, machte Ava völlig fertig.

Wahrscheinlich saß hinter der verspiegelten Scheibe ein perverser Supermarkt-DJ und versuchte, welkende Mütter zum Kauf von Produkten zu verführen, die mit der Jugend aus ihren Warenkörben verschwunden waren. Kirschsaft und Batida de Coco. Chips. Baileys. Zigaretten. Der Geschmack nach Abenteuer und Freiheit.

»Dann wünsche ich Ihnen allen noch einen schönen Abend«, schloss Frau Lemke gerade.

»Ich möchte eben noch kurz über diese Gedenkminute für die Opfer des Tsunamis sprechen.«

26 Augenpaare wandten sich Ava zu. Gelangweilt. Belustigt. Erwartungsvoll. Misstrauisch.

»Aber kurz, bitte.« Frau Lemke sah auf ihre Uhr.

Ava schluckte. »Ich finde ...«

David legte lächelnd seine Hand auf ihre und quetschte sie zusammen. Er war mittlerweile fast der einzige Vater bei Elternabenden und Schulfesten.

»Ich finde, diese Gedenkminute für die Opfer des Tsunamis war eine sehr schöne Idee«, murmelte Ava.

Auf dem Heimweg nahm David ihre Hand.

»Das hast du gut gemacht, Prinzessin«, sagte er, »Frau Lemke hat sich richtig darüber gefreut. Hat doch gar nicht wehgetan, oder?«

»Doch. Dafür gehst du morgen endlich mit mir zum Griechen!«, sagte Ava.

Er ließ ihre Hand fallen.

»Ach Ava, ich gehe in kein Lokal mehr, wo das Essen billiger ist als der Babysitter, den man für die Zeit braucht! Ein paar Vorteile muss Altwerden auch haben.«

Ava nahm seine große, immer warme Hand wieder in ihre. »Bitte, David! Das ist mir aber wichtig. Ich will einfach mit dir essen gehen, so wie damals in der Studienzeit. Da hat man sich einen riesigen Teller mit irgendeinem Fleisch bestellt und einen Liter Wein ohne Flasche. Das war alles« – ihr kamen plötzlich die Tränen – »so lustig und unkompliziert.«

»Ava, wenn ein Abend beim Griechen deine Lebenslust steigert, gehe ich sofort mit dir hin. Aber idealisierst du das nicht ein bisschen?«

»Nein, wieso?«

Er ließ ihre Hand los und zählte an seinen Fingern vor. »Na ja, du hasst Knoblauchgestank. Zweitens trinkst du nie Schnaps, und das Lustigste am Griechen ist der Ouzo. Drittens isst du kaum Fleisch. Glaubst du etwa, der Grieche kauft sein Souflaki bei Bioland?«

»David! Bitte, sei mal spontan ... und renn nicht so, ich habe Schuhe mit hohen Absätzen an!«

»Ava. Wie wäre es mit dem neuen Syrer? In der letzten ›Szene‹ wurde der total gut besprochen.«

Wenn sie anfangen zu streiten, begann jeder Satz mit dem Namen des anderen, als offiziellem Adressaten psychischer Eildepeschen.

»Ach David! Ich will einmal keine riesige Erwartungshaltung und keine Scheißgrüße aus der Küche! Ich möchte mal wieder richtig mit dir über alles reden und nebenbei was essen ...«

Ihr fiel ein, wie Suzanne mal zu ihr gesagt hatte:

»Weißt du, was schlimmer ist, als keine Zeit mehr zum Reden zu haben? Endlich mal wieder Zeit zum Reden zu haben und dabei festzustellen, dass man sich nichts mehr zu sagen hat. Da wünscht man, es gäbe in Restaurants Malzeug für entfremdete Erwachsene, um die Zeit bis zum Essen zu überbrücken.«

Jetzt lief ihm Ava trotz der hohen Absätze voraus. »Komm David, sei mutig. Geh einmal essen, ohne zu reservieren, ohne dass du vorher den Gault Millau studiert hast und weißt, wie's schmeckt, ehe du es gegessen hast. Und ohne dass du jeden kennst.«

»In unserer Gegend gibt's doch gar keine Griechen, Schatz. Griechen sind was für Vororte und Ausfallstraßen, irgendwo zwischen Nagelstudios und Änderungsschneidereien«, wich er dem Thema aus.

Ava lachte plötzlich. »›Nagelstudio‹ wäre doch ein super Name für einen Puff!«

David lachte spontan mit ihr und in diesem Moment teilten ihre Planeten die gleiche Atmosphäre.

»Ist dir schon aufgefallen, dass es in unserer Gegend auch kein Bestattungsinstitut gibt? Als ob ab einem gewissen Einkommen nicht mehr gestorben wird«, sagte David.

»Höchstens entschlafen. Dafür, dass es in der Branche keine Laufkundschaft gibt, sind die Ladenmieten hier zu teuer. Außerdem gibt's für Urnen keinen Sale, oder?«, dachte Ava laut weiter. Allerdings wäre so ein Laden als Memento mori zwischen den Boutiquen konsumfördernd, überlegte sie. Hatte man vorher gezweifelt, ob man diesen Pulli wirklich brauchte oder das Geld lieber für's Alter sparen sollte, würde man beim Anblick des Bestatters sofort kaufen: Wer weiß, was morgen wäre. Oder anders herum? Würde es einen daran erinnern, dass man seine Kaschmirpullis nicht ins Grab mitnehmen konnte? Und was trug man heutzutage eigentlich im Sarg? Jahrhundertelang hatte jeder sein feines Leichenhemd gleich bei der Aussteuer dabei, damit man jederzeit würdig abtreten konnte. Es gab schon verrottbare Designersärge – warum eigentlich keine Schneiderei »Das letzte Hemd hat keine Taschen – Die Instyle«, die aus verrottbaren Stoffen ein letztes Reiseoutfit schneiderten? Zumindest in Berlin gäbe es dafür sicher Kundschaft. Das wäre doch …

»Ava? Ava? … Ava! Könnten wir nicht wenigstens zu einem billigen Italiener?«, verhandelte David nun nach. »Da gibt's doch sicher eine klebrige Kaschemme mit fetten Spaghetti Carbonara und Tropfkerzen auf den Tischen!«

»Nein«, sagte Ava entschlossen, »nur Griechen sind authentisch out. Von allen anderen südländischen Küchen gibt es Edelvarianten: der Edel-Italiener, Edel-Spanier, sogar Edel-Portugiesen. Aber angesagte Griechen gibt's zum Glück noch nicht.«

Kurz vor der Haustür gab David nach.

»Schon gut. Ich suche dir als Überraschung einen Griechen. Wo willst du sitzen?«

Er wusste, dass sie Fensterplätze in ebenerdigen Restaurants mied. Ava hasste es, wenn Passanten stoppten und auf ihren Teller schauten, um zu prüfen, ob sie hier auch essen wollten. Schlenderten die Leute dann weiter, fühlte sie sich persönlich zurückgewiesen. Dass sie wusste, wie blöd das war, änderte nichts daran.

»Aber ich bestelle vorsichtshalber einen Tisch«, sagte er.

Es war ihr zehnter Hochzeitstag. David und Ava saßen auf kahlen Holzstühlen an einem verschrammten Holztisch in der Taverna Spartakus. David hatte das griechische Lokal in Altona ausgesucht.

Die Fenster waren große Glasfronten ohne Gardinen, außen mit Ruß von der Straße belegt, innen mit Fingerabdrücken. Der Boden war purer Beton. In einer Ecke stand ein hohes Podest mit einem DJ-Pult darauf.

»Das ist aber kein traditioneller Grieche, wie ich ihn mir gedacht hatte«, sagte Ava misstrauisch. Sie hatte für diesen Abend extra ihre älteste Jeans mit Stiefeln angezogen, dazu eine Tunika mit Stickereien. »David? Das sieht hier alles ziemlich szenig aus.«

»Du doch auch, Schatz. Außerdem dauert es ja ewig, bis die Speisekarten kommen, das ist doch schon mal total griechisch«, erwiderte David gut gelaunt.

»N'Abend, Leute«, rief der junge Wirt lässig, »wisst ihr beiden schon, was ihr wollt, oder soll ich euch Karten holen? Hier habt ihr schon mal 'nen Ouzo.«

»Ich hätte gerne die Speisekarte«, sagte Ava. Sie starrte dem Wirt hinterher. »Irgendwo habe ich den Typen schon einmal gesehen …«

»Prost«, sagte David und stürzte den Schnaps hinunter.

Ava trank vorsichtig von ihrem. »Du hast mich reingelegt, David!«

»Wieso denn das jetzt? Das ist hier doch wohl ein Grieche, oder? Nie kann ich es dir recht machen.«

Ava sah ihn böse an. »Ich wollte zum Hochzeitstag eine romantische Zeitreise in unsere Jugend und kein echtes Restaurant. Dieser Laden ist cool. Schlimmstenfalls schmeckt hier sogar das Essen! Ich sehe nicht eine Marmorsäule aus Plastik. Ich höre keinen Sirtaki.«

»Mehr Grieche muss doch wohl auch nicht sein. Hey!«

Er winkte durch Rauchschwaden einem Typen am überbesetzten Nachbartisch zu. »Da sitzt ja Fatih Akin! So ein Zufall, den wollen wir unbedingt als Regisseur für unseren neuen Bierspot haben. Während du die Karte liest, gehe ich nur mal eben hin und sag hallo, ist das okay? Ganz schnell!«

Als Ava ihren zweiten Ouzo trank, trat ein DJ ans Pult und legte Bossa Nova auf. Plötzlich fiel ihr ein, warum ihr der Wirt bekannt vorkam: Er hatte in dem Film »Kebab Connection« mitgespielt. Als sie sich genauer in dem vollen Laden umschaute, erkannte sie viele gestylt ungestylte Menschen aus der Kulturszene, die nur eben mal untereinander unerkannt und unkompliziert was essen wollten.

David kam wieder, nachdem Ava das Lamm-Souflaki mit Bratkartoffeln gegessen und zwei weitere Ouzo hinterhergeschüttet hatte. Immerhin waren die Bratkartoffeln echt fett gewesen. Sie hatte mehr Kalorien zu sich genommen als in den letzten zwei Wochen zusammen.

»Entschuldigung, Schatz. Aber das war doch ein toller Zufall, was? Fatih denkt darüber nach, hat er gesagt. Jetzt muss ich ihn morgen nicht mehr anrufen.«

Beschwingt setzte er sich ihr gegenüber und nickte dabei einem Mann am Nachbartisch zu. »Möchtest du noch was, Liebling? Einen Joghurtnachtisch vielleicht?«

»Eine Pistole«, sagte sie.

Einen neuen Mann. Ein neues Leben, dachte sie. Oder

wenigstens eine Ahnung davon, wann ich wo was derart falsch gemacht habe, um das hier zu verdienen.

»Ach, Schatz.« David legte seine Hand auf ihre. »Übertreib doch nicht immer. Wir haben so ein schönes Leben. Das war eine gute Idee von dir, zum Griechen zu gehen. Mal was ganz anderes.« Zum ersten Mal an diesem Abend blickte er ihr ins Gesicht. Habe ich dir heute schon gesagt, dass du wunderschön bist? Und dass ich dich liebe?«

»Nein. Ich will es aber auch nicht hören.«

Sie zog ihre Hand zurück. Hoffentlich hatte sie noch Magentropfen zu Hause.

Plötzlich beugte sich David über den Tisch und wischte mit dem Daumen unter ihrem linken Auge entlang.

Ava zuckte zurück.

»Warte mal, du hast da etwas Wimperntusche.«

»Spinnst du? Du hast kein Recht, mir ungefragt im Gesicht herumzuwischen! In der Öffentlichkeit schon gar nicht«, rief sie, »ich bin, Gott sei Dank, volljährig!«

»Hergott, Ava, was bist du wieder überempfindlich! Das war doch einfach nur nett gemeint.«

»Spuck doch noch auf ein Taschentuch, bevor du mir das Gesicht damit abrubbelst! Das fand ich schon als Kind widerlich!«, ätzte sie. Die Spucke roch immer wie die angeleckte Gummierung einer Briefmarke.

»Hör du lieber auf, in der Öffentlichkeit heißes Wachs in den Aschenbecher zu gießen«, entgegnete David wütend. »Alle gucken schon zu uns rüber.«

Er riss ihr die Kerze aus der Hand. Wachs tropfte auf seine Finger.

Als sie auf die Straße traten, fror Ava. In den letzten drei Stunden war es Herbst geworden.

Nachts im Bad bemühte sie sich, leise zu kotzen, um die Kinder nicht zu wecken.

Das eisklare Morgenlicht riss die Farbregler weit auf. Graue Wolken flogen über klarblauen Himmel. Die Erde atmete stumpfe Kälte, die oberflächliche Feuchtigkeit vereiste. Raureifkristalle verkrusteten absterbende Blumen und Halme.

Ava hatte leider keine Zeit, Naturschönheiten zu bemerken. Sie suchte in allen Schränken und Schubladen nach Regenzeug, das Ferris heute auf dem Kindergartenausflug tragen sollte. Die Wohnung sah aus, als ob Diebe sie durchwühlt hätten.

Immerhin hatte Ava heute früh den Informationszettel wiedergefunden, der David aus dem Altpapier gefallen war: Ferris' Gruppe fuhr mit dem Reisebus zum Wildpark Eekholt in Schleswig-Holstein, Treffpunkt war 8.30 Uhr auf dem Platz vor der Kirche. Diese Gummistiefel waren ihm doch bestimmt zu klein geworden … da, die Jacke! Aber die war bei dem kalten Ostwind doch viel zu dünn, er musste unbedingt noch einen dicken Pullover darunterziehen …, aber wenn er im Bus schwitzen würde? Ava musste der Kindergärtnerin unbedingt sagen …

»Ferris! Wir müssen los!«, schrie Ava wieder. Eigentlich nur, um subjektiv das Gefühl von Beschleunigung zu haben, denn sie war selbst längst nicht fertig. Wo war seine Mütze? Nicht die hier, die Schalmütze, damit er den Schal nicht verlieren konnte, oder einer seiner kleinen Kumpels ihn aus Spaß damit erwürgen.

»Ferris, komm her, komm schnell! Wir müssen LOS!« Sie rannte in sein Zimmer.

Ferris lag bäuchlings auf seinem Teppich und studierte konzentriert den Apotheken-Comic »Familie Mäusebein«. Abwesend blickte er auf. »Was?«

Avas Hände und Knie zitterten von einer Überdosis der zwei Drogen für Mütter: Adrenalin und Koffein. In einer Zeitschrift hatte sie gelesen, dass Mütter sich viel schlechter entspannen konnten als Frauen ohne Kinder. Väter dagegen relaxten ebenso schnell wie Männer ohne Kinder. Das letzte Mal wirklich entspannt musste Ava etwa 1997 gewesen sein.

»FERRRIIIS!«

»Mama – liest du mir das vor? Bittebitte.«

»Heute Abend, mein Schatz. Ihr macht doch gleich diesen tollen Ausflug zu den Wölfen und Rehen! Da müssen wir uns jetzt aber ganz doll beeilen.«

Sie zog ihm bereits Ellas gelbe Regenhose über seine Jeans.

»Das ist nicht meine! Die will ich nicht!«

»Bitte, Ferris, die ist total in Ordnung!«

»Ist sie nicht! Das ist eine Mädchenhose, da werden meine Freunde lachen.«

»Dann sind es keine Freunde. Bitte Schatz, wir müssen LOS jetzt, ja?« Sie kam sich vor wie eine billige Maschine, die einen winzigen Wortschatz plärrend wiederholte und wiederholte. Sie knotete ihm die Träger kürzer. Jetzt saß alles fest.

»Ich muss nochmal.«

Als Ava ihm ins Bad nachging, saß er in der Unterhose auf dem Badezimmerteppich und sortierte murmelnd die Waffen seiner Playmobil-Ritter, die ihm aus der Hosentasche gefallen waren.

»Ferris! Nun komm aber!«

Er blickte sie erst verwirrt, dann böse an: »Du gemeine Mama! Jetzt hast du mir mein Spiel aus dem Kopf gerissen!«

Als Ava ihn endlich aus der Haustür zog, fiel ihr auf, dass er die Zähne nicht geputzt hatte. An der frischen Luft im Wildpark würde das kaum auffallen. Sie zögerte trotzdem, was eine weitere Minute kostete. Dann hasteten beide weiter. Doch – irgendetwas fehlte noch. Was nur? Sie versuchte den Informationszettel zu memorieren. »Geben Sie Ihrem Kind ein Frühstück und ausreichend zu trinken mit!« Alle würden ihre liebevoll hergerichteten Vollkornbrote auspacken. Ihre geschälten Biomöhren, Apfel- und Gurkenstücke aus den Frischhaltedosen angeln. Fencheltee aus Thermoskannen trinken. Nur Ferris würde hungrig herumgehen und um Essen betteln müssen. Die Kindergärtnerinnen würden sich über seinem ungekämmten Kopf einen langen Blick zuwerfen, für ihren Sohn ein paar Knäckebrote aus dem Vorrat kramen und »Der Arme, dabei ist er so ein süßer Junge!«, flüstern.

Lieber noch ein Zwischenstopp beim Bäcker. Zwei Kornecken, bitte aufschneiden und mit Butter bestreichen. Auf die erste eine Scheibe Käse, auf die zweite ... igitt, wie sah diese Putenbrust nur aus – und erst diese hundertjährigen Eier – auf die zweite bitte auch eine Scheibe Käse. Und bitte die unterste Scheibe Käse, nicht die mit dem trockenen Rand. Danke. Hätten Sie vielleicht auch eine Scheibe Gurke da? Ach ja! Vielleicht noch eine – frische? War ja nur eine Frage! Dann doch nur die Käsebrötchen, bitte. Danke.

»Mama – kann ich ein Franzbrötchen?«

»Schatz, Süßigkeiten sind im Kindergarten doch verboten, das weißt du ...«

»Julius hat aber auch immer welche mit, echt!«

Er sah sie bittend an. Ava zahlte und schob ihn eilig aus dem Laden. »Was andere Kinder in ihren Brottaschen haben, ist mir völlig egal, Ferris.«

Oh Gott, der Geist ihrer Mutter sprach aus ihr. Ava schauderte. »Bleib mal kurz hier stehen, ja?«

Sie lief zurück. Stellte sich wieder an der Schlange an. »Und noch ein Franzbrötchen, bitte. Ach – haben Sie vielleicht auch Getränke?«

»Na klar. Hier, Capri-Sonne!«

»Das ist kein Getränk. Das ist minderwertiges Wasser mit

Zucker, Farbstoff und künstlichem Aroma. Seit den Siebzigern hält das keiner mehr für Orangensaft.«

Ava sah auf die Uhr. Sie würde noch zum Reformhaus rennen müssen. Und zurück. Sie knebelte ihren Stolz. »Und eine … Capri-Sonne, bitte.«

Sie floh zu Ferris, der gerade beidhändig einen Retriever streichelte. Wo sollte sie ihm jetzt noch die Hände waschen? Feuchttücher hatten nie zu ihrer Ausstattung gehört. »So Schatz, nun komm. Ganz, ganz schnelle Füße machen, ja?«

»Die Gummistiefel sind zu eng! Die tun vorne weh!«

»Morgen kaufen wir dir neue. Komm! Komm!«

Der Wind war trotz des blauen Himmels schneidend. Sie hatte Ferris das Gesicht nicht eingecremt. Da war es ein Glück, dass sie es auch nicht gewaschen hatte.

Ava rannte. Sie zerrte den stolpernden Ferris hinter sich her und hasste sich dafür. Sie flogen um die letzte Ecke am Park und stoppten keuchend vor der Kirche. Ein paar Mütter in herbstlicher Woolrich-Daunenmantel-mit-Fellkapuzen-Uniform unterhielten sich. Sie blickten hoch und Ava und Ferris gespannt entgegen. In ihren Blicken mischte sich Mitleid mit Genugtuung. Außer ein paar mitgeführten Säuglingen in Bugaboo-Wagen waren keine Kinder zu sehen. Trotzdem hoffte Ava zwei Sekunden, die Busse wären noch nicht da.

»Die sind gerade abgefahren.«

Ava war durchgeschwitzt. Eisige Böen fuhren durch ihren verschwitzten Haaransatz. Morgen hätte sie sicher wieder eine Nebenhöhlenentzündung. Blätter wirbelten höhnisch um sie herum.

»Was?«

Durch ihre Ohren rauschte eine Hochspannungsleitung.

»Der Bus. Ist eben abgefahren. Ganz pünktlich, diesmal. War ja auch zu kalt, um hier noch länger rumzustehen.«

Ferris brach in Tränen aus. Ava beugte die zitternden Knie und umarmte ihren kleinen Sohn, um ihn zu trösten. Suchte Trost bei seinem kleinen, warmen Körper. »Liebling …«

»… ich ha-hab mich so … auf di-hie Busfahrt ge-freuheut …«

»Mein Schatz …«

»… ich wo-ho-hollte doch … neben He … Hen-ri sihihitzen …«

»Ach, mein Süßer …«

»… ga-hanz hinten …«

»Der arme Junge«, sagte eine Mutter eher anklagend als mitleidig.

Ava schämte sich so.

Ferris weinte und weinte und weinte. Er weinte mit seinem ganzen Körper. Er schluchzte ohne Berechnung, mit weit offenem Mund. Rotz und Sabber liefen über sein Kinn in seine Schalmütze. Ava hob ihn auf ihren Arm und richtete sich schwankend mit schmerzendem Rücken auf. Ihr Kreislauf blieb neben der Brötchentüte eine Weile am Boden. Nachdem sich die Sicht wieder stabilisiert hatte, sagte Ava fest: »Komm, Süßer, ich bring dich mit dem Auto hin, die holen wir schon ein. Nicht mehr weinen. Wir fahren ganz schnell hinterher, ja?«

Ferris sollte seinen Ausflug haben. Ava würde es sonst nicht ertragen. Wo war bloß das Auto geparkt? Es gab hier so viele von der Marke und Farbe. Eine der Mütter kam herüber. Es war die von Henri. Sie bückte sich und drückte Ava ihre schmutzige Bäckertüte in die Arme. »Viel Glück«, sagte sie.

Das Auto stand vor dem Bäckerladen. Als Ava Ferris in seinen Sitz geschnallt und ihn mit Franzbrötchen und Capri-Sonne versorgt hatte, schabte sie mit einer CD-Hülle aus dem Handschuhfach das Eis von den Scheiben. Der Strafzettel war am Scheibenwischer festgefroren. Avas Atem stieg als weißes Stoßgebet gen Himmel.

»Euch trotzdem noch einen schönen Tag!« Ein paar Mütter kamen auf dem Rückweg vom Kirchplatz vorbeigeschlendert. Vor ihnen lagen große Ferien bis vier Uhr nachmittags. Ava nickte zurück, lächeln wäre zu viel gewesen. »Ja danke, euch auch!«

Sie stieg schnell ein, knallte die Tür zu und schnallte sich an. Ihre Finger waren steif.

»So, mein Schatz. Jetzt machen wir es uns aber richtig gemütlich, ja?«

Ava holte den Straßenatlas hervor und suchte den schnellsten Weg nach Eeckholt: Also zuerst mal auf die A7. Sie setzte den Wagen vorsichtig zurück und gab Gas. Ferris hatte aufgehört zu weinen. Ava presste ihren verspannten Rücken in den Ledersitz und atmete zum ersten Mal tief durch, als das Warnsignal ertönte. Verdammt, zuerst musste sie auch noch tanken. Das wollte doch David gestern machen!

An der Ausfallstraße nach Norden lag die nächste Tankstelle – ein Supermarkt mit Zapfsäulen. Ava fuhr schneidig vor, sprang heraus, rammte den Einfüllstutzen in die Tanköffnung. Das kam einer sexuellen Handlung näher als alles, woran sie in den letzten Wochen beteiligt gewesen war. Während die Betragszahlen den Literzahlen davonrasten, schaute sie immer wieder auf die Uhr: Der Vorsprung der Kindergartengruppe wuchs. Sie hatte keine Zeit mehr vollzutanken, es würde hoffentlich reichen.

Sie riss die Tankpistole heraus und warf sie auf ihre Aufhängung. Ava schwang sich wieder auf ihren Sitz, knallte die Tür zu und gab Gas. Während sie mit 80 km/H die grüne Welle stadtauswärts surfte, hatte sie schon wieder das Gefühl, etwas Wichtiges vergessen zu haben.

»Mama? Weißt du wahas?«

Scheißegal. Falls sie etwas vergessen hatte, war es sicher nichts Wichtiges.

»Die ist echt lecker, die Capri-Sonne.«

Ihr Ferris saß jedenfalls gesund und fröhlich im Auto. Sie lächelte ihn im Rückspiegel an. Wie süß er aussah! Er hatte Regenzeug dabei und sogar eine Art Frühstück. Entspann dich. Ava holte tief Luft. Sie musste einfach aufhören, so perfektionistisch zu sein. Das war ja zwanghaft. Sie schnallte sich wieder an, stellte das Radio mit dem Verkehrsfunk ein und konzentrierte sich auf unfallfreies Rasen. Da vorne im Busch stand der Blitzer. Sie bremste rechtzeitig ab, machte dann wieder schnell. Mit dem Motor wurde nun auch das Autoinnere warm. Von drinnen betrachtet war das Wetter wirklich schön für einen Ausflug.

Ava kam beim Fahren langsam zu sich. Stillzusitzen und sich gleichzeitig schnellstmöglich zu bewegen beruhigte ihren Geist. Vielleicht fuhren Amerikaner ständig Auto, um nicht durchzudrehen?

Ferris krümelte hinten alles voll und blickte zufrieden aus seinem Fenster. »Guck mal, Mama, ein Pony!«

Schnelsen-Nord. Ava fuhr schwungvoll auf die Autobahn und wechselte sofort auf die Überholspur. Bald passierten sie die ersten schwarzweißen Kuhherden. Ein großer Raubvogel hockte auf einer Notsäule und beobachtete scharf den Verkehr. Vielleicht eine Attrappe, mit einer Überwachungskamera darin versteckt?

Ava grinste. Sie bekam fast Ferienlaune, ehe ihr einfiel, dass sie um eins schon wieder Ella von der Schule abholen musste. Ava gab Gas. Mehr Gas. Wo blieb der Bus? Sie blätterte mit einer Hand den Straßenatlas auf und balancierte ihn auf ihren Knien. Noch so viele Ausfahrten! Das lag ja fast schon in Dänemark. Hoffentlich hielt sich der Busfahrer an die vorgeschriebenen km/h. Dann würde sie ihn vorher einholen.

Der Busfahrer war erst besorgt, dann empört. Der schwarze Volvo-Geländewagen trieb ihn seit der letzten Abfahrt mit der Lichthupe vor sich her.

»Immer fahren lassen, die Irren«, brummte er.

»Wie bitte?«, fragte die junge Kindergärtnerin vom Rücksitz.

»Ach – der Volvo da hinten. Ich will den eben mal loswerden.«

Der Busfahrer bremste und machte im riesigen Rückspiegel heftige Handbewegungen, um den Drängler zum Überholen aufzufordern. Hätte er je den Spielberg-Film »Duell« gesehen, würde er sich jetzt mit Schaudern daran erinnern. Der Volvo zog scharf auf die linke Spur. Er kam zwar längsseits, fuhr aber parallel im gleichen Tempo neben dem Bus her. Der Busfahrer winkte ihn heftig weiter durch. Der Fahrer war eine Frau. Sie schüttelte ungeduldig den Kopf und formulierte mit den Lippen das Wort »ANHALTEN«, was der Busfahrer als »Arschloch« missverstand. Dazu machte die Blondine dämpfende Auf-und-ab-Bewegungen mit einer Hand, die »Bremsen! Bremsen!« bedeuten sollten. Der Busfahrer ersah daraus »Wichser.«

»Also, da soll mich doch …!«, schrie der Mann mit rotem Kopf. Jetzt gab er selber Gas. Holte das Äußerste an Vitesse heraus. Der Motor dröhnte. Die Kühe flitzten an den Fenstern vorbei.

»Was ist denn bloß los?«, fragte die Kindergärtnerin ängstlich. Sie stand breitbeinig auf: »Alle Kinder setzen sich sofort wieder auf ihre Plätze!«

»Das ist ja Ferris!«, brüllte Henri von seinem Fensterplatz. »Feeerrriiisss! Haaaallllooooo! Hiiiiieeer!« Er winkte wild und hämmerte mit seinen Fäusten gegen die dreckige

Fensterscheibe. Alle Kinder sprangen wieder auf und drängten sich auf die linke Seite. Sie winkten und schrien. Liebevoll gepackte Rucksäcke kullerten durch den Gang.

Der Volvo holte spielend auf. Ferris klebte an seinem getönten Fenster und winkte mit beiden Händen strahlend zurück. Die Fahrerin deutete nun heftig auf ein Schild: »Parkplatz mit WC in 1000 m.« Der Busfahrer schüttelte empört den Kopf. Sie nickte. Er verneinte, guckte dann stur geradeaus. Der Volvo gab Gas, flog vorbei. Genau vor dem Bus scherte er knapp ein, blinkte rechts und bremste dann stark ab. »Parkplatz mit WC in 300 m.« Der Volvo fuhr langsam ab. Wie hypnotisiert folgte der Bus. Der Fahrer war unter seiner grauen Weste, die er über seinem grauen Wollpullover trug, durchgeschwitzt. Er hielt an, stellte den Motor aus und schloss die Augen.

»Warum halten wir hier? Muss mal jemand aufs Klo?«, fragte die ältere Kindergärtnerin. Sie war nun nach vorne gekommen.

»Es ist Frau Heyl«, erwiderte die jüngere, als ob das alles erklärte.

Ava sprang strahlend aus dem Volvo. Sie öffnete die hintere Tür, beugte sich hinein und entließ Ferris aus seinem Sitz. Sie zog ihm die Schalmütze über seine blonden Locken, küsste ihn auf beide Wangen und drückte ihm seine Bäckertüte in die Arme. Er rannte ihr voraus zum Bus.

»HENN-RIII! HENRI! Ich komme!«, brüllte Ferris glücklich. Er schlug gegen die Tür. Der Busfahrer öffnete langsam seine Augen, dann, auf ein Nicken der Kindergärtnerinnen, zögernd die Tür.

»Ferris! Hey, Ferris! War das cool!«, schrie Henri. Er hüpfte mit Ferris im Gang auf und ab. Ava sprang auf die erste Busstufe. Ihre Präsenz war ein Stromschlag auf feuchter Haut. Sie lächelte so charmant entschuldigend, wie sie konnte.

»Ach, entschuldigen Sie, es tut mir ja wahnsinnig Leid, aber ich fürchtete, Sie würden mich nicht verstehen … mein kleiner Sohn … er wollte doch so gerne zusammen mit seinen Freunden in Ihrem Bus hinfahren. Wir waren heute Morgen doch nur eine Minute zu spät! …«

»Wissen Sie überhaupt …«, begann der Busfahrer.

»… und dann hat er ja so geweint! Haben Sie selber Kinder? Dann … Nein? Hier, für Ihre … Kaffeekasse!«, sagte Ava. Sie drückte dem Mann einen Fünfziger in die anklagend ausgestreckte Hand. »Und tausend Dank, dass Sie noch die Idee hatten, extra für uns anzuhalten! Sie haben einen kleinen Jungen sehr glücklich gemacht. Und mich auch.« Ihr Lächeln prallte frontal auf sein vom Alltag abgewetztes Gesicht.

Die ist ja total irre, dachte der Busfahrer erschöpft. Hübsche Frau, aber völlig irre. Bloß keine Diskussionen mehr, bringt ja nix. Job machen, nach Hause gehen, paar Bier mehr trinken. Er steckte den Fünfziger achselzuckend in die Hosentasche.

Ferris hatte sich längst in einem Pulk Jungen neben Henri auf die Rückbank geworfen. Er lachte und redete in alle Richtungen. Ja! Ja, das war es wert gewesen, dachte Ava bei seinem Anblick. Sie winkte ihm zum Abschied und warf eine Kusshand. »Tschüss, mein Schatz! Ganz viel Spaß!«, rief sie durch den Lärm. Sie betrachtete den Bus genauer. Er wirkte wie aus der Kulisse von Pan Tau gerollt. Die Bezüge, deren ursprüngliche Muster nicht mehr zu erkennen waren, sahen aus wie der Brutplatz der nächsten Läuseepidemie. Keine Kopfstützen, keine Sicherheitsgurte, keine Airbags.

»Sie fahren doch bitte vorsichtig, ja?«, sagte Ava zum Fahrer. Die ältere Kindergärtnerin nahm sie beim Arm. Sie stiegen zusammen aus. Frierend standen beide im Wind neben dem Toilettenhäuschen aus Waschbeton.

»Ich weiß, ich weiß …«, begann Ava sofort, »ich bin

schrecklich. Ich war heute früh zu spät, aber nur ganz knapp! Es kommt nie wieder vor. Was kann ich tun? Sagen Sie es mir! Ich weiß: Ich stelle zum nächsten Kirchentag einen Schlafplatz, notfalls auch zwei! Es sollte übrigens Fotos der internationalen Kirchentagsteilnehmer im Internet geben, dann würden sich sicher mehr Interessenten … meinen Sie nicht? Oder ich verkaufe Marmelade auf dem Weihnachtsbasar! Ich … ich richte dem Kindergarten eine eigene Website ein! Ich …«

»Schon gut, Frau Heyl. Wir werden zu gegebener Zeit darauf zurückkommen. Dürften wir jetzt von Ihnen unbehelligt weiterfahren?«

»Danke«, sagte Ava, »versuchen Sie mich zu verstehen. Wir waren doch nur eine Minute zu spät. Bitte, machen Sie Ferris einen schönen Tag. Er kann's brauchen.«

»Seien Sie pünktlich um 16 Uhr am Abholplatz«, erwiderte die Kindergärtnerin nur.

»Versprochen«, sagte Ava.

Endlich war sie wieder zu Hause. In der Küche lief immer noch Klassikradio. Ava hatte Kopfschmerzen vor Hunger, Durst und Stress. Sie brühte sich einen grünen Tee auf und aß dazu die eingelegten Oliven und Kapern vom Markt gleich aus der Plastiktüte. Hinterher die restliche Kinderschokolade aus dem Kühlschrank. Sie fiel auf den Küchenstuhl. Wie sie es genoss, unbeobachtet zu sein! Endlich mal Pause vom guten Vorbildsein. Sie kaute, sie schluckte, sie genoss die Ruhe nach dem Sturm. Die Hochspannungsleitung in ihren Ohren summte fast tonlos. Jetzt eine gute Stunde Pause, dann würde sie Ella abholen.

Das Telefon läutete. Ehe ihr klar wurde, dass sie gerade keinen sprechen wollte, hatte Ava sich schon gemeldet.

»Hallo Schatz, hast Du mich eben angerufen?«

»Ja, Mama, woher weißt du das?«, log Ava.

»Das habe ich mir einfach gedacht. Ich war nämlich gerade ein bisschen auf dem Flur spazieren. Die Visite war auch schon da ...«

Ihre Mutter lachte müde. »Der Professor Doktor Kapitzke ist wirklich sehr nett.«

Ava schnürte es die Kehle zu. Sie warf die Olive wieder hin. »Was heißt nett? Ist er denn auch gut, Mama?«

»Aber sicher, Schatz. Er konnte es erst gar nicht glauben, dass ich schon über siebzig bin.«

»Du siehst ja auch so viel jünger aus ...«

»Ach was, lass mal.«

Kann mir Professor Kapitzke garantieren, dass du nicht stirbst?, dachte Ava. Lass mich noch nicht alleine, nicht jetzt, versprich mir, dass du nicht stirbst ...

»Weißt du eigentlich, was am Alter das Schlimmste ist, Ava?« Die Munterkeit in der Stimme ihrer Mutter war schnell ermüdet.

»Nein, was denn, Mama?«, fragte Ava. Sie wartete halb ängstlich, halb erwartungsvoll. Endlich bekam sie eine Altersweisheit geschenkt, bevor sie sie selber machen musste.

»Das Schlimmste am Alter ist zu sehen, wie alt meine Kinder geworden sind – du und deine Schwestern. Ihr wart meine schönen Babys, und jetzt habt ihr selber Sorgenfalten. Du warst immer meine süße Kleine, mein Sonnenschein. Ich habe geglaubt, du würdest für immer so bleiben.«

Ava war sprachlos vor Kummer. Sie schwiegen von beiden Seiten schwer in den Hörer. Ava trat dabei ans Fenster und blickte hinaus. Ein Polizeiwagen fuhr langsam die Straße entlang. Wen oder was konnte der hier schon suchen? Die Art Wirtschaftskriminalität, die hier zu Hause war, kam selten vor Gericht, und selbst dann mit einem dreisten Victory-Zeichen davon.

Fast auf Höhe von Avas Haus hielt der Wagen an. Ein Polizist und eine Polizistin stiegen aus. Die Türen klappten dumpf. Sie setzten sich sorgsam die Mützen auf, studierten die Hausnummern und setzten sich synchron in Bewegung. Sie schritten auf Avas Haus zu, entgingen ihrem Gesichtsfeld. Zu wem im Haus konnten sie bloß wollen? Vor welchem ihrer Nachbarn würde sie die Kinder warnen müssen?

»Mama …«, sagte Ava. Sie nieste plötzlich zweimal.

Es klingelte an ihrer Tür.

»Es klingelt gerade. Ich ruf dich morgen wieder an, ja? Gute Besserung weiterhin.« Ava nieste wieder.

»Hast du dich schon wieder erkältet, Schatz? Die Kinder etwa auch?«

»Mach dir keine Sorgen, Mama. Schlaf lieber noch.«

»Ich will nicht mehr schlafen. Ich geh mich lieber waschen und mache mich frisch. Mit ein bisschen Parfum und Lippenstift fühlt man sich doch gleich wohler.«

Ava sah ihre Mutter vor sich, in dem hellblauen Pyjama mit Häkelspitze, den sie sich extra für den Krankenhausaufenthalt gekauft hatte. Als würde sie auf eine Beautyfarm fahren. Sie sah, wie ihre Mutter vorsichtig den graublonden Pagenkopf durchkämmte und ihre schmal gewordenen Lippen in diesem Lachsrosa nachzog, das es laut Mode längst nicht mehr gab. Dieses Bild gab Ava neue Hoffnung. Ihre Mutter schien fest entschlossen, den schwarzen Prinzen mit einem Lippenstift und einer Flasche Parfum auf Distanz zu halten. Wenn es Gerechtigkeit gab, musste sie Zeit gewinnen.

Es klingelte wieder, länger. Nicht probeweise wie die Prospektverteiler, sondern nachdrücklich. Amtlich.

»Bis morgen dann, Mama. Ich ruf dich wieder an.«

Ava setzte das Telefon sanft auf die Basisstation. Sie atmete tief ein, tief aus, öffnete die Haustür.

»Frau Ava Heyl?«

Polizisten waren das personifizierte schlechte Gewissen.

»Ja? Kann ich Ihnen helfen?«, fragte Ava erstaunt.

Die Beamten sahen sich an.

Oh Gott! Hatte der Bus etwa einen Unfall gehabt? War es eine Gnade gewesen, dass Ferris die Abfahrt dieses Seelenverkäufers verpasst hatte? Hatte sie Schuld an seinem … Ava stürzten die Tränen über das Gesicht. Erst ihre Mutter, jetzt ihre Kinder … sie würde es nicht ertragen. Hätte sie doch nie begonnen, lebenslänglich zu lieben.

»Ist – etwas mit meinen Kindern?«, flüsterte Ava. Sie hielt den Türrahmen fest. »So sagen Sie es doch! Ist es mein Sohn? Hatte er einen Unfall?«

Die Polizistin war auch Mutter. Sie legte Ava schnell die Hand auf den Arm. »Nein, es geht nicht um ihre Kinder. Beruhigen Sie sich, Frau Heyl.«

Die Erleichterung war betäubend. »Danke! Danke …«

Der Polizist trat ein. »Dürfen wir eben eintreten, Frau Heyl?«

»Ja, natürlich …« Ava lachte verlegen. »Hier wurde übrigens nicht eingebrochen, es ist nur nicht besonders aufgeräumt. Ich habe nämlich heute Morgen überall nach dem Regenzeug für … ach, vergessen Sie's.«

Sie schloss die Haustür. Die Beamten blieben stoisch gleich dahinter im Flur stehen.

»Könnten Sie sich vorstellen, warum wir dann hier sind, Frau Heyl?«, fragte der Polizist. Er war ein stabiler Schutzmann-Klassiker mit Schnauzbart und einem autoritären Blick, den ohne Muskeln nur eine Pistole an der Hüfte verleiht.

Ava blickte ihn verwirrt an. »Äh – nein. Sagen Sie's mir?« Sie blickte auffällig unauffällig auf ihre Uhr. Er beobachtete sie scharf. Dann zog er bedächtig einen Schreibblock aus der breiten Gesäßtasche und las davon ab: »Haben Sie als Fahrer des schwarzen Volvo mit dem Kennzeichen HH-CL-1897 heute gegen 9 Uhr dreißig an der Tankstelle Hoheluftchaussee 38 getankt?«

»Ja – woher wissen Sie das?«

»Denken Sie mal gut nach. Könnte es sein, dass Sie dabei irgendwas vergessen haben?«

»Das kann sogar sehr gut sein!«, rief Ava, »dieses Gefühl verfolgt mich komischerweise schon den ganzen Tag, aber ich bin bisher nicht darauf gekommen ...« Und in diesem Moment fiel es ihr ein.

»Oh mein Gott! Ich habe total vergessen zu bezahlen! Oder? Was?«

Die Polizisten wechselten wieder einen Blick. Ava spulte im Schnelllauf ihre Erinnerung zurück. Mit dem gleichen Ergebnis. Erschrocken sah sie die Polizisten an. Erst den Mann, dann die Frau, dann wieder den Mann.

»Bitte glauben Sie mir – es war keine Absicht! Ich musste meinen kleinen Sohn seinem Kindergartenausflug hinterherfahren ... er hat schrecklich geweint, und plötzlich war auch noch der Tank leer – ich war so im Stress, so in Gedanken – ich ... ich habe es in der Eile einfach vergessen.«

So vergesslich darf man in Ihrem Alter doch gar nicht sein, dachte der kinderlose Polizist misstrauisch.

Das könnte mir an so einem Stresstag auch passieren, dachte die Polizistin mitleidig.

Bei einem Blick auf Avas weißes Gesicht mit den Augenringen glaubte selbst der Polizist nicht mehr an einen vorsätzlichen kriminellen Akt.

»Eigentlich müssten wir Anzeige erstatten. Wie lösen wir dieses Problem denn jetzt?«, sagte er streng. »Einen Moment.«

Er nahm seine Kollegin beim Ärmel. Beide traten in das Esszimmer und berieten sich.

Ava lehnte im Flur, ihr war schwindlig. Ihre Adrenalinproduktion war für die nächsten Wochen erschöpft.

Die Beamten traten in den Flur zurück. Der Polizist räusperte sich.

»Also, Frau Heyl …«

»Ja?«, sagte Ava teilnahmslos. Sie nieste.

»Gesundheit!«, sagte die Polizistin.

»Danke.«

»Also, wenn Sie jetzt sofort zur Tankstelle fahren, bezahlen und behaupten, das wär Ihnen gerade selber eingefallen …«, sagte der Polizist.

»Ja?«

»Und wenn Sie so tun, als ob wir noch gar nicht bei Ihnen waren … und wenn Sie uns versprechen, dass so was nie wieder vorkommt …«

»Ja? Dann?«

»Dann tun wir ausnahmsweise auch mal so, als wären wir noch nicht da gewesen«, sagte die Polizistin lächelnd.

»Danke, ich danke Ihnen so sehr. Wenn ich mal was für Sie tun kann …«, Ava zog bereits ihren Mantel an und griff nach den Autoschlüsseln.

»Wir überprüfen das!«, sagte der Polizist.

»Natürlich«, erwiderte Ava. Sie öffnete die Wohnungstür und hielt sie einladend offen. Die Polizisten traten in das Treppenhaus. Avas Nachbarin, die gerade die Post von der Fußmatte holte, sah aufmerksam auf.

»Das mit der Spende habe ich doch gerne gemacht«, sagte Ava herzlich zu der Polizistin, »mehr Verkehrssicherheit für unsere Kinder ist doch wohl unser aller Unterstützung wert! Ach, hallo, Frau Wieseck!«

Die Nachbarin nickte freundlich und ging in ihre Wohnung zurück, wo sie hinter dem Türspion stehen blieb.

Ava und ihre Eskorte traten auf den Bürgersteig.

»Und denken Sie mal darüber nach, Frau Heyl – weniger Stress würde Ihnen sicher guttun«, riet die Polizistin, »es gibt sehr gute Mutter-Kind-Kuren. Als meine damals klein waren …«

Ava winkte bestätigend. Sie war schon wieder im Rennen. Die Zeit lief.

Es dauerte zehn Minuten, den Tankstellenpächter von Avas tief bedauertem Irrtum zu überzeugen. Um seinen aufregenden Kriminalfall gebracht, nahm er mürrisch Geld und Entschuldigungen von ihr an und versprach im Gegenzug, seine Anzeige zurückzuziehen.

»Da haben Sie ja Glück gehabt! Wahrscheinlich steht gerade in diesem Augenblick die Polizei vor Ihrer Tür, gute Frau!«, brummte er bitter.

»Aber das hat sich ja nun, Gott sei Dank, im Guten erledigt«, erwiderte Ava freundlich. Als sie zu ihrem Wagen zurückging, sah sie in Zeitlupe den Streifenwagen anfahren und langsam um die nächste Ecke biegen. Die Polizistin hatte am Steuer gesessen.

Mit nur fünf Minuten Verspätung stand Ava mittags vor Ellas Schule. »Hallo, mein großer Liebling, wie war dein Tag?«, fragte sie ihre Tochter.

Ella verzog ihr Gesicht. »Voll der Stress!«, antwortete sie nur.

Viertel vor vier Uhr nachmittags stand Ava mit Ella vor der Kirche.

»Mama, ich friere so!«, beschwerte sich Ella.

»Ich auch, Schatz. Aber er muss ja jeden Augenblick kommen«, beruhigte Ava. Sie nieste.

Der Bus hatte eine halbe Stunde Verspätung.

Nach der langwierigen Bronchitis hustete Ava immer noch. Aber da Ferris vorletzte Nacht Fieber bekommen hatte, beschloss sie, wieder gesund zu sein. Sie und Suzanne saßen beim Bastelelternabend im Kindergarten auf kleinen, harten Stühlchen an einem großen Buchenholztisch. Vor größeren Festen sollten die Eltern für ihr Kind einen Nikolaussack basteln oder ein Osternest aus einer Spanschachtel. Im Moment schnitten sie Filzteile in Form eines Sockens zurecht. Auf dem Informationszettel hatte gestanden, man solle Filz und einen Teller Kekse mitbringen. Mindestens sieben der Mütter hatten zudem Heißklebepistolen dabei, Pailletten, Glasperlen, Seidentaft, Nähkörbe, Stickgarn, Glitterkleber, vorgefertigte Rentiere, Weihnachtskugeln, kleinkarierte Schleifen. Das Funkeln ihrer Augen war eher Ehrgeiz als Vorweihnachtsfreude. Dem einzigen Vater in der Runde wurde von allen Seiten Hilfe angeboten. Er aß dankbar Kekse und trank Glühwein, während seine Nachbarinnen die Arbeit für ihn mitmachten.

»Toll, dass Sie als Vater dabei sind!«, sagte die zur Linken. »Mein Mann würde das nie machen!«

Ava hatte David einmal hingeschickt, als Ella noch klein war. Er war wütend nach Hause gekommen und hatte ihr einen zerfledderten, blutroten Korpus entgegengeschleudert. »Frau Hantelmann hat gesagt, du könntest es bis morgen Mittag fertig machen.«

»Das sieht doch schon total fertig aus. Was sollte es denn werden?«, fragte Ava grinsend. »Ein Zombie?«

»Ein Nikolaus, das sieht man doch.«

»Wollte dir denn keine Mutter helfen?«, hatte sie ihn verwundert gefragt.

»Alle, aber das wollte ich nicht«, hatte David erwidert. »Als Mann kommt man sich dabei vor wie das Sorgenkind von ›Betreutes Wohnen‹.«

So kommst du mir zu Hause auch oft vor, hatte Ava gedacht.

»Letztes Wochenende haben wir übrigens mal wieder ein Wochenendhaus besichtigt«, erzählte Ava Suzanne, »das war diesmal wirklich hübsch. Fast hundert Quadratmeter, Sprossenfenster, sogar ein Kamin. Aber im Dach war Schwamm und im Keller Pilze und im Boden Holzwürmer …«

»Ja, das ist eben Natur!« Suzanne schüttelte den Kopf. Sie hatte als Einzige hier keine Tendenz zur Landflucht. »Ava, du spinnst. Warum willst du unbedingt zwei Haushalte, in denen dir niemand bei der Arbeit hilft? Dieser englische Mythos vom goldenen Countrylife – das sind doch Illusionen. Pornografie für alternde Städterinnen. Das ist so bescheuert wie Modezeitschriften, die jeden Herbst den noblen ›Landlady‹-Look anpreisen. Dabei heißt Landlady auf Deutsch nur Vermieterin.«

»Ach – ich denke, vielleicht wären wir ja alle gesünder, wenn wir auf dem Land wohnen würden … die gute Luft, die Ruhe …«, verteidigte Ava ihren Traum.

Suzanne heftete routiniert in großen Stichen ihre Filzhälften aufeinander und erzählte dabei weiter. »Also, ich bin in einem Dorf hinter Elmshorn aufgewachsen. Ich hatte sogar eine Katze, die hat vielleicht gehaart. Und das Katzenklo in der Küche hat gestunken! Mann, wie ich das alles gehasst habe. Da gab's keine Landadeligen mit Strohhut. Überall wabbelige, stumpfe Menschen, ausgestopft mit vorpanierten Schnitzeln.«

Sie biss den Faden durch und fädelte eine andere Farbe ein. »Die Leute leben da aus riesigen Tiefkühltruhen. Auf dem Land gibt's nämlich keine frischen Lebensmittel. Da kam einmal die Woche der Eislaster mit Tiefkühlkost, oder der Bäckerwagen mit Graubrot und Weißmehlbrötchen …«

Sie nähte ein Glöckchen auf die Sockenspitze. »Möchtest du auch eins, Ava? Bitte! Nimm dir. Und gesoffen wurde auf dem Land überall! Für Nachschub gab's einen Aldimarkt an der Straße zum nächsten Ort. Zeitschriften kaufst du an der Tankstelle, da gibt's aber keine französische Vogue. Da gibt's sowieso nichts Schönes, keinen Witz, keinen Geist, niemanden, mit dem du dich unterhalten willst. Was sollte ich als allein erziehende Mutter wohl auf dem Land? Für Dörfler bin ich doch das kleinste, gemeinsame Hassobjekt – eine Mischung aus Dorftrottel und Hexe. So, fertig.«

Sie schrieb mit rosa Glitzerkleber SOPHIE auf die andere Sockenseite und reckte ihre Arme durch. »Das Schlimmste an diesen Bastelabenden ist, dass man bei dem Stress nicht mal rauchen darf«, seufzte sie.

»Aber ich fühl mich langsam zu hässlich für die Stadt. Zu müde. Zu alt«, murmelte Ava.

»Ach was. Doch höchstens für diesen Stadtteil. Fahr mal mit der U3 bis zur Endstation, da bekommst du wieder ein realistisches Menschenbild.«

»Aber immer diese Hetze hier …« Ava hustete hart. »Ich hab so eine Sehnsucht nach langsammachen. Guck mal, die meisten Mütter sind mit ihrem Filzsocken auch schon fertig. Muss man das wirklich nähen? Kann man die nicht einfach – zusammenkleben?«

»Zieh halt jeden Tag hohe Schuhe an, Ava. Was meinst du, wie das deinen Gang entschleunigt. Das ist die schickste Variante von Zen. Und jetzt holst du uns noch Glühwein, und ich nähe eben deinen Socken hier zusammen.«

»Ach, Suzanne! Danke. Dafür hast du eine Übernachtung von Amanda bei uns gut.«

Ava stand vorsichtig auf und drückte ihre schmerzenden Beine durch. Sie stakste zum Tisch am Fenster und probierte herum, wie die Isolierkanne sich wohl öffnen ließ. Vor den großen Fenstern glitzerten eisig die Sterne. In den Kronen der kahlen Linden sah man verlassene Vogelnester – selbst die hatten jetzt einen Zweitwohnsitz im Süden.

»Wenn ich dir im rustikalen Kreuzstich noch FERRIS draufsticke – kann Sophie dann auch bei euch übernachten?«, rief Suzanne.

»Versprochen!«, rief Ava zurück. »Ach, vielen Dank, Frau Steffen. Das ist sehr nett von Ihnen.« Die Kindergärtnerin schraubte routiniert die Kanne auf und goss zwei Becher voll. Ava balancierte sie zurück, setzte beide vorsichtig auf dem Tisch ab und sah Suzanne beim Nähen zu. Selbermachen war ihr nie ein Bedürfnis gewesen. Doch seit sie nicht mehr sagen konnte, dass sie ihr Geld lieber mit dem Kopf verdiente, waren Schuldgefühle ihre besten Feinde. Früher bastelten gute Kinder für ihre Eltern, heute war es umgekehrt.

Dass von einer Mutter mehr Eigenleistung erwartet wurde, als ihr Kind selbst zu gebären, hatte Ava bereits beim Wiedersehen des Schwangerschaftskurses gemerkt, zu dem man die Babys und »ein bisschen Kuchen« mitbringen sollte. Alle legten damals selbst gebackene Torten aufs Buffet, die jeden Konditor beschämt hätten; Ava stellte ihren frisch gekauften Hefezopf dazu und zerknüllte verlegen das »Backhus«-Papier. Später wurden reihum die Neugeborenen präsentiert, vom Mützchen bis zum Söckchen im selbst Gestrickten. Alle, bis auf Ella. Ava hatte das arme Kind an ihre Brust gedrückt. Immerhin, die Milch machte sie selber.

Sie verstand ihr schlechtes Gewissen nicht. Sollten Menschen nicht dankbar dafür sein, dass Profis gegen Geld Gardinen nähten, Marmelade kochten, Wohnungen renovierten, Kekse buken, Pullis strickten? Warum ehrlichen Handwerkern bei der schlechten Wirtschaftslage die Arbeit wegnehmen, einer mehr als fragwürdigen Selbstverwirklichung zuliebe?

»Schauen Sie doch alle mal her! Ich bin ja immer wieder begeistert, was für kleine Kunstwerke an unseren Bastelabenden entstehen«, sagte die Kindergärtnerin. Sie hielt einen Nikolausstrumpf hoch, auf dem ein Rudel gestickter Rentiere ein filigranes Geschirr aus Pailletten trug, um einen rosakarierten, spitzenbesetzten Schlitten in die Luft zu ziehen.

Ava setzte ihren Becher ab und wimmerte.

»Seit wann ist denn der Weihnachtsmann schwul?«, murmelte Suzanne ihr zu.

»Ach, das ist doch noch gar nicht richtig fertig ...«, sagte die gelobte Mutter aufleuchtend. Sie nahm ihr Kunstwerk wieder an sich, drohte schelmisch mit der Heißklebepistole in die Runde und rief: »Aber nicht abgucken!«

Ava wurde traurig. Wenn Ferris seinen Socken daneben hängen sah, würde er denken, seine Mami hätte ihn nicht lieb. Sie ließ sich auf ihren Schemel sinken und schnitt hektisch zackige Tannen aus rotem Filz. Der grüne war bereits verbraucht.

Suzanne sagte plötzlich: »David liebt dich wenigstens, Ava. Er hat zwar keine Ahnung, wer du bist oder was du eigentlich den ganzen Tag machst oder eigentlich von ihm willst, aber er steht dabei voll hinter dir. Er würde nie über einen missglückten Nikolaussocken meckern, oder?«

»Nein ... das nicht«, antwortete Ava. »Aber er macht so viele Sachen immer wieder falsch. Und auch wenn ich ja glaube, dass er sie aus den richtigen Motiven falsch macht, bleiben sie trotzdem falsch, verstehst du? Das macht mich so müde.«

Suzanne schlürfte zwei Schlucke Glühwein. »Am schlimmsten war meine letzte Adventszeit«, sagte sie, »Nikolaus war der Tiefpunkt. Früher haben Peter und ich uns immer so ein bisschen Schokolade und Mandarinen in die Schuhe getan, ganz früher auch mal eine Theaterkarte oder ein Parfum. Jedenfalls – letzten Nikolaus stellten wir alle unsere geputzten Schuhe auf den Flur. Die drei Kinder, Peter und ich. Und die einzigen Schuhe, die am nächsten Morgen leer waren, das waren meine. Da guckte mich Sophie panisch an und flüsterte: ›Mama, du musst aber ganz, ganz böse gewesen sein! Der Nikolaus hat dir ja als Einziger nichts gebracht!‹ Was hätte ich darauf antworten sollen? Dass ich alle anderen Schuhe bestückt hatte? Dass Papa der Böse war? Peter aß grinsend sein Marzipanbrot. Bis Sophie mir wieder vertraute, war Neujahr. Da beschloss ich, nächsten Nikolaus mit den Kindern alleine zu feiern.«

Suzanne trank den Becher zügig leer. »Peter wäre auch nie zu Bastelabenden gegangen. Er sagte, das wäre mein Job. Und bei Widerspruch wurde er immer so schnell wütend. Ich hab's so gehasst, wie er ›Junge, Junge!‹ brüllte, oder als Steigerung ›Mannomann‹! Er rief um den Beistand einer patriarchalen Gottheit, die in den 70ern zu Unrecht abgesetzt worden war. Vorher war eine männerfreundliche Zeit, als Mütter leise an Depressionen litten, ohne die Familie damit zu belästigen. Als ehelicher Sex, unabhängig von der Stimmung, zur Jobdescription gehörte. Als sie friedlich ihre Tabletten mit Martini einwarfen, weil sie nie was Besseres gefühlt hatten.« Suzanne holte tief Luft. »Und ich brauche nur an letzten Nikolaus zu denken, dann bin ich wieder froh, mit meinen Kindern alleine zu wohnen.«

Sie warf Avas Socken von sich und strich müde mit beiden Händen durch ihren herausgewachsenen Stufenschnitt.

»So, fertig. Mein Hals ist schon ganz rau vom Reden. Jetzt gehe ich erstmal eine rauchen.«

Sie ist so hübsch und lebendig, auf vierteluntypische Art, dachte Ava. Und mutig, hier alleine drei Kinder großzuziehen. Nur die scharfen Falten zwischen Nasenflügeln und Mundwinkeln zeugten davon, wie anstrengend es war, außerhalb der Wege zu gehen.

»Suzanne? Ich hab mich früher immer gefragt, ob du mich überhaupt magst!«, sagte Ava plötzlich.

Suzanne grinste. »Leute, die ich nicht mag, fragen sich nicht, ob ich sie nicht mag – die wissen es. Ich bin schrecklich undiplomatisch.«

Ava lachte. Nachdem sie ihre Tannenbäume per geliehener Heißklebepistole unter dem Namen Ferris befestigt hatte, ging es ihr schon besser. Sie griff sich den roten Glitzerkleber. Damit könnte sie auf die Rückseite noch einen Weihnachtsmann mit einem Schwert zeichnen. Ihr Sohn wäre begeistert.

»Ich möchte bei der Gelegenheit etwas ansprechen«, sagte eine der neuen Mütter da, »ich habe gehört, das Essen für den Mittagstisch unserer Kinder kommt aus der Altersheimküche? Heißt das, sie essen den gleichen Kartoffelbrei wie die alten Leute? Also, ich finde das eklig.«

»Was ist denn daran eklig?«, fragte Suzanne im Vorbeigehen, »solange die Qualität des Essens nicht so schlecht ist, dass der Verzehr als aktive Sterbehilfe gewertet werden könnte …«

»Können wir das vielleicht mal ernsthaft diskutieren?«, rief die Mutter entrüstet, »Warum kochen wir eigentlich nicht der Reihe nach selber? Oder beauftragen wenigstens einen kleinen Bio-Anbieter?«

Ava lachte und hustete noch mehr. Dass es heute so lustig werden würde, hatte sie nicht erwartet. Lag das am Glühwein? Sie hatte die letzten Wochen nur Salbeitee getrunken.

»Sie können sich ja gerne mal umhören«, sagte die Kindergärtnerin diplomatisch. Diese Beschwerden kamen immer von denen, die ihr erstes Kind das erste Jahr im Kindergarten hatten. Das waren auch die, die ihr Kind nicht nur herbrachten, sondern am liebsten auch selber da geblieben wären. Die vormittags beim Spielplatz hinter der Hecke standen und kontrollierten, ob ihr Kind mit den richtigen Freunden verkehrte. Die sich über Ausflüge mit der U-Bahn beschwerten, weil nicht genug Personal die Kinder davon abhielt, ihre Gesichter an die versauten Scheiben zu drücken. Die schon mal etwas Geld zurücklegen sollten für den Psychiater, den ihre lebensunfähigen Kinder eines Tages brauchen würden.

Als Ava verfroren nach Hause kam, war David noch wach. Er lag auf dem Sofa und las den ›Spiegel‹.«

»Na, wie war's?«, fragte er.

»Ganz nett. Mit Suzannes Hilfe habe ich's irgendwie hingekriegt«, sagte Ava. Sie zog sich die Schuhe aus. Ihre Füße waren kalt. In ihrem Hals kratzte der nächste Infekt. »Kannst du zum Dank dafür wenigstens morgen Ferris aus dem Kindergarten abholen?«

Er legte die Zeitschrift beiseite. »Hatte ich dir das nicht letzte Woche gesagt? Morgen früh muss ich für ein paar Tage nach Venedig fliegen«, erwiderte er, ohne sie anzusehen. »Du bist doch wieder fit, Schatz. Wir drehen da für …«

»Nein, das hast du mir nicht gesagt.«

»So hörst du mir zu, Ava! Habe ich bestimmt!«

»Hast du sicher nicht, David! Sonst hätte ich mich ja schon letzte Woche aufgeregt! Und das wolltest du sicher vermeiden.«

Er stand auf und brachte sein leeres Rotweinglas ausnahmsweise in die Küche. »Lass uns ins Bett gehen, Ava. Wir sind beide müde. Mein Flug geht morgen früh um acht. In drei Tagen bin ich wahrscheinlich schon wieder zurück.«

Nachdem beide eine Weile wie Sarkophage nebeneinander im Dunkel gelegen hatten, legte David seine Rechte auf ihren linken Oberschenkel und flüsterte: »Ava? Bist du schon sehr müde?«

Ja, ich bin deiner unendlich müde, dachte sie automatisch. Dann dachte sie daran, was Suzanne über David gesagt hatte. »Nein, nicht sehr«, antwortete sie zögernd. Überwand ihren inneren Stacheldraht. Legte ihren Kopf auf seine Brust. Ließ sich von ihm berühren.

»Ach Prinzessin, ich habe dich so vermisst«, seufzte David. »Ich hab mich wie von innen ausgehöhlt gefühlt.«

Später hielt er sie eng an seinen warmen Körper gedrückt. Sein Herzschlag hallte in ihr wider. Ava fühlte sich beschwingt, als ob sie nach Jahrzehnten wieder Schlittschuh gelaufen sei und nach den ersten wackligen Schritten schwerelos über schwarzes Eis geglitten wäre. Es war wie damals, als sie sich liebten, wenn sie sich liebten. Bevor die Kinder dazwischengekommen waren. Mit offenen Augen lag sie im weichen Dunkel.

»Mein Liebling. Wie du duftest … Ich komme so schnell wie möglich wieder zurück zu dir«, murmelte er, »versprochen.«

»Halt mich fest«, flüsterte sie, bevor sie sich in seinem Arm über die Klippe ihres Bewusstseins in den Schlaf stürzte. Sie fühlte sich in Sicherheit.

Vielleicht würde sie ihr Familienunternehmen doch noch vor dem Ruin retten können.

Ende November. Höchste Zeit für die Weihnachtsfotos, dachte Milena. Sie sollten aussehen wie die von Prince Charles und seinen Söhnen: vornehm. Hauptsache nicht peinlich wie die der Witzbolde, die Fotos von Säuglingen mit Weihnachtsmannmützen verschenkten. Für Milena stand das auf einer Stufe mit Postkarten von Hunden mit Sonnenbrille. Nein, ihre exquisit gekleideten Kinder sollten ganz ungezwungen strahlen, wie zufällig beim Spielen erwischt.

Hetty trug dem Anlass entsprechend dunkelrote »Start

Rite«-Spangenschuhe, einen Tweed-Faltenrock und einen rosa Kaschmirpulli. Damit wirkte ihre Tochter zwar immer noch nicht hübsch, aber klassisch. Sollte Mila sie vor einem kunstverschneiten Tannenbäumchen fotografieren? Auf einem antiken Schlitten sitzend, liebevoll ihr Brüderchen umklammernd? Oder doch vor dem Kamin? Ja, vor dem brennenden Kamin, entschied Milena. So einen echten, im Marmormantel, hatten selbst hier in Harvestehude die wenigsten Haushalte. Die Flammen loderten schon dekorativ.

»Ach Hetty, nimmst du schnell mal deine Brille ab, Schatz?«

»Aber dann sehe ich nichts!«

»Macht ja nichts, und jetzt einfach in meine Richtung lächeln, Liebling.«

Hetty strahlte kurzsichtig in Richtung ihrer Mama.

»Schon sehr hübsch. Aber Schätzchen, kannst du wohl beim Lächeln vielleicht den Mund zulassen? Nur einfach so, ja?« Mila zog zur Demonstration ihre Mundwinkel auseinander, ohne daran zu denken, dass Hetty Feinheiten ihrer Mimik gar nicht mehr sehen konnte.

»Warum, das sieht doch doof aus!«

»Naja, deine Zähne, die sehen im Moment etwas wild aus ... Längst nicht so schön wie der Rest von dir«, setzte sie schnell hinzu, als Hettys Unterlippe zu zittern begann. Immerhin hatte Hetty wunderschöne naturrosa Lippen: Milas. Der Rest war echt Ansgart, Ascans struppiges Haar etwa. Jedes Jahr bei den Weihnachtsfotos hasste Mila ihren Mann besonders dafür. Das dunkelrote Samtband darin brachte nun zwar keinen Glanz, aber wenigstens etwas Farbe in Hettys Strähnen.

»Und nächstes Jahr auf dem Weihnachtsfoto kannst du wieder ganz doll lächeln, dafür trägst du jetzt ja immer so brav deine Spange. So ist es schön! Jetzt noch mal lächeln ...

ach – warte mal! Bleib genau da stehen, ja? Ich bin sofort wieder da!«

»Oh Mama! Mir ist schon total schwitzig hier!«

Milena lief schnell eine Etage höher in ihr Bad, um ihre Mascara zu holen, die wimpernverlängernde. Sie rannte schnell wieder hinab und kniete sich vor ihre Tochter.

»Halt mal ganz still, Schatz. Und jetzt die Augen gaaaanz weit öffnen! Nicht zukneifen.« Vorsichtig tuschte sie Hettys Wimpern nach, die aussahen wie zwei kurze Borstenpinsel für die Schablonentechnik. Nun sahen sie aus wie zwei Borstenpinsel für die Schablonentechnik, mit denen gerade schwarze Farbe getupft worden war.

»Warum machst du das, Mama?«

»Ach, das ist doch lustig, Liebling! Stell dir einfach vor, es ist Fasching, und wir verkleiden und schminken uns alle.«

»Setzt du ihm dann auch eine Perücke auf?«, fragte Hetty. Sie trat schwitzend vom Kamin weg und zeigte auf ihren kleinen Bruder, der an den Teppichfransen kaute.

»Ach Hetty! Auf was für Ideen du kommst«, lachte Milena heraus. Obwohl – eigentlich eine gute Idee, dachte sie plötzlich, als sie Juniors blanken, rötlichen Schädel betrachtete. Aber wo gab es bitte natürlich aussehende Perücken für Babys? So einen hübschen, kleinen Schopf. Dazu sollte sich Martha Stewart mal äußern! Sie wandte sich wieder Hetty zu: »Nun stell dich bitte wieder vor den Kamin, ja?«

Wie steif sie dastand! Erwachsenen hätte man schnell zwei Gläschen Champagner gegeben, um rotwangige Gelöstheit mit aufs Bild zu zaubern. Aber was konnte Kinder auflockern? Eine Überdosis Zucker? Sie vorher durchzukitzeln? Mila gab Hetty eine antike Tannenbaumkugel in die Hand: »Aber gaaanz vorsichtig damit, Schatz. Und jetzt nur die Mundwinkel lächeln lassen. Denk doch mal an deinen Wunschzettel.«

Sie schaute auf das Display. Hetty starrte in die Kugel wie eine irre Wahrsagerin, die den Sinn des Lebens ergründen wollte. Außerdem stand sie im Gegenlicht. Vor dem lodernden Kamin war Hetty kaum zu erkennen, geschweige denn ihr Kaschmir-Twinset.

»Ich habe keinen Wunschzettel«, quetschte Hetty aus ihren Mundwinkeln hervor, »bevor mir ein Geschenk einfallen kann, ist es dir schon lange eingefallen. Und was ich will, aber du nicht, das kriege ich sowieso nicht.«

Mila seufzte. »Hetty? Stell dich doch lieber mit der Kugel drüben ans Klavier.«

»Was soll denn eine Weihnachtsbaumkugel am Klavier?«

Immer das letzte Wort! Das hatte Hetty von Ascan. Warum war ihre Tochter so bockig und verschroben? Warum wollte sie nicht Klavier spielen lernen, sondern Akkordeon? Warum freute sie sich nie über all die wunderbaren Kleider, die sie optisch so aufwerteten? Warum empfand sie ihre Mutter nicht als Vorbild? Ja, warum liebte Hetty ihre Mutter nicht für all die Mühe, die sie sich mit ihr gab?

Mila verlor die Nerven. »Gut aussehen soll die Kugel, das reicht! Und du ausnahmsweise auch, verstanden? Wir drehen hier schließlich keinen Dokumentarfilm, oder?«

Hetty lehnte schmollend am Klavier. Mila stellte sich mit dem Rücken zum Kamin und begann sie zu fotografieren. Das war schon ganz hübsch. »Und jetzt noch lächeln. Streck mir mal die Kugel entgegen, Schatz! Vorsichtig, nicht fallen lassen – und jetzt noch einmal lächeln! Augen gaaanz groß auf! Hierher gucken! Ja!« Sie trat noch einen Schritt zurück.

Hettys Lächeln strahlte so ungewohnt, dass Mila selbst die hervorblitzenden Zähne egal waren. Das konnte man später retuschieren lassen. »Toll, Schatz. Einmal noch! Leg mal Junior liebevoll deine Hand auf den Kopf. Aber nicht seine Mütze verrutschen ...«

Was stank da so?

Hetty krähte vor Vergnügen. »Mama! Ich glaube, deine Haare brennen!«

Mit einem Schrei presste Mila ihren Hinterkopf in ein Sofakissen. Tränen sprangen aus ihren Augen. Junior begann sofort zu brüllen. »Warum hast du mir das nicht sofort gesagt?«, schrie Mila Hettys Lachen nieder.

Hetty setzte ihre Brille auf und schaute ihre Mutter erschrocken an.

»Ich konnte das ohne Brille doch erst gar nicht sehen.«

Milena schluchzte in das Sofa. »Dabei gebe mir die ganze Mühe doch für dich, Hetty. Weil ich dich trotz allem wirklich lieb habe. Weil du glücklich werden sollst. Damit andere dich respektieren, auch wenn du nicht besonders hübsch bist. Warum bist du bloß so wütend auf mich? Was willst Du denn immer noch mehr von mir?«

Hetty sah sie weiter an. In Mila hinein, durch sie hindurch: »Eine Mutter?«

Milena wurde noch wütender. Hetty machte ihr doch mit Absicht ein schlechtes Gewissen, um sie damit zu erpressen! Hatte ihre Tochter denn wirklich ein Recht darauf, so geliebt zu werden, wie sie war? Was sie war, wer sie war? Das war doch rosa Pädagogikpoesie! Milena wusste es besser. Sie wusste, dass sie die Einzige wäre, die Hetty je lieben könnte, wenn Hetty einfach Hetty bliebe.

Sie floh aus dem Zimmer ins Bad und trank eiskaltes Wasser aus dem Hahn. Sie ließ es über ihre Handgelenke fließen und starrte in den Spiegel. Andere Kinder sind so viel hübscher und süßer als meine, dachte Mila, da ist es leicht, sie zu lieben, wie sie sind. Etwa Avas oder die von Suzanne.

Aber später, wenn Suzanne ihre Frustrationen als allein erziehende Mutter und den Qualm ihrer Millionen Zigaretten auf sie übertragen hätte; wenn sie kein Geld hätte, um ihre Krisen in Kaschmir zu hüllen und ihre dünnen Nerven mit einem großen Haus drum herum zu schützen ... ja, später, wenn sie den Kindern die Schuld an ihrer gescheiterten Ehe geben würde, und ihre Kinder ihr die Schuld an ihrer verpfuschten Kindheit – spätestens dann würde der Alltag sie alle immer hässlicher schleifen, und sie kein Geld haben, ihn abzuwehren. Suzannes Kinder werden immer gezwungen sein, ihren Lebensunterhalt durch Arbeit zu verdienen, um später das Dreibettzimmerchen im Altersheim zu finanzieren, wo Suzanne eines Tages verbittert beim Rauchen im Bett einschlafen und verkohlen würde.

Milas Kinder aber würden immer die besten Therapeuten, Schönheitschirurgen, Stylisten und Seniorenresidenzen bezahlen können. Wenn Hetty und Junior erwachsen wären, würden sie elegante Klassiker des Luxuslabels Ansgart sein. Andere Kinder waren jetzt in Mode, aber in dreißig Jahren würde man sie anschauen und sagen: Guck mal, so was war früher einmal schön, kaum zu glauben, oder? Und deshalb war Ascans Geld alle Qualen wert. Fast sogar ihn selber.

Das Klingeln ließ sich nicht länger ignorieren. Als Suzanne misstrauisch öffnete, stand ihr Exmann Peter mit Rosi vor der Wohnungstür. Rosi, dem Königspudel seiner Eltern. Er bemühte sich um ein sonniges Lächeln und wirkte dadurch erst recht wie ein Vertreter.

»Hallo Suzanne, wie geht's? Gut siehst du aus! Ich dachte, ich bringe dir eben etwas Extrageld vorbei. Und für die Kinder hab ich auch was«, sagte Peter. Er schubste Rosis Schnauze aus seinem Schritt und zog sie an ihrem rosa Lederhalsband über die Schwelle. »Meine Eltern fahren vier Wochen zur Kur, da dürfen sie das Vieh nicht mitbringen.

Wir sollten es nehmen, aber ich bin ja ständig beruflich unterwegs, und Claudia wollte ... sie kann mit Tieren einfach nichts anfangen. Da dachte ich ... du ... die Kinder wollten doch immer einen Hund ... nur für die kurze Zeit?«

Er hatte noch weniger Haare und noch mehr Bauch gekriegt, dachte Suzanne zufrieden. Sie blickte Rosi an. Das Tier war größer als ein Shetlandpony. Rosi legte den schmalen Kopf mit der Afrofrisur schief und schaute wachsam zurück. Suzanne wusste, dass Pudel die Intelligenzbestien unter den Caninen waren, auch wenn man es ihnen bei der Frisur nicht ansah. Da konnte Rosi auch mal abends als Babysitter dienen, wie Nana in Peter Pan. Verschiedene Aspekte fügten sich in ihrem Kopf zu einem Plan. Eine logische Gerade verband Rosi direkt mit dem Dörfchen Klockow. Suzanne erschauerte. Rosi war ihre tierische Eintrittskarte für Doktor Robosto.

»Der Hund darf rein. Das Geld auch«, sagte Suzanne. Sie nahm ihm die Leine und den Umschlag aus der Hand. »Ruf mich das nächste Mal an, wenn du herkommen willst. Du bist hier nicht mehr zu Hause.« Sie schloss die Tür. Peter klingelte noch einmal. Sie riss die Tür auf.

»Was noch?«

Er reichte ihr eine rosa Reisetasche. »Da sind die Hundesachen drin. Fressnäpfe, Kämme, Bürsten, Spielzeug, Schlafanzug und so weiter. Und ich soll dir von meiner Mutter noch sagen, dass du nicht rauchen darfst, solange Rosi bei euch ist. Sie hat sehr empfindliche Bronchien.«

Suzanne fing an zu lächeln. »Hat sie das? Nun, notfalls fahre ich eben mit ihr zum Tierarzt. Ich setze es dir auf die Rechnung.«

Rosi fuhr Peter zum Abschied nochmal mit ihrer Schnauze zwischen die Beine. »Widerlich ist das! Aus!«, rief er empört.

»Wusstest du, dass Hunde Krebs riechen können?«, sagte Suzanne, »vielleicht sollte Claudia dir bald mal einen Vorsorgetermin machen.« Sie schloss die Tür vor seinen panischen Gesicht. Rosi hatte sich neben sie gesetzt und sah geduldig zu ihr auf. Suzanne zerwuschelte das seidige Fellkrönchen. »Komm, ab in die Küche, Rosi. Wir gehen erstmal eine rauchen«, sagte sie gut gelaunt.

Sophie war von dem Hund begeistert. Geduldig ließ er sich Zöpfe flechten, Schleifen um den Schwanz binden und mit ihrem Barbie-Make-up-Koffer schminken. Als Suzanne nachmittags in das Mädchenzimmer kam, das Sophie mit Amanda teilte, lackierten ihre Töchter gerade Rosis Krallen und einen Teil des Flickenteppichs blutrot. Suzanne seufzte: »Kommt, Mädels, macht ihr den rosa Lippenstift ab und das Glittergel aus der Frisur. Johann soll gleich mit ihr im Park Gassi gehen.«

»WAS?«, schrie Johann aus dem Flur. Er kam ins Zimmer gestürmt.

»Ach, Scheiße, Mama, damit gehe ich bestimmt nicht in den Park! Danach könnte ich mich nämlich nirgends mehr blicken lassen.«

»Spinnst du total, Johann? IHR wolltet doch immer einen Hund. Ja, DU auch!«

»Ja, einen HUND! Keinen Freak im Pelzmantel! Ich fass diese rosa Leine nicht an. Hier trifft man doch ständig jemanden – musst du mir immer alles kaputtmachen? Kein Wunder, dass Papa abgehauen ist!« Er drehte sich zum Gehen.

»Johann! Stopp! Du entschuldigst dich sofort bei mir, hast du verstanden? Was wäre denn für einen Nachwuchsspießer wie dich der passende Hund?«, fauchte Suzanne.

»Weimaraner. Ridgeback. Labrador. Retriever. Das Übliche eben.«

»Jetzt hör mir mal gut zu, mein Sohn …«, begann Suzanne.

»Ach, fick dich«, murmelte Johann.

»WAS?« Ehe Suzanne über eine korrekte pädagogische Konsequenz nachdenken konnte, war sie zur Tür gesprungen und hatte ihrem Sohn ins Gesicht geschlagen.

»Spinnst du jetzt total?«, schrie Johann seine Mutter an.

»Du hast überhaupt keinen Respekt vor mir!«, schrie Suzanne zurück. Sie hatte Tränen in den Augen.

»Wie auch? Du bist schon so alt und hast in deinem ganzen Leben noch nie einen Cent selbst verdient! Hat Papa auch gesagt. Stattdessen läufst du herum wie der älteste Hippie der Stadt … wahrscheinlich drehst du dir bald noch deine Zigaretten selber. FICK DICH!«

»Du entschuldigst dich jetzt SOFORT BEI MIR!«, brüllte Suzanne hilflos.

»Wofür? Ich hab schließlich nicht gesagt ›Fick mich‹, oder?«, bemerkte ihr Sohn lässig. Als sie wieder nach ihm schlug, wich er geschickt aus. Und lächelte dabei.

Wie hatte sie ihr erstes Baby geliebt. Wie sicher sie gewesen war, dass dieses Gefühl für immer wäre. Nun war Johann nicht mehr ihr Sohn. Er war der Sohn seines Vaters. Die folgende Stille bestand aus Sätzen, die zu tödlich waren, um je ausgesprochen zu werden. In ihren Augen lasen sie gegenseitig die gedanklichen Untertitel. Mit zitternden Händen holte Suzanne ihre Zigaretten aus der Jeanstasche und zündete sich eine an.

»Du darfst im Kinderzimmer nicht rauchen«, sagte Johann sofort.

»Vielleicht solltest du zu deinem Vater ziehen, Johann«, sagte Suzanne. »Ich denke …«

Da wurde sie von einem bellenden Geräusch unterbrochen. Rosi hustete.

»Hört endlich auf zu streiten!«, schrie Amanda plötzlich. Suzanne hatte ihre Töchter ganz vergessen. Erschrocken drehte sie sich um. Die Mädchen saßen starr auf dem Teppich. Sophie hatte die Augen zugekniffen, hielt sich die Ohren zu und summte monoton »Alle meine Entchen«. Amanda umklammerte Rosis Hals. Rosi sah Suzanne an und hustete noch einmal. Sophie öffnete ihre Augen und nahm die Finger aus den Ohren.

Johann verließ aufrecht das Zimmer. Kurz darauf knallte die Wohnungstür hinter ihm zu.

»Arme Rosi! Hat Husten!«, sagte Sophie bekümmert. Sie sprühte dem Tier zum Trost noch etwas Haarspray auf den Kopf.

»Ja, arme Rosi, wir gehen gleich mit ihr an die frische Luft«, erwiderte Suzanne. Sie kniete neben Sophie nieder. Sie zog Amanda in ihre Arme. »Alles ... alles wird gut, hört ihr? Versprochen. Alles wird gut.« Sie wischte sich mit ihren Ärmeln das Gesicht ab. »Alles wieder gut. Wir gehen gleich raus, ja? Macht schon mal die Leine am Halsband fest. Ich werde nur eben mal beim Tierarzt anrufen. Schnell noch einen Termin machen.«

Hettys Geburtstagsfeier war in vollem Gange. Die bereits völlig erschöpften Kinder sprangen durch die Villa und suchten in ihren überzuckerten Körpern noch Platz für die Torten aus grünem Waldmeisterpudding mit Marzipanraupen. Zwei Teller des historischen Kohlblatt-Geschirrs von Wedgewood waren bereits zu Bruch gegangen. Die Männer in den Handwerkertrachten, die Milena beim Museum für Kunst und Gewerbe gemietet hatte, versuchten geduldig, mit einzelnen der aufgeputschten Horde Weidenkörbchen zu flechten. Sie waren froh, hauptberuflich mit toten Dingen zu arbeiten, denn die restlichen Kinder benutzten die geschälten Weidenruten, um sich gegenseitig damit zu peitschen. Kreischend und lachend verfolgten sie sich, zwei andere heulten.

Milenas Gesicht war eckig und weiß vor Anspannung, wie kurz vor einem Bildausfall flackerte es vor ihren Augen. Hoffentlich konnte sie die Migräneattacke bis zum Abend hinhalten. Sie blickte wieder auf die alte Standuhr. Bald wäre alles vorbei. Alles ginge einmal vorbei, und schon in einer guten Stunde ...

Hetty rannte mit glühendem Kopf an ihr vorbei, sie hielt Kryzta an der Hand. Mein Gott, war das Mädchen hübsch! Kein Wunder, dass sie trotz des schrecklichen Stylings Selbstbewusstsein ausstrahlte. Mit Milas Hilfe ... sie überlegte, ob man Neunjährige noch adoptieren könnte. Oder als Patenkind annehmen, statt einer in Bolivien, die man gar nicht kannte. Steilshoop war schließlich auch ein bisschen Dritte Welt. Sie musste an Plan International schreiben, vielleicht konnten sie noch tauschen?

Hetty dagegen sah wenig festlich aus. Über ihrem zarten Kleid in abgestuften Grüntönen mit am Saum applizierten Satinblättern, das Milena ihr für heute extra hatte nähen lassen, trug sie den ganzen Tag schon ein grellpinkes Sweatshirt mit aufgedrucktem »Winnie-the-Pooh«, der zum orangegelben, nackten Unterleib ein knallrotes Leibchen trug. Das Ding sah aus wie eine fette anatomische Puppe in einem sodomistischen Missbrauchsprozess. »Winnie the Pooh«, diese grauenhafte Disneyschändung von A.A. Milnes »Pu der Bär« war schon als Buch oder Puzzle tabu. Und nun hatte Hetty es sogar den ganzen Tag am Leib! Milena schluckte trocken. Dieses Sweatshirt würde auf allen Geburtstagsfotos zu sehen sein! Wer würde da merken, dass sie Hetty ein paar weiße Strumpfhosen zartgrün eingefärbt hatte? Alles, alles war verdorben, die ganze Arbeit und Planung, und Milena konnte gar nichts dagegen tun. Denn das Sweatshirt hatte Hetty heute Mittag von ihrer Freundin Kryzta geschenkt bekommen.

Sie hatte es sofort ausgepackt. »Oh, wie schön!«, rief Hetty, »danke, Kryzta! So was Tolles hatte ich echt noch nie!«

»Oh, mein Gott«, hatte Mila stumm geschrien. Hetty hatte es sich sofort übergestreift. Sie war zum Barockspiegel gerannt und hatte sich verliebt darin betrachtet. Grotesk. Milena hatte einen verzweifelten Versuch gemacht.

»Äh, sehr, mmmh, originell, Schätzchen«, hatte sie gesagt, »zieh es lieber ganz schnell aus und leg es auf deinen Geschenktisch. Damit … damit … es keine Flecken kriegt!«

»Nein!«, hatte Hetty geschrien. »Hau ab! Das ist mein Geschenk! Und ich will es anbehalten!«

Um nicht mehr Aufsehen zu erregen, hatte Mila aufgegeben. Sie starrte stattdessen Frau Dragowicz, die ihre eigene Tochter ebenso respektvoll neutral bediente wie den Rest der Bande, böse an.

Frau Dragowicz wusste sofort, warum. »Wollte Kryzta selber was Schönes aussuchen. Hat sie von ihrem eigenen Geld bezahlt. War teuer!«, hatte sie entschieden gesagt.

»Ja, das …«

»Kryzta wollte Henriette eine Freude machen. Ich hab dabei nichts reinzureden.«

»Das … weiß Hetty sicher zu schätzen, aber …«

»Ihre Tochter hat sich gefreut. Lassen Sie! Ist IHR Geburtstag«, resümierte Frau Dragowicz. Sie hob Junior auf ihre Hüfte, nickte abschließend und wogte mit ihm in die Küche. Mila schloss die Augen. Seit wann gab ihr Frau Dragowicz pädagogische Ratschläge? Die Kopfschmerzen nahmen zu.

»Okay, bringen wir's hinter uns«, flüsterte Mila entschlossen. Sie klatschte in die Hände. »Hallo? Gleich gibt es auf Wunsch des Geburtstagskindes im Nebenzimmer noch Kasperletheater! Bitte setzt euch dort alle schon mal hin.«

Sie dechiffrierte mühelos die Blicke: Ach du Scheiße, Kasperletheater! Ist doch für Babys!

Verdammt, ihr kleinen Arschlöcher! Ich habe euch teuer genug bezahlt. Es ist Hettys Geburtstag, dachte sie wütend. Eines der Mädchen rempelte sie im Vorbeirennen an. Es war die, die, als Mila beim Verteilen der GPS-Geräte im Wald fröhlich gefragt hatte: »Was glaubt ihr denn, was der Schatz wohl ist?«, gelangweilt geantwortet hatte: »Na, wird schon irgendso'n Scheiß sein!«

In diesem Moment ging die Wohnungstür auf, und Ascan Ansgart betrat mit Aktentasche und Stockschirm die Halle seines Heimes. Missmutig schaute er auf das Chaos ringsherum. »Wem gehört die Proletenkarre in meiner Einfahrt? Sofort weg damit!«

»Ascan! Was machst du denn schon hier?«, rief Mila schockiert. »Der Wagen gehört den Korbflechtern vom Museum – die mussten doch ihr Material reintragen ...« Ihr letztes Selbstvertrauen schwand bei seinem Anblick. Dabei brauchte sie es dringend für die Vorführung!

»Ich wollte mal sehen, wie du mit der Party meiner Tochter klarkommst.« Er blickte auffällig herum. »Na, so wie es aussieht, gar nicht.«

Mila versuchte ihn zu ignorieren, obwohl er wieder in »Fahrenheit« mariniert war – ebenso wie sein erigiertes Ego ein Zeichen dafür, dass er vorher – RATSCH! – Sex mit Frau von Markow gehabt hatte. Das Parfum selber stank schlimmer als die Chemiedüfte, die in mobilen Bauarbeitertoiletten noch schlimmere Gerüche überdecken sollten. Gleich würde sie sich übergeben müssen.

»Ich habe keine Zeit für deine Gemeinheiten, Ascan. Ich muss jetzt Kasperletheater für die Kinder spielen, ehe die ersten Eltern zum Abholen kommen.«

Sie floh in das Biedermeierzimmer und verkroch sich hinter dem Kasperletheater. Es war so groß, dass man dafür Subventionen beantragen konnte.

»Ganz ruhig, Mila. Gleich ist ja alles vorbei«, redete sie sich gut zu. Neben ihr lag die lange Reihe von Puppen und glotzte sie aus aufgemalten Holzaugen tückisch an. Die sahen alle derart gleich aus in ihren Kutten – wer war noch mal die Großmutter, wer die Gretel? Mila holte tief Luft. Hetty hatte sich ein Stück gewünscht, in dem das Krokodil, und ihre Barbie-Pferde vorkamen. Mila wollte »Rotkäppchen im Ponywald« aufführen, nur dass der Wolf ein Krokodil wäre, und Gretel Rotkäppchens beste Freundin. Sie stülpte sich den Kasper über ihre zitternde Hand und hielt ihn vor den Vorhang.

»Hallo Kinder! Seid ihr alle da?«

»Jahaaaaaa!«, grölte Ascan Ansgart in das gelangweilte Murmeln. Der Kasper zuckte zurück.

Plötzlich hockte Ascan neben ihr. »Komm, Mila, alleine kriegst du das doch nie hin. Ich mach das, sonst fliegen hier gleich Tomaten, so wie die da draußen drauf sind. Das sind doch keine Babys mehr, das Mädel von Frau Dragowicz kriegt ja schon Titten! Da muss Action her.« Er stopfte das Krokodil mit seiner weichfleischigen Hand aus und hielt es vor den Vorhang.

»Hey, ihr coolen Kids, geile Party, was?«, schrie das Krokodil.

Verblüfftes Schweigen.

»Spinnst du, Ascan?«, zischte Mila entsetzt. Sie zog schnell die Gretel über und ließ sie von der anderen Seite auftreten.

»Hallo, Kinder! Hallo, Hetty, liebes Geburtstagskind! Herzlichen Glückwunsch! Habt ihr meine Freundin, das Rotkäppchen gesehen?«, flötete sie und versuchte dabei unauffällig das Krokodil von der Bühne zu schieben. Ascan hielt dagegen. Eine Weile kämpften Gretel und das Krokodil stumm miteinander.

Die ersten Eltern waren mittlerweile eingetroffen. Von Frau Dragowicz mit einem Glas kaltem Champagner und Häppchen ausgestattet, traten sie leise ins Zimmer und blickten gerührt auf ihre rotwangigen Kinder, die gespannt dem Wortwechsel zwischen Gretel und dem Krokodil folgten.

»Hey, Gretel, du geile Schnecke!«, rief das Krokodil. »Das macht mich voll an, wenn du dich so wehrst! Aber das hat schon deiner Freundin, dem Rotkäppchen, nichts genutzt. Auf die wartest du umsonst, hähähä!« Es klapperte lüstern mit seinem Holzmaul.

Im Publikum entstand leichte Unruhe.

»Guckst du keine Nachrichten?«, rief das Krokodil noch lauter, »wahrscheinlich weil du wieder mit dem Hänsel …«

Hinter den Kulissen gab es einen dumpfen Schlag.

»Du Schwein!«, schrie die Gretel das Krokodil an, »nur weil du deinen Schwanz in deine Sekretärin …«

»Das heißt ASSISTENTIN, blöde Kuh!«, röhrte das Krokodil, »geht das denn nie in deinen Holzkopf? Du bist ja dümmer als die Korbflechter!«

Mila zerrte sich hektisch den Schutzmann über die andere Hand und hetzte ihn auf die Bühne: »Ich verhafte das Krokodil im Namen … äh … der der … Großmutter! Und jetzt kommt …« Doch der Satz ging in der allgemeinen Aufbruchstimmung unter. Mila schloss die Augen und blieb zitternd hocken, in ihrem Schoß lagen über der rechten Hand die Gretel, über der linken der Schutzmann, bis auch das letzte Geräusch lange erstorben war. Es war ganz dunkel im Zimmer, nur die Uhr tickte. Am liebsten wäre sie ewig so hocken geblieben, wenn sie nicht Hetty trösten müsste, die in ihrem Zimmer ihr neues »Winnie-the-Pooh«-Sweatshirt nassweinte.

Milena stand mühsam auf und streifte die Puppen von ihren schmalen Händen. Die Holzköpfe knallten aufs Parkett. Steifbeinig schlich sie die Treppe hoch. Niemand war zu sehen oder zu hören. Sie versuchte, irgendeinen tröstlichen Aspekt zu finden, irgendetwas, was es ihr erlaubte, mit ihrer Scham weiterzuleben.

»Nun ja, zumindest kann man nicht sagen, dass dieses Kasperletheater was für Babys gewesen ist«, redete sie sich gut zu, »und das Krokodil … war wenigstens grün … passend zur …«

Die Migräne schlug sie unbarmherzig zu Boden.

Ava hatte von dem Ereignis nichts mitbekommen, weil Ella und sie krank geworden waren. Suzanne hatte ihr ebenso schockiert wie amüsiert alles erzählt, und Ava fühlte tiefstes Mitleid für Milena. Wenn sie wieder gesund wäre, wollte sie Milena, Hetty und Junior zu einem fröhlichen Spielenachmittag zu sich einladen.

Das konnte allerdings bis nächstes Jahr dauern. Ava wusste schon gar nicht mehr, ob es der alte Infekt war, den sie seit Wochen verschleppt hatte, oder immer ein neuer, der sich genauso anfühlte wie der alte. Ständig schmerzte ihr Kopf, explodierte fast, wenn sie sich bückte. Ihr Immunsystem schien komplett abgestürzt. Ava schluckte so viel Eukalyptusextrakt, um ihre zugeschwollenen Nebenhöhlen zu belüften, dass ihr Magen grün brannte, als ob sie eine Flasche Badeessenz geschluckt hätte. Dazu Aspirin, Vitamin C, Zink. Sie schleppte ihren Körper durch graue Muttertage. Sie hustete. Sie fror trotz dicker Pullover ständig, ihre Hände und Füße waren eisig. Nachts schwitzte sie. Die Haare gingen ihr aus.

Sie war zweimal bei Dr. Mitschler gewesen. Das erste Mal hatte er ihr geraten, sich ins Bett zu legen und richtig auszukurieren. Beim zweiten Mal hatte er es verlangt. Das Antibiotikum, das er ihr zusätzlich verschrieb, hatte nichts bewirkt außer Albträumen, weil Ava unter Nebenwirkungen: Schwarze Haarzunge gelesen hatte. Nun traute sie sich gar nicht mehr zum Arzt. Sie wusste ja, was sie brauchte: verantwortungsfrei. Ruhe. Schlaf. Einen liebevollen Erwachsenen, der sich um sie kümmerte.

Aber Ella und Ferris brauchten auch einen liebevollen Erwachsenen, der sich um sie kümmerte. Und David war ständig verreist. Ava konnte sich einfach nicht auskurieren: Kapitäne und Mütter blieben bis zuletzt auf dem sinkenden Schiff.

Die Kinder husteten abwechselnd, weinten nachts nach ihrer Mama. Ein Infekt nach dem anderen fegte über sie hin. Ava war tief deprimiert. Die einzige Leistungskontrolle bei dem Mutterjob waren gesunde, fröhliche Kinder. Wäre sie nicht unkündbar, sie hätte die Probezeit nie überstanden. Was machte sie nur falsch? Nachts schlief sie über dem Wälzer »Homöopathie für Kinder« ein, bis eines der Kinder nach ihr rief. Ava stand bleiern auf, kochte Tee für alle. Ihre Welt schrumpfte auf einen dunklen, einsamen Krankensaal ohne Fenster und Tür.

Sie hatte sich so sehr auf Davids Heimkehr gefreut. Sie sehnte sich nach seiner Hilfe, seinem Trost. Dann, mit jedem Tag Verspätung, wuchs ihre Enttäuschung und versteinerte zu Verbitterung. Er hatte sie also schon wieder belogen, trotz der Liebesnacht. Trotz seiner Versprechungen, er würde so schnell wie möglich nach Hause kommen, sie mehr unterstützen.

Als er dann endlich zurückkam, regte seine Anwesenheit Ava sofort wieder auf. In seiner Berufswelt konnte er jeden Gedanken an Frau und Kinder völlig ausblenden. Nur so war es zu erklären, dass er an einem Sonntagabend Anfang Dezember nach einer Woche Dienstreise ausgeschlafen, gut gelaunt und ohne Mitbringsel für Ella und Ferris heimkehrte.

»Wie konntest du nur aus Venedig entkommen ohne die kleinste Gondel im Gepäck! Ein T-Shirt! Einen Strohhut! Oder wenigstens eine Madonna aus Plastik. Die werden einem noch ins Flugzeug hinterhergetragen!«, zischte Ava ihm zu.

»Ich hab einfach nicht daran gedacht!«, flüsterte er ratlos zurück.

Die aufgeregten Kinder hatten mittlerweile ergebnislos seine Schmutzwäsche gefilzt und weinten vor Enttäuschung. Um die Situation zu entschärfen, machte die ganze Familie einen Spaziergang durch den Nieselregen zur nächsten Tankstelle, wo sich die Kinder zwei Plüschtiere und Eis als Ersatz-Souvenirs aus der schönsten Stadt der Welt aussuchen durften.

Keine goldene Gondel wäre Ferris und Ella schöner erschienen. Zufrieden bummelten alle nach Hause. Glücklich drückte Ella den billigen Plüschtiger Made in Taiwan an sich. Die Zartheit ihrer Nackenlinien rührte Ava immer wieder. Diese schmalen Schultern in den dicken Daunenjacken. Die kleinen, festen, warmen Hände. Wie sie liefen, ernsthaft miteinander über Dinge redeten, die es nur in ihrer Spielwelt gab.

Ava war am glücklichsten, wenn sie Ella und Ferris beiläufig beim Leben beobachtete. Es war wie bei 3-D-Bildern. Man durfte nicht genau hingucken. Aber wenn man konzentriert ein bisschen danebensah, erkannte man den leuchtenden Kokon aus Liebe, den sie um ihre Kinder gewickelt hatte, und an dem sie täglich weiterspann. Irgendwann, so hoffte sie, würden sie ihm als glückliche, liebessatte Erwachsene entfliegen. Heute war einer der Momente, aus denen die Zukunft eine goldgerahmte Erinnerung machen würde. Wenn alle nur erstmal diesen Winter überstanden hätten.

»Ich habe euch so vermisst«, sagte David gerade. Staunend beobachtete er seine Kinder. »Sind die beiden nicht süß? Ferris ist vielleicht groß geworden!« Er drückte Ava eng an sich. »Na, Prinzessin, noch ein Baby? Schnell noch ein kleines Haus bauen, ehe der hormonelle Herbst kommt?«

Ava dachte an Ferris. Er hatte ihr immer wieder gesagt, dass sie sie schönste Mama der Welt sei und er sie heiraten wollte, sobald er groß sei. Letzte Woche hatte er sein Angebot vorsichtig modifiziert: »Wenn wir heiraten, dann bist du ja schon ganz alt, aber ich noch frisch«, hatte er nachdenklich gesagt, »dann heiraten wir am besten zu Hause, wo es keiner von meinen Freunden sieht.«

Ja, er ist groß geworden, dachte Ava. Er denkt schon wie ein Mann. Immerhin ein liebender Mann.

»Mein Tiger ist aber viel schöner als dein doofer Affe«, hörte sie Ella flüstern.

»Ist er gar nicht, du Doofe!«, schrie Ferris.

David legte zufrieden den Arm um Avas Schulter. Sie fröstelte.

Im Vorbeigehen sah Ava ihr Spiegelbild in einer Schaufensterscheibe. Sie waren eine Familie wie vom Titelbild einer CDU-Broschüre für Familienpolitik. Jetzt würde er bei ihr und den Kindern bleiben. Er musste doch sehen, wie schlecht es seiner Familie ging. Dass Ava Ruhe brauchte. Dass sie *ihn* brauchte.

David sah sie zum ersten Mal richtig an. »Du siehst etwas müde aus, Prinzessin!«, sagte er. »Mach doch endlich wieder regelmäßig Sport, das würde dir guttun!«

Ferris kam zu ihr gelaufen. »Schau doch mal, Mama, mein kleiner Affe! Streichel den mal! Ist der nicht weich und süß?«

Ihr Ärger schmolz. »Sehr weich und süß. So wie du.« Sie streichelte Ferris' Kopf.

Er war ebenso heiß wie seine Hände. Mindestens 39 Grad, leiteten Avas Hände an die Notrufzentrale ihres Hirns weiter.

Die Krise hatte erst begonnen.

»Geh jetzt nicht«, sagte Ava verzweifelt. Es war halb sechs Uhr morgens. Sie hatte kaum geschlafen, Ellas heiße, unruhige Hand in ihrer.

»Was soll ich denn machen? Ich muss weg«, erwiderte David ärgerlich, »das Taxi wartet schon. Das ist doch die letzte Reise in diesem Jahr.« Er war frisch geduscht, rasiert, exquisit parfümiert, in seinem perfekten Anzug gut in Form. Ava war es weder physisch noch psychisch.

Seit Tagen erlitt sie die schlimmsten Schmerzen ihres Lebens und wünschte dabei die ganze Zeit, es wären ihre eigenen. Sie musste zur Vernunft kommen, fand aber keinen Weg aus dem schwarzen Dickicht verzweifelter Erschöpfung. Beide Kinder waren schwer krank. Ella hatte eine Lungenentzündung und seit Tagen über vierzig Grad Fieber, Ferris eine schwere Bronchitis. Das Antibiotikum wirkte nicht. Ava war außer sich vor Sorge und Mitleid und Müdigkeit und Angst, das Liebste zu verlieren, das sie je gehabt hatte. Sie war ein Haufen zuckender Zellen und Nerven, die überreagierten.

Ihre Mutter wollte anreisen, um ihr bei der Pflege der Kinder zu helfen, aber dieses Adeno-Virus war hochinfektiös, und das Immunsystem ihrer Mutter nach der Chemotherapie immer noch labil.

»Danke, aber lass es bitte, Mama«, sagte Ava am Telefon , »komm bloß nicht her. Wir schaffen das hier schon alleine.«

Wir.

»Du sollst bleiben. Bleib hier. Bleib hier«, murmelte sie

jetzt immer wieder, selber wie ein Kind, »bleib. Bitte. Bittebitte. Bitte bleib bei mir.«

»Ach Ava, du darfst dich einfach nicht immer so aufregen«, unterbrach David, »so schlimm ist es doch gar nicht. Heute Nachmittag könnt ihr bestimmt alle schön Mittagsschlaf machen.«

»Ich soll mich *einfach* nicht so aufregen? Dass ich daran nicht vorher gedacht habe! Jetzt geht es mir sofort besser«, schluchzte Ava auf.

Jetzt wurde David vor schlechtem Gewissen doch noch wütend. »Was soll denn dieses Theater?«, brüllte er, »wie schaffen es bloß alle anderen Mütter, Ava? Was machen die, wenn mal ein Kind krank ist? Warum kriegst du nicht mal das alleine hin?«

Ferris stand weinend in seinem Bettchen, Nasenschleim und Tränen verklebten sein verquollenes Gesichtchen, seine verschwitzten Haare. Er streckte die Arme nach ihr aus.

Ava wollte zurückschreien: Dass es ihr scheißegal sei, was andere Mütter machten. Dass David der Mann war, der versprochen hatte, in guten wie in schlechten Tagen an ihrer Seite zu sein. Dass dieses ihr gemeinsames Leben, ihre Familie, ihr beider Problem wäre. Dass sie einfach nicht mehr konnte. Dass sie die ganze Nacht der seit Tagen vor Fieber glühenden Ella bei wirkungslosen Wadenwickeln Geschichten von Schnee und Eis und kalten Bächen in schattigen, kühlen Wäldern erzählt hatte, damit sie die innere Hitze ertrug. Dass Ava die Stunden zählte, bis sie Ella das nächste Paracetamolzäpfchen geben konnte, ohne ihre Leber zu ruinieren. Dass sie Panik hatte, Ella aus Versehen ein Zäpfchen zu viel zu geben. Dass sie Angst hatte, es alleine nicht mehr zu schaffen.

Doch sie sagte nichts, weil sie schockiert versuchte zu orten, woher plötzlich dieses grauenhafte Heulen kam. Dann merkte sie, wie es aus ihr herausströmte und den letzten Halt mit sich riss. Ihr knickten die Beine weg. Sie rutschte an der Schrankwand herunter und blieb auf dem kalten Holzfußboden liegen, ein geistloser Haufen Fleisch in einem weißen Nachthemd.

»Steh auf!«, brüllte David. Er versuchte sie am Arm hochzuziehen. »Los, steh auf! Was soll das für eine Scheißvorstellung sein? Das ist ja wie in einem schlechten Film!«

Ava war alles egal. Auf dem Boden fühlte sie sich halbwegs sicher, tiefer konnte sie nicht mehr fallen. Sie würde keinesfalls wieder aufstehen und so tun, als ob sie die Verantwortliche hier wäre. Wie in einem schlechten Film? Sie schluchzte, lachte dann hysterisch. Da fuhr der Vater ihrer kranken Kinder weg, um sich Werbefilme mit Schauspielern darin anzusehen, die er für wichtiger und realer hielt als die Katastrophe zu Hause, in der seine echte Frau und seine echten Kinder auf seine Hilfe angewiesen waren, was er wiederum als schlechtes Schauspiel bezeichnete. Wenn das kein Witz war!

»Ich steh nie mehr auf«, rief Ava außer sich, »ich hab solche Angst, dass ich einen Nervenzusammenbruch bekomme!«

Wieder klingelte es an der Tür. Ella würde davon aufwachen.

»Das ist das Taxi. Ich muss los«, sagte David. Und etwas freundlicher: »Du kriegst schon keinen Nervenzusammenbruch, Ava. Mach ihnen einfach Wadenwickel, das hat meine Mutter mit uns auch gemacht. Ich ruf dich aus London an.«

Mit einem großen Schritt trat er über seine Frau, das Hindernis zwischen ihm und dem Leben, hinweg. Sie hörte das Zuschlagen der schweren Wohnungstür. Dann fühlte sie nur noch ihr Herz flattern. Aus dem Hintergrund hörte sie Ferris immer verzweifelter sein »Mama – Mama-Mama-Ma …«

weinen. Ava kam mühsam auf Hände und Knie und kroch zum Bett. Zog sich daran hoch, hob ihren Kleinen heraus und presste seinen heißen, festen Körper an sich. Sie legte ihr tränennasses, schmerzendes Gesicht an sein verklebtes, verheultes, verschwitztes.

»Wird ja alles gut«, flüsterte sie immer wieder, »wird ja alles wieder gut …« Das ewige Mutter-Mantra. Dabei hatte sie ihre Kinder doch nie anlügen wollen.

»Mama? MAAMA!«, jammerte jetzt auch Ella aus dem Schlafzimmer. Es traf Ava wie ein elektrischer Schlag, die Frequenz ließ ihre Nerven sirren. Nicht jetzt auch noch Ella.

»Gleich, mein Häschen! Ich komme gleich zu dir!«

Ava sackte mit Ferris und dem Telefon auf das Sofa. Trotz der frühen Stunde meldete sich ihre Mutter bereits nach dem ersten Freizeichen. Einen Anrufbeantworter hatten ihre Eltern nie gehabt oder gewollt, nicht mal geschenkt. »Wozu?«, hatte ihre Mutter gesagt, »damit alle Einbrecher hören können, dass man nicht da ist?« Jetzt war Ava froh darüber.

»Glantz! Hallo? Ava? Ava, bist du das?«

»Mama!«, weinte Ava, »Mama!«

»Ganz ruhig, mein Schatz … hol erst einmal tief Luft … Ava, hörst du mich? Hör mir zu! Ganz ruhig … es wird bestimmt alles wieder gut.«

»Wann denn?«, heulte Ava, »wann denn nur?«

Wann kam endlich ein echter Erwachsener und übernahm hier das Kommando? »Ich bin so müde, Mama! So schrecklich müde! Und ganz alleine. Alle Ärzte sind in den Weihnachtsferien. Und David ist auch gerade weg, nach London! Wenn ich noch Kraft hätte, würde ich ihn hassen – ich will ihn nie wiedersehen! …«

»Maaama! Komm her …«

»Gleich, Ella, Mama ist gleich bei dir! … Mama? Ella ruft mich schon wieder … und Ferris weint die ganze Zeit auf meinem Arm. Er ist auch so heiß! Ich kann nicht mehr! Was soll ich nur tun?«

»Habt ihr keinen Arzt, der Hausbesuche macht?«

Ava lachte hysterisch. »Einen Tag vor Weihnachten, um diese Zeit? Für Kassenpatienten? Seit wir klein waren, hat sich einiges geändert, Mama!«

»Ganz ruhig, Ava, pass genau auf. Du telefonierst sofort mit eurem Krankenhaus. Sofort, hörst du? Dann holst du ein Taxi und fährst mit ihnen hin. Zieh beide nicht erst groß an, wickle sie einfach in Decken. Hol dir jetzt Hilfe, hörst du? Wann hast du zuletzt was gegessen?«

»Gestern ... ich weiß nicht. Mir ist übel.«

»Iss was, Ava. Oder trink wenigstens ein Glas Milch. Und dann sagst du im Krankenhaus Bescheid, dass ihr gleich kommt. Du brauchst Hilfe, hörst du? Ich rufe dich in einer Viertelstunde nochmal an.«

Ihre Mutter war immer noch der große Zauberer von Oz. Sie saß im Tower und lotste Avas führerloses Hirn durch den Orkan der Verzweiflung, bis es wieder Bodenkontakt hatte.

Milena hatte so oft geträumt, dass Ascan morgens tot im Bett läge. Während sie zusah, wie ihm giftige Worte aus dem dünnen Mund rannen, lief vor ihren Augen der Film in einer Endlosschleife: Ascan, dem auf dem unbeschrankten Bahnübergang ein ICE durchs Auto fuhr. Ascan, der an einer Gräte erstickte. Ascan, der auf Frau von Markow mit einem Herzinfarkt zusammenbrach. Ascan, wie er kopfüber treppab stürzte. Sie hatte überlegt, ob eine Überdosis seines Nasensprays ihn töten könnte.

Doch als der Polizist und die junge Polizistin an ihrer dunkelrot lackierten Tür mit dem Buchsbaumkranz klingelten, war es ein Schock.

»Frau Ansgart?«

»Ja?«

»Sind Sie Frau Ansgart? Frau Milena Ansgart?«

»Ja ...«

»Wohnt hier ein Ascan Ansgart?«

»Das ist ... mein Mann«, sagte Milena.

»Dürften wir bitte hereinkommen, Frau Ansgart?«

Das Duett, das sie sangen, war in Milenas Kopf schon tausendmal durchkomponiert und variiert worden: Frau Ansgart ... Ihr Mann ist ... müssen Ihnen leider mitteilen ...

Oder sind es die Kinder?, zuckte es Mila durch den Kopf. Ihre Augen loderten in Panik, bis ihr einfiel, dass beide oben spielten.

»Ist es mein Wagen? Parke ich jemanden zu?« Sie warf einen raschen Blick aus dem Fenster. Nein, er stand in der Einfahrt zur Garage. Das konnte doch nur eines bedeuten ... oder nicht?

Sie bekam Angst, dass sie fantasierte. Die beiden waren nicht echt, nur gestaltgewordene Wunschträume an einem langen, grauen Nachmittag.

»Könnten Sie mir Ihre Dienstmarke zeigen?«, erinnerte sie sich zu sagen.

Beide hielten stumm ihre Ausweise vor sich hin.

»Bitte, kommen Sie herein«, hörte Mila Frau Ansgart sagen. Sie ging ihnen voraus durch den Flur. Die Polizisten nahmen ihre Mützen vom Kopf in die Hände und folgten ihr stumm. Sie bemühten sich leise aufzutreten.

»Frau Ansgart ...«, sagte der Polizist.

»Einen Moment noch, bitte«, unterbrach Mila. Sie ging zur Tür und rief nach Frau Dragowicz. »Bitte gehen Sie zu den Kindern, ja? Sie sollen oben bleiben, bis ich zu ihnen hochkomme ...«

Die Haushälterin nickte. Sie warf den Polizisten einen

scheuen Blick zu und zog sich am Geländer die Stufen der teppichbelegten Holztreppe empor.

»Bitte, folgen Sie mir«, sagte Milena. Sie ging voraus ins Gartenzimmer und blieb in dessen Mitte stehen, genau unter dem dicken Adventskranz, der an violettem Seidentaftband schwebte. Er krönte die Gruppe wie ein gigantischer Heiligenschein. Sie hörte überlaut eine Elster krächzen und fühlte, dass sie sich für immer daran erinnern würde. An den Moment, bevor ihr mitgeteilt wurde …

»Wollen Sie sich vielleicht setzen?«, fragte der Polizist. Er deutete auf einen der nilgrünen Loomchairs.

»Nein«, erwiderte Milena.

Es wäre aber besser, dachte der Polizist. So eine Nachricht hat noch keiner durchgestanden. Bringen wir's hinter uns.

»Wir müssen Ihnen leider mitteilen, dass Ihr Gatte, Doktor Ascan Ansgart, einen Unfall hatte«, eröffnete er.

»Einen – sehr schweren Unfall«, assistierte ihm die Polizistin.

Vielleicht ist Ascan tot, dachte Mila.

»Ihr Mann wurde tödlich verletzt«, sagte der Polizist.

»Wie – tödlich verletzt?«, sagte Milena verwirrt, »was denn nun – verletzt oder tot?«

»Er ist tot.«

»Er ist – TOT?«, flüsterte Milena. Ihr Herz schlug hart und schnell. Das ist ein Trick, dachte sie. Das sind Detektive, von Ascan bezahlt, um mich reinzulegen. Schauspieler, von Ascan bezahlt, um mich zu quälen. Gleich kommt er lachend durch die Tür.

Ihr Gesicht war nackte Angst, dachte die Polizistin mitleidig. Ihr war selber ganz schlecht. Die elegante Villa, die geschmackvolle Adventsdekoration überall, die schöne Frau, die sicher ebenso schönen Kinder, die man oben hörte – ja, so stellte sie sich die Steigerung von Glück vor: Vater, Mutter,

Kinder, Geld, Geschmack. Ein Premium-Glück, das sie jetzt mit ihren Worten kleinhacken mussten. Und das alles auch noch so kurz vor Weihnachten, dem Familienfest der Liebe! Der jungen Beamtin stiegen Tränen in die Augen.

»Oh mein Gott! Sagen Sie das nochmal«, schrie Frau Ansgart auf. Milena zitterte vor Angst, sie könnte sich verhört haben. Dass Ascan gar nicht richtig tot war. Sondern doch nur verletzt. Ihre Zähne klapperten aufeinander. Ihre Hände wucherten wie Eisblumen vor ihrem Mund.

Über zehn Jahre hatte sie hier im psychischen Todestrakt gesessen. Als man ihr jetzt sagte, sie wäre frei, war sie gefühlstaub. Sollte Ascan wirklich tot sein, echt tot, richtig tot, absolut ohne Widerruf tot, sogar, ohne dass sie etwas dafür konnte? Sie sollte sich ohne jede Schuldgefühle ihren Kindern gegenüber freuen dürfen? Sie hatte doch nie Glück gehabt! Mila schüttelte energisch den Kopf.

»Nein. Das glaube ich nicht.«

»Frau Ansgart …«

»Wie? Was denn für einen Unfall? Wieso tot? Ascan ist immer gesund, obwohl ich bei seiner Ernährung wirklich nicht weiß, warum. Er kann gar nicht tot sein. Noch heute Morgen …«

»Frau Ansgart … Ihr Mann hat in der Mittagspause bei Rot die Straße vor seinem Büro überquert. Die Straße war glatt. Ein Auto hat ihn angefahren. Er war sofort tot«, sagte der Polizist. Er schob ihr den Korbstuhl hin und rückte das weinrote Samtkissen darauf zurecht. Mila blieb stehen und drehte an ihrem Ehering.

»Ja, man soll nie bei Rot über die Ampel gehen, » sagte sie gedankenvoll, »das sage ich meinen Kindern auch immer wieder: Nie bei Rot über die Ampel. Bei Rot, da bleibst du stehen, bei Grün, da darfst du gehen. So heißt es doch, oder? Was?«

Nie mehr würde er versuchen, seinen weichen, muffigen Penis in sie zu pressen. Nie mehr?

Nie mehr. Er käme nie mehr nach Hause. Ascans Penis war tot, und der Rest auch.

»Ich werde seine Stimme nie mehr hören?«, fragte sie fassungslos. Ihre rosageschwungenen Lippen bebten. Nie mehr den Bolero. Nur einmal noch, auf der Beerdigung. Das passte – Ascan war tot, wie Ravel. Das ekelhafte Bett und alle anderen Biedermeiermöbel kämen zur Auktion. Sie würde alle Fenster und Türen aufreißen, sie würde ihn hinauslüften. Sie würde sich ganz neu einrichten. Tränen der Freude verglasten Milenas Augen.

»Sie haben einen Schock, Frau Ansgart«, sagte die Polizistin mitleidig. Sie legte ihre Hand auf Milenas Arm und registrierte bewundernd die füllige Weichheit von fünffädigem Kaschmir. »Haben Sie jemanden, der bei Ihnen bleibt? Brauchen Sie einen Arzt oder Psychologen? Soll ich jemanden für Sie anrufen?«

Einen Finanzberater, dachte Milena. Ascan war tot, aber sein Geld lebte als goldener Blutstrom in ihr und ihren Kindern weiter, versorgte alle. Mit Geld, für das sie nichts tun würde, für das sie keine Rechenschaft ablegen musste. Sie schüttelte langsam den kleinen Kopf. Ihre schimmernden Haare schwangen um die hohen Wangenknochen. Sie gürtete die wollweiße Strickjacke eng um ihre Taille.

»Nein danke, ich brauche niemanden. Bitte, gehen Sie. Ich möchte jetzt ganz alleine sein.«

Sie hatte zehn Jahre lang so getan, als ob sie ihren Mann lieben würde. Sie konnte es keine Minute länger ertragen, so zu tun, als ob sie um ihn trauern würde.

»Sie müssten ihn aber noch offiziell identifizieren«, sagte der Polizist. »Seine Sekretärin, Frau von Markow, hat das zwar schon am Unfallort getan, aber …«

»Morgen, bitte«, sagte Milena. Er läuft mir ja nicht weg, dachte sie und unterdrückte ein hysterisches Lachen. »Heute verlange ich absolute Ruhe für mich und meine Kinder.«

»Das verstehen wir sehr gut. Dann – unser tiefstes Beileid nochmals.« Der Polizist gab ihr seine Karte. »Rufen Sie uns morgen an, dann besprechen wir alles Nötige.«

»Natürlich«, erwiderte die Witwe Ansgart gefasst. Sie begleitete die Beamten, die froh waren, diese furchtbare Aufgabe erledigt zu haben, zur Tür. Die Polizistin drehte sich auf der Steintreppe noch einmal um und wischte sich die Augen.

»Ich bewundere Ihre Haltung, Frau Ansgart«, sagte sie. »Und ich hoffe, die Erinnerung an Ihren Mann wird Sie eines Tages nicht mehr so sehr schmerzen.«

»Das hoffe ich auch«, sagte Milena. »Herzlichen Dank für Ihr Mitgefühl. Sie sind sehr nett.«

Dann schloss sie leise die Tür hinter ihrer Vergangenheit. Sie drehte auf ihren zierlichen rosa Satinballerinas um und schritt langsam zurück in ihr neues Leben. Blickte sich um. In ihrem Haus. Alles sah völlig neu aus. Das Gefängnis verwandelte sich vor Milenas Augen in einen Palast. Sphärische Klänge lagen in der Luft, Licht stürzte herein, glitzernde Libellen schwebten darin: Wie das Kristall der Gläser funkelte, die alten, cremefarbenen Kacheln glänzten! Wie frisch grün der Efeu durch das blanke Fenster leuchtete! Es war ein Wunder. Überall regte sich plötzlich Leben, das die täglichen Giftgasattacken durch Ascan Ansgart überstanden hatte. Bald würden auch die Kinder ihre Ascan-Anteile verlieren. Ohne seine ständige Präsenz in diesem Haus, selbst in seiner Abwesenheit, würde die Macht seiner Gene schwinden. Es war wie in dem Märchen von der Schönen und dem Biest. Dass sich zu guter Letzt das Biest zwar nicht in einen Prinzen, aber in einen Toten verwandelt hatte, brach den bösen Zauber.

Die schwarzen Ledervorhänge zwischen Milena und der Welt zerrissen dröhnend. Sie taumelte. Das Dröhnen wurde stärker, es schüttelte ihren Körper. Ein Energieblitz schoss aus ihrem Nabel empor und schraubte sich als Jubelschrei durch Milas Herz in ihren Kopf, wo er als Lichtball explodierte. Sie klammerte sich an der polierten Tischplatte fest.

»Mama!«, schrie Milena. »MAMA! Siehst du?«

Das Glück, auf das sie seit ihrer Abfahrt aus Polen gewartet hatte, fand endlich Zeit für Milena.

Im Universitätskrankenhaus Eppendorf lag Ava auf einem ausziehbaren Kunstledersessel, der ihr heute Nacht zum zweiten Mal den Rücken ruinieren würde. Aber dafür waren Ella und Ferris endlich in Sicherheit. Drei Leute hatten die Kinder gestern festgehalten, als nadelspitze Zugänge in ihre winzigen Venen gebohrt, verklebt und dick verbunden worden waren, durch die nun fiebersenkende Mittel, Glukose und Flüssigkeit in ihr Blut tropften.

In frischen Schlafanzügen – rosa gestreift und blaukariert – lagen sie in hohen Metallgitterbettchen. Ihre geliebten Gesichter hatten sich Ava durch das Elend der letzten Woche entfremdet. An den Fenstern klebten weihnachtliche Window-Color-Motive – gelbe Engel, zerlaufene Nikoläuse, grellgrüne Tannenbäume. Die Kinderstation war am Heiligen Abend fast leer. Wer trotz Krankheit stehen konnte, war über die Feiertage daheim.

Ava versuchte sich bequemer hinzulegen. Sie hatte David eine SMS geschickt. Endlich war sie mit der Verantwortung nicht mehr alleine. Ihre Angst wurde langsam ohnmächtig.

Aus dem Radio im Schwesternzimmer klang leise »Last Christmas« von Wham! Ava und beide Kinder waren eingedöst, als David direkt vom Flughafen kam. In seinem schwarzen Anzug und dem Gucci-Kaschmirmantel darüber stand er auf dem Linoleumboden als des Rätsels Lösung, welches dieser Dinge hier nicht zu den anderen passte. Er roch nach erwachsenem Leben in einer kalten, dreckigen Großstadt. Er sprach zu laut.

»Fahr doch nach Hause, und iss was, Ava«, sagte David, »und bring mir bitte die Süddeutsche von der Tankstelle mit.«

»Leise! Zieh bitte erstmal den Mantel aus, und setz dich hin.«

Selbst im Sitzen sah er noch dynamisch aus.

Sie hasste ihn.

»Ich bin ganz schnell zurück«, sagte sie zu allen, »ich geh nur duschen und hole frische Sachen. Mach dein Handy aus, David, das ist hier verboten.« Sie streichelte über Ellas lange, kastanienbraune Haare, über Ferris' feine hellblonde Locken. Diese heißen roten Wangen, die aufgesprungenen Lippen, ihre verschwommenen Augen. »Mama ist gleich wieder da.«

Ihr Körper fühlte sich überall taub an. Sie steuerte ihn, aus der Panzerluke ihres Schädels spähend, über die Gänge. Die Eingangstür schwang vor ihr auf. Draußen inhalierte sie eisige, frische Luft. Eine Krankenschwester trat hinter ihr heraus, zog ihre hellblaue Strickjacke über der Brust zusammen und zündete sich eine Zigarette an. Sie nickte Ava zu. »Frohe Weihnachten!«

»Frohe Weihnachten«, hörte Ava sich sagen.

Sie fuhr über das große Krankenhausgelände, vorbei an dem baufälligen Haus der Hals-Nasen-Ohren-Klinik, und bog hinter der Notfallchirurgie rechts ab in Richtung Hauptausgang. In dem großen Gebäude daneben hatte Ava vor vier Jahren Ferris geboren und vor sieben Jahren Ella.

Fünfzehn Minuten später war sie zu Hause. Die stille, dunkle, ungelüftete Wohnung kam ihr fremd vor. Statt nach

Keksen, Kerzen und harzigem Tannengrün roch es nach Elend und dem Eukalyptusöl erfolgloser Inhalationen. Ava öffnete alle Fenster. Sie wusch sich die Hände und warf die nassen Wadenwickel in den Mülleimer.

Im Bad lagen noch die kalten, verschwitzten Schlafanzüge der Kinder auf dem Boden. Ava hob beide auf und drückte sie an ihr Gesicht. Sofort liefen ihr Tränen hinein. Schluchzend machte sie überall Licht, öffnete Schränke, packte frische Pyjamas in eine Tasche – nicht die liebsten, denn auch diese hier würde sie nach dem Krankenhausaufenthalt wegwerfen, zusammen mit den jetzigen und der Erinnerung, wie die Kinder darin ausgesehen hatten.

Als sie aus der Hocke hochkam, wurde ihr schwindlig. Ava legte sich auf Ellas Himmelbett, doch obwohl ihre Arme und Beine in Müdigkeit einzementiert schienen, fand ihr Kopf keine Ruhe. Das rosageblümte Kissen roch nach Ellas Haaren. Ava ließ ihre Füße langsam wieder auf den Boden herab und stand auf. Sie beobachtete ihre Hände, die präzise wie Roboterarme in einem Hochsicherheitslabor den Reißverschluss der Tasche zuzogen. Sie steckte ein paar Kinderbücher in das Seitenfach, dazu Ferris' süßen Affen von der Tankstelle, und verließ die Wohnung.

Sie schloss alle vier Schlösser ab.

Sie schloss alle vier Schlösser auf.

Ava ging wieder hinein und öffnete den Flurschrank. Dort, links in der Ecke, hing seit Jahren der alte, rotgoldene Pelzmantel. Sie konnte ihn riechen: nach Fuchs, nach Mottenkugeln, nach Kindheit, nach Geborgenheit, nach Oma Frieda. Nach Trost. Ava zog ihn vom Bügel, schwer und glatt hing er über ihrem Arm. Sie zog ihn über, ging in seinem Schutz ins Bad und steckte ein Fläschchen von Dr. Bachs Rescue-Tropfen in die Manteltasche. Als sie die Wohnung verließ, hob sie noch die Briefe auf, die der Postbote durch die Tür geworfen hatte. Vielleicht waren Weihnachtskarten dabei, die sie ihren Kindern im Krankenhaus vorlesen könnte.

Ava warf die Tasche auf den Beifahrersitz und den Briefstapel auf die Konsole. Seit Nachmittag war schon wieder Nacht. Sturmböen fegten blauschwarze Wolkenmassen über Hamburg, aus denen himmlischer Rollsplitt auf Autodach und Windschutzscheibe prasselte. Eisiger Nordwestwind riss an Reifen und Laternenpfählen. Alle Fenster waren erleuchtet. Raumhohe, prunkvoll geschmückte Weihnachtsbäume waren darin aufgestellt, festlich gekleidete Familien zündeten Kerzen an. Es war Heilige Nacht. Die Straßen ausgestorben, festlich dröhnten die Kirchenglocken. Ava fuhr wie im Albtraum den Weg zum Krankenhaus zurück.

Dann, wie ferngesteuert, einfach weiter daran vorbei. Nur noch weg war das Ziel.

Der Feierabendverkehr war dahin ausgerollt, wo die Vorwahlen länger waren als die Telefonnummern. Kein Stau hielt Ava auf. Sie fuhr immer weiter in die falsche Richtung, in Richtung Autobahn. Die Wischblätter schabten über die Panoramascheiben. Während Ava das Gaspedal niedertrat, glaubte sie noch, dass sie gleich wieder bremsen und umkehren würde. Nur eine Pause machte, in der niemand sie brauchte. Nach der nächsten roten Ampel würde sie anhalten, ein paar Minuten Musik hören, einatmen, ausatmen, tiefer einatmen, noch länger ausatmen und endlich aufhören, sich die Kontaktlinsen rauszuheulen.

Alle Ampeln standen auf Grün. Ava kehrte nicht um. Ava hörte auch nicht auf zu heulen. Ava gab Gas, alleine in dem Tourbus ihrer Familie. Jedes Mal, wenn sie ohne zu blinken die Spur wechselte, sah sie im Rückspiegel zwei Kindersitze: Leerstellen ihres Lebens, Platzhalter ihrer Liebe. Ihr Herz krampfte und setzte zwei Schläge aus. Doch sie raste immer weiter in die Nacht, im vollen Bewusstsein, das Schlimmste zu tun, was eine Mutter tun konnte: ihre kranken Kinder im Stich zu lassen.

Der Zauberer von Oz hätte das nie getan.

Aber dass sie es tun würde, hatte Ava schon geahnt, als ihre Nerven noch wie zerrissene Spinnweben im Sturmgeheul ihrer Kinder flatterten. Als etwas Fremdes in ihr gedacht hatte: Wenn sie tot wären, müsste sie endlich nicht mehr diese unerträgliche Angst haben, sie könnten sterben. Als sie merkte, dass sie mit einem Fuß über der Grenze zum Durchdrehen stand. Sich erst einmal selber retten müsste, um wieder eine Hilfe zu sein.

Gut, dass sie keine Kraft mehr hatte, einen Schock zu kriegen, als sie den Mann anfuhr, der mit einem Pappschild in der ausgestreckten Hand auf ihrer Fahrspur im Horner Kreisel stand.

Mit einem dumpfen Knall prallte er vom rechten Kotflügel ab und wurde aus der Sichtweite ihrer Scheinwerfer geschleudert. Ava bremste ruckartig. Ihr Herz flatterte. War das wirklich passiert? Sie entschied sich für nein. Der Eisregen fiel monoton vom Himmel. Sie fuhr langsam wieder an, gab vorsichtig Gas, umrundete den großen Kreisel zweimal, wollte jedes Mal auf die Autobahn einbiegen, schaffte es nicht, wurde endgültig langsamer.

Da lag er, ein schwarzer, nasser Körper. Er bewegte sich doch. Oder? Verdammt, ihre Kinder durften ohne Reflektoren im Winter nicht aus dem Haus, was stand der Typ hier in dunkler Kleidung mitten auf der Fahrbahn?

Sie hielt neben ihm an und stieg aus. Das »BERLIN« auf seinem Schild war längst durchgeweicht.

Ava stützte sich auf die dampfend heiße Motorhaube und zitterte. Statt Tränen explodierte plötzlich Hass in ihr, alle angestaute Wut über ihr Leben, das seit Jahren daraus bestand, dem Schicksal in den Arsch zu treten, damit es sich von ihren Kindern fernhielt. Dadurch war aus Ava jemand geworden, der sie nie sein wollte. Nicht als Frau, nicht als Freundin, erst recht nicht als Mutter.

»Ich steh doch wirklich schon tief genug in der Scheiße!«, schrie sie auf den Körper hinab, »ich will mich nicht auch noch um dich kümmern müssen? Was stehst du hier im Dunkeln herum, mitten auf der Fahrbahn? So ein blödes Arschloch! Wenn du nach Berlin willst, nimm den Zug!«

Durch Ava pulste genug Adrenalin, um selbst gegen den Sturm bis nach Berlin zu rennen.

Er bewegte sich. Sie überlegte, ihn zu treten, bis er wieder ohnmächtig wurde, um unerkannt abzuhauen. Aber was, wenn er starb? Und sie wäre schuld? Noch mehr Schuld würde sie nicht ertragen.

Nein, sie musste einen Krankenwagen rufen. Dann die Polizei. Ihn selber ins nächste Krankenhaus fahren.

Nein, nicht wieder in ein Krankenhaus. Und bloß nicht schon wieder die Polizei. Nicht ihren Namen nennen müssen, einem müden Beamten in versauter Festtagsstimmung erklären, wieso sie um diese Zeit auf der Schnellstraße nach Berlin unterwegs war, während ihre Kinder mit Lungenentzündung im Universitätskrankenhaus auf ihre Rückkehr warteten und ihr Mann auf die Süddeutsche.

Ava wollte endlich ausgesorgt haben. Einmal nicht die Verantwortliche sein. Wie ging nochmal die stabile Seitenlage? Wo war ihr Warndreieck? Ganz ruhig. Ganz ruhig bleiben. »Das wächst sich alles zurecht«, flüsterte sie, »das wächst sich alles wieder zurecht …«

Und dann sackte sie zusammen und kniete neben dem fremden Körper auf dem nassen Asphalt. Sie umklammerte ihren Fuchsmantel, schaukelte mit geschlossenen Augen vor und zurück und summte. Der Sturm sauste in den kahlen Bäumen voll schwarzer Misteln und Vögel, beinahe lauter als der Pfeifton in ihrem linken Ohr.

Ava öffnete die Augen, stemmte sich hoch, wischte sich mit dem Ärmel über ihr Gesicht und stand wieder auf. Sie blickte um sich, öffnete die hintere Autotür und zog den Körper hoch. Das linke Bein hielt er etwas abgewinkelt. Seine langen Locken klebten nass auf seinem Gesicht. Wie jung er noch war. Mehr Junge als Mann: ein weiteres Kind, das ihr Probleme machte, und dessen Leben sie ruinierte.

»Hilf doch mal mit, ich bring dich ins Krankenhaus«, sagte Ava.

»Duzen Sie mich nicht«, quetschte er hervor.

Als ihr Handy klingelte, erwachte Ava zum ersten Mal seit über zehn Jahren neben einem Fremden. Aufgeschreckt riss sie es blind an ihr Ohr.

»Ja?« Ihr Herz stolperte.

»Ava! Wo bleibst du denn? Wo bist du eigentlich? Ich habe den ganzen Morgen versucht dich zu Hause zu erreichen. Hast du geschlafen? Hast du gestern noch die Süddeutsche gekriegt? Im Krankenhauskiosk hatten sie keine. Unfassbar, was? Bist du wenigstens schon auf dem Weg hierher? Ich will endlich auch duschen und mich umziehen ... Ava?!«

Sie öffnete langsam die Augen. Der Himmel über ihr war dunkelgrau. Es schneite auf das Panoramaglasdach. Der erste Schnee, und dann noch am ersten Weihnachtstag! Ava blickte leer in das hypnotische Gewirbel. Die Kontaktlinsen hatten jede Feuchtigkeit aufgesogen, rieben ihre Augäpfel wund. Sie ließ die klebrigen Lider wieder zuschnappen.

»David! Ich ... ja, ich bin schon im Auto. Wie geht's den Kindern?«

»Ganz gut. Das Fieber ist seit heute Morgen runter. Am Nachmittag sollen ihre Lungen geröntgt werden. Wann bist du hier, Ava?«

»Ich ... brauche hier noch ein bisschen, David. Ich ruf dich an, bevor ich losfahre, ja?«

Sie drückte auf den Ausknopf, dann stellte sie ihr Handy ab. Nun war sie unerreichbar. Sie blickte auf die Uhr. Es war ein Uhr mittags. Gestern Nacht nach dem Unfall war sie zurück in die Stadt und dann in Richtung Süden gefahren, möglichst weit weg vom Unfallort.

Das Geräusch von der Rückbank schreckte Ava hoch. Der Junge war aufgewacht und betrachtete sie aus halb geschlossenen Augen. Sie sah ihn im Rückspiegel. Hinten kam er wegen der Kindersicherung nicht raus. In der Nacht hatte sie die Kindersitze abmontiert und in den Kofferraum gewuchtet.

In Ava regten sich mütterliche Gefühle. Warum war der Arme denn so dünn angezogen? Nichts als ein schwarzes, langärmliges T-Shirt mit dem Aufdruck »Von der Nordsee bis zum Brocken – Nazis von der Strasse rocken!«.

»Hattest Du keine richtige Jacke dabei?«, fragte sie. Wie sollte sie ihn nur loswerden? Wie ihn hier aussetzen, ohne Jacke?

»Na, Mutti? Was machen wir denn nun?«, fragte er, statt einer Antwort.

Sie wagte nicht, sich umzudrehen und ihn direkt anzugucken. Im Rückspiegel blickten sie sich in die Augen.

Trotz des Unfalls und der paar Stunden Schlaf sah er aufreizend frisch aus. Er fingerte sich die schulterlangen, lockigen Haare hinter die Ohren, gähnte löwenartig und streckte beide Arme durch. Das T-Shirt legte dabei einen warmen Streifen Haut bloß. Er hatte sicher Hunger und Durst. Wahrscheinlich auch Schmerzen. Aber er musste seine Jugend noch lange nicht schonen. Sie leuchtete und duftete durch seine elastische, faltenlose Haut.

»WIR? WIR machen gar nichts!«, rief Ava. »Du hast mir nur im Weg gestanden! Und nenn mich nicht MUTTI, kapiert?«

Ich klinge genau wie eine Mutti, dachte sie.

Es war eisig im Wagen, die Kleidung zu klamm, um zu wärmen. Ihr gemeinsamer Nachtatem rann als kaltes Kondenswasser die Scheiben herab. Avas Halswirbel waren über Nacht in ungünstiger Position versteinert. Ihr Körper schien zu knirschen, als sie ihn bewegte. Dann begann er zu zittern, um die Überspannung loszuwerden.

Minutenlang saßen beide da, geliert in kalter Luft. Zumindest habe ich keine Angst vor ihm, dachte sie. Nichts kann jetzt noch schlimmer werden. Falls er mich umbringt, muss ich wenigstens nicht mehr darüber nachdenken, ob ich es tun soll. Nie mehr nachdenken, keine Sorgen mehr.

Sie traute sich nicht zu fragen, ob der Junge Schmerzen hatte. Wenn er ja sagte, würde sie sich darum kümmern müssen.

»Tut mir Leid«, sagte Ava, »ich weiß nicht, wie es weitergeht.« Und dann, doch: »Hast du – haben Sie irgendwo Schmerzen?«

»Mein Kopf brummt. Da links hab ich 'ne ziemliche Beule.« Er betastete seine Schläfen, dann sein Bein. »Und das Bein tut hier weh. Glaub nicht, dass ich damit weit laufen kann.« Er rieb seine Oberarme. »Außerdem ist mir arschkalt.«

»Ich mache uns erstmal die Heizung an«, sagte Ava. Sie startete den Motor. Dann rieb sie die Scheiben von innen mit Papiertaschentüchern trocken. Nie mit Taschentüchern, die fusseln, hörte sie David im Geiste rechthabern. Sie wischte den Rückspiegel und sah zwischen Fusseln ihr blasses Gesicht – die Augen waren gerötet, zugeschwollen, von Schatten unterlegt. Wie satt Ava es hatte, schlecht auszusehen.

Bald nach der Geburt von Ferris hatte das angefangen. Anfangs dachte sie nur, sie hätte einen schlechten Tag erwischt. Ein paar Nächte Schlaf und die violetten Schatten unter ihren kleinen Augen wären verschwunden. Sie hatte doch nie Augenschatten gehabt. Ein paar Tage Sonne, und ihre blassen Wangen würden auch ohne Rouge wieder frisch. Ein paar Tage ohne Süßigkeiten, und sie wäre wieder leichtfüßig. Bisher hatte sie die Schwerkraft als Hantel bei ihren Pilatesübungen benutzt. Nun benutzte die Schwerkraft Ava als Alterssitz.

Ava hatte immer gehofft, jemand würde bemerken, dass sie dauerhaft schlecht aussah. Ihre Erscheinung war ein optischer Schrei nach Hilfe, Schlaf und Unterstützung. David konnte unmöglich übersehen, wie ihre Schönheit, die auch zu seinem Prestige beitrug, im Kurs fiel und Bankrott ging. Ein paar emotionale Stützungskäufe würde er sicher investieren? Aber es war wie mit der feuchten Wäsche in der Maschine: Er registrierte es, ging aber davon aus, dass sich schon jemand darum kümmern würde. Jemand anderes.

Sie sah wieder in den Rückspiegel und strich ihre Haare glatt. An den roten Augen konnte sie nichts ändern. Ich sehe ja irre aus. An seiner Stelle hätte ich Angst vor mir, dachte Ava.

»Ich habe übrigens einen Scheißhunger!«, sagte er. »Hast du überhaupt nichts dabei, Mutti? Keinen Keks? Keinen Saft?«

»Nein. Nichts. Du hast Pech, ich bin eine schlechte Mutter«, erwiderte Ava. Sie fasste hilflos in die Manteltasche und fand das Fläschchen Rescue-Tropfen. Erleichtert ließ sie aus der Pipette fünf Tropfen auf ihre Zunge fallen. Dann lieber noch drei dazu.

»Und eine beschissene Autofahrerin dazu«, fügte der Junge an, und grinste.

»Kann ich wenigstens von deinen Drogen was abhaben?«

»Oh, Entschuldigung!«, sagte Ava. Daran hätte sie gleich denken sollen, er hatte es nötiger als sie. Er streckte ihr provokant die Zunge heraus, und Ava tropfte konzentriert zehn Tropfen darauf, schraubte das Fläschchen zu und steckte es wieder ein. Er lehnte sich zurück, legte den Kopf in den Nacken, schloss die Augen und schaute erwartungsvoll nach innen. Er schmatzte. Er öffnete die Augen wieder. »Na ja, das flasht aber nicht besonders«, sagte er enttäuscht.

»Ich bringe dich jetzt zurück nach Hamburg, ins Krankenhaus«, sagte Ava. »Ich muss nur erstmal gucken, wo wir hier sind.«

Sie standen am Rand eines freien Feldes. Um das Auto herum war alles weich und weit und weiß, wie in »Der Himmel kann warten«, als Warren Beatty zu früh in den Himmel kommt. Ein Rudel Rehe stand still am Horizont.

Ava legte den zweiten Gang ein und fuhr an. Die Landstraße, auf die der Feldweg einbog, war leidlich geräumt. Sie gab vorsichtig Gas und schlingerte in die Spur. Kein anderes Auto war in Sicht. Kein Mensch, kein Ort. Der Schnee fiel dicht und schnell herab, erst als weißes Rauschen, dann in dicken Schneefedern. Er flog gegen die Windschutzscheibe wie ein endloser Heuschreckenschwarm, den Ava mit ihren Scheibenwischern vorübergehend in Schach hielt. Sie waren allein auf der Welt. Sie schaltete die Scheinwerfer und Klassikradio an: »Last Christmas«, geblasen von fünf Hörnern. Im Auto wurde es langsam warm.

»Wie heißt du?«, fragte der Junge. Ava zuckte zusammen. Sie sah sich um.

»Heide«, sagte sie. Oder hätte sie lieber Erika sagen sollen?

»Heide. Sicher doch«, sagte er.

»Und du?«, fragte sie schnell zurück.

»Ich bin Nick.«

Warum war er nicht wütend auf sie? Nichts war mehr berechenbar. Heide und Nick, zwei pseudonyme Gespenster in einem gemeinsamen Albtraum. Endlich konnte es nicht mehr lange dauern, dass Ava verrückt würde. Bis dahin würde sie einfach das Gaspedal gedrückt die Spur halten. Die Straße führte durch einen Wald. Schneekissen bogen die Tannenzweige zu Boden.

»Du siehst echt fertig aus, Heide«, sagte Nick.

»Ich weiß«, sagte Ava.

Sie kamen an einem halb zugeschneiten Ortseingang vorbei.

»Halt da vorne mal an! Da sehe ich ein beleuchtetes Schild!«, sagte der Junge.

»Ich mag kein griechisches Essen«, sagte Ava.

»Ich aber. Halt an, Mutti! Du kannst mich nicht erst anfahren, entführen und jetzt auch noch verhungern lassen«, rief er.

Ava überlegte. Auf seinem Bein konnte er ihr kaum weglaufen. Ein Handy hatte sie bei ihm nicht gefunden. Außerdem war es eigentlich auch egal. Sollte er doch die Polizei holen. Da der schleichende Kontrollverlust gestern Nacht völlig außer Kontrolle geraten war, ließ Ava plötzlich alles los. Es tat gar nicht weh.

Sie parkte unter dem beleuchteten Schild der Taverna Herkules und sah auf die Uhr. Es war späte Mittagszeit. Die Tür stand offen, Licht, der Geruch von scharf angebratenem Fleisch und Sirtakiklänge strömten einladend in die stechend kalte Luft. Ein schmaler Weg war frei geschaufelt.

Ava stieg aus. Sie ging rutschend um das Auto herum und half Nick hinten aus der Tür. Sich gegenseitig stützend betraten beide das Fachwerkhaus. Der Gastraum war leer und überheizt. Rote und rosa Weihnachtssterne standen im Wechsel Spalier auf Kunststoffsäulen, die einzelne Tische voneinander trennten. Bunte Lichterketten blinkten an den Balken. In der Küche sang ein Mann die Musik laut mit: »Last Christmas« auf Griechisch in einer Sirtakifassung. Immerhin war George Michael auch eine Art Grieche.

»Hallo?«, rief Nick laut.

Der Wirt, der nun durch die Küchentür trat, sah aus wie Anthony Quinn als Alexis Sorbas. Er streckte ihnen beide Arme entgegen. »Guten Tag! Fröhliche Weihnachten! Wollen Sie essen?« Er drehte sich um sich selbst und deutete einladend in alle Ecken. »Wo wollen Sie sitzen?«

»Am Fenster«, sagte Ava. So würde sie sehen können, falls die Polizei kam. Was das allerdings helfen sollte, wusste sie auch nicht.

»Ja, wir wollen essen«, sagte Nick, »und zwar ganz viel Fleisch, mit Knoblauch und Zwiebeln, und ganz schnell.« Er setzte sich vorsichtig an das Tischchen mit dem roten Webdeckchen darauf und verstaute sein Bein darunter. Der Wirt kam wieder und entzündete feierlich die Kerze.

»So, da bringe ich Ihnen zur Feier des Tages erstmal einen Ouzo! Auf Euer Wohl! Das ist ein Wetter, was?« Er stellte zwei Gläser vor sie hin, rieb sich die Hände und reichte dann jedem eine dicke Speisekarte, die Plastikseiten in braunes Kunstleder gebunden.

»Schauen Sie bitte in aller Ruhe! Aber unsere Spezialitätenteller, die sind berühmt. Und« – er legte eine haarige Hand hinter ein Ohr – »hören Sie unsere Musik? Die hat mein Sohn mit seiner Band bei uns im Keller selber aufgenommen! Weihnachtslieder, als Sirtaki!«

»Na, gratuliere!«, sagte Nick.

Alexis Sorbas nickte stolz und ging in die Küche zurück.

»Prost, Heide«, sagte der Junge. »Frohe Weihnachten!« Er blickte ihr in die Augen und stürzte seinen Ouzo hinab. Ava schloss die Augen und tat es ihm nach.

»Prost – Nick.«

Es war einfach absurd. Heide und Nick, zwei Verrückte, die einander das Alibi gaben, sie wären normal.

Bunte Sterne aus Miniglühbirnen waren an die Scheiben geklebt, sie blinkten psychedelisch. Ein Provokationstest für Migräne. Ava stellte ihr Handy wieder an und legte es auf die Fensterbank. Sofort signalisierte es die Ankunft einer SMS. Ava zögerte; dann musste sie wissen, was ohne sie mit ihrem Leben passierte. Sie drückte auf Empfang: Die SMS kam von Suzanne.

»Merry X-mas! Kids bei Peter, ich mit Rosi auf dem Lande. Klockow = super Ort! Total glücklich. Seit gestern nicht geraucht. Erzählen = im neuen Jahr? Kuss, Suz.«

Was machte ausgerechnet Suzanne glücklich und nichtrauchend am ersten Weihnachtsfeiertag auf dem Land? Ava schüttelte verblüfft den Kopf. Außerdem zeigte ihr Handy noch drei Anrufe ihrer Mutter an. Ava steckte es zurück in die Manteltasche.

Alexis Sorbas stand schon wieder strahlend mit Block und Bleistift an ihrem Tisch. »Und? Haben Sie was gefunden?«

»Entschuldigung – ich hatte noch gar keine Zeit zu schauen …«, sagte Ava.

Nick nahm ihr die Karte weg und reichte sie samt seiner dem Wirt zurück. »Zweimal den Spezialitätenteller Herkules und einen guten Liter Rotwein dazu, bitte«, bestellte er. Und setzte an Ava gewandt hinzu: »Hey, das ist doch gerade das Gute am Griechen! Hier gibt's keinen Nouvelle-Cuisine-Quatsch. Einfach 'ne Menge Fleisch, Wein, und dazu 'ne Kerze auf dem Tisch, das macht alles viel unkomplizierter, oder?«

»Ja«, sagte Ava, »so hab ich auch mal gedacht.« Sie sah ihn über die Kerzenflamme an. Er hatte hellblaue Augen mit schwarzen Mädchenwimpern. Seine Haare waren dunkelblond und fielen ihm in Wellen in die Stirn. Zumindest habe ich einen angefahren, der richtig gut aussieht, dachte sie mit einem Rest schwarzen Humors. »Wie … wie alt bist du eigentlich, Nick?«

»Ich bin fünfundzwanzig, Heide. Und du?«

»Ich … ich bin … nicht Heide. Sondern Ava. Ava Glantz«, sagte Ava plötzlich. Es war ein Fehler, das zu sagen. Aber in diesem Moment war ihr bewusst geworden, wie sehr sie ihren Nachnamen vermisste. In ihren Papieren stand zwar seit zehn Jahren Ava Heyl, aber das Beste an ihr war immer noch Ava Glantz. Nur unter diesem Namen konnte sie sich dieser Situation stellen. Er war ihr angeboren, sie hatte ihn zur Schule getragen, dann er sie durch das Studium und zur Bank, um ihr erstes eigenes Konto zu eröffnen. Er roch nach dem desodorierten Angstschweiß ihrer ersten Präsentationen, er schmeckte nach dem Champagner des Glücksgefühls danach.

Ava Glantz! Unter diesem Namen war ihre Kindheit und Jugend gespeichert: die ersten Küsse, die nicht von ihrer Mutter kamen. Er duftete nach frisch gemähter Liegewiese im Freibad an einem Sommerabend, nach ihrer alten Schule, nach ihrem ersten Parfum »J'ai osé«, ihrem ersten Auto. Nach dem warmen Wind ihrer ersten Reisen in den Süden. Nach dem Kerosin ihres ersten Fluges. Nach der Zeit, als sie Herzklopfen hatte vor Sehnsucht nach der Zukunft. Als alles möglich schien und notfalls von heute auf morgen zu ändern war.

Als sie David heiratete, hatten beide einen gemeinsamen Familiennamen gewollt. Sie spielten darum Mensch-ärgere-dich-nicht, und Ava hatte ausnahmsweise verloren. Beide taten so, als ginge es um nichts Wichtiges. »Pech im Spiel, aber Glück in der Liebe!«, hatte David gelacht und sie geküsst, seine Frau Heyl. Ja, alles schien ein Spiel zu sein, so wie Kinder Hochzeit spielten. Da es Ava so schwerfiel, ihren unabhängigen, unverheirateten Lebensabschnitt zu verlassen, dachte sie, ein neuer Name könnte bei der Metamorphose zur Ehefrau helfen. So würde sie leichter erwachsen werden. Sie bekäme mehr Abstand zu ihren Eltern und Schwestern, zu ihrer bisherigen Rolle in der Familie Glantz. Sie bekäme auch Abstand zu dem Anspruch, den der Name Ava Glantz erhob: auf ein strahlendes Leben, Berühmtheit, Schönheit, Karriere. Wer konnte mit diesem Namen schon Kassiererin werden? Er war, wie alle Tage ein rotes Paillettenkleid zu tragen!

Ava Heyl dagegen war ihr Muttiname. Ihre Tarnung vor den Erwartungen der Eltern, vor Avas eigenen Ansprüchen. Zum Wohl ihrer Kinder sehnte sie sich nach einem ruhigen, ausgeglichenen Leben. Sie trug den Namen Heyl wie Schuhe, die etwas zu klein waren. Im Laufe des Lebensweges würden sie sich schon austreten. Aber obwohl Ava unter ihrem neuen Namen zwei Kinder geboren hatte, drückte er sie immer noch, immer mehr. Die engen Schuhe hemmten ihren Schritt. Als Frau Heyl fühlte sie sich wie ihre eigene Schwiegermutter. Der wichtigste Teil ihrer Persönlichkeit war und blieb Ava Glantz. Sie wollte endlich wieder damit unterschreiben. Sich am Telefon melden. Verdammt, sie brauchte jeden Teil ihrer Identität, den sie erwischen konnte! Ava wollte ihr tägliches rotes Paillettenkleid zurück: Ava Glantz! Mit diesem Namen wollte sie in Rente gehen. Unter ihm wollte sie beerdigt werden.

»Ava? Echt jetzt? Gefällt mir auch besser als Heide«, sagte Nick. »Ich heiße trotzdem Nick.« Er schien völlig entspannt.

»Nick, es tut mir alles so wahnsinnig Leid«, rief Ava plötzlich verzweifelt. »Ich hätte dich gleich ins Krankenhaus bringen sollen, aber ich war so total durchgedreht, ich war so ... ich wollte nur noch weg. Weil ... weil ...«

Statt einer Erklärung liefen Tränen aus ihren Augen

»Hey – Ava Glantz ...«, Nick legte seine Hand auf ihre, »ist doch nix Schlimmes passiert! Sicher bist du deiner Familie kurz abgehauen, richtig? Kleine Pause, entspann dich! Du bezahlst einfach das Essen, und damit ist gut. Okay? Frieden!« Er grinste und breitete griechisch beide Arme aus: »Ist doch Weihnachten!«

Ava lachte noch ein paar Tränen. »Nix Schlimmes passiert? DU tröstest MICH? Weißt du, ICH hab dich angefahren, dich entführt, bin mit dir aufs Land abgehauen – eigentlich wolltest du nach Berlin, oder?«

»Ach, ich hatte sowieso nichts Besseres vor«, sagte Nick lässig. »Nur wegen meiner Mutter war ich Weihnachten bei meinen Eltern in Hamburg. Das ging natürlich voll schief.« Er lehnte sich zurück. »Wir haben nur gesoffen und gestritten. Beim Weihnachtsessen hat sich mein Vater auch noch über meine Tischmanieren aufgeregt. Er bekam so einen knallroten Kopf und hat derart gebrüllt, dass ihm das Gebiss aus dem Mund glatt in den Rotkohl auf seinem Teller geflogen ist. Mann, ich bin vor Lachen fast erstickt!« Nick grinste. »Aber als Kind, da hatte ich eine Scheißangst vor ihm. Als er nach mir geschlagen hat, hab ich endlich mal zurückgeschlagen. Dann bin ich aus der Tür gerannt.«

Er machte eine kurze Pause und fummelte an dem weichen Kerzenwachs herum. »Der letzte Zug nach Berlin war weg, aber ich wollte nach Hause. Obwohl da auch keiner richtig auf mich wartet. Mit meiner Freundin ist nämlich seit drei Wochen Schluss. Also ...«, er sah sich zufrieden um und strich beidhändig seine Haare zurück, »so schlecht haben wir es doch hier gar nicht. Hab schon schlimmere Weihnachten erlebt. Prost!«

»Warum habt ihr euch getrennt – du und deine Freundin?«, fragte Ava neugierig. Das Elend anderer versprach Ablenkung. Nick schnitt eine Grimasse. Er rieb sich das kratzige Kinn.

»Ach – verschiedenes. Weihnachten wollten wir eigentlich bei ihren Eltern sein. Ich sollte ihnen sagen, dass ich sie nächstes Frühjahr heiraten will. Dann Kinder kriegen, das volle Programm. Aber ich wollte nicht. Da hat sie eben mich nicht mehr gewollt.«

Alexis Sorbas kam lächelnd mit zwei riesigen Porzellanplatten aus der Küche. Darauf türmten sich verschieden zubereitete Fleischberge neben Krautsalat und Zaziki. Er stellte seine Last ab, eilte zurück und brachte ein Fladenbrot mit Sesam, dann eine Karaffe Rotwein und zwei dickwandige Gläser. Er goss den Wein mit Schwung ein.

»So!«, er rieb sich die Hände. »Guten Appetit!« Er zeigte seinen Bizeps: »Essen macht stark wie Herkules!«

»Danke«, sagte Ava. Sie hatte unbarmherzigen Hunger. Nick hatte bereits angefangen zu essen. Die nächsten zehn Minuten taten beide nichts anderes. Dann trank Ava ihren Rotwein so schnell, dass sie nicht feststellen konnte, ob er gut schmeckte. Auf jeden Fall tat er gut.

Ihr Handy signalisierte eine weitere SMS. Sie zuckte zusammen: von David.

»AVA! Wo steckst du? Bin zu Hause, du nicht. Alles o.k.? Fahre gleich wieder ins KH. In Sorge – Dav.«

Sie schaltete es aus.

Als sie nach fast drei Stunden mühselig wieder ins Auto kletterten, kicherte Ava. Aber einen Kilometer weiter, außerhalb des Ortes, spürte sie den Rotwein und die vier Ouzo plötzlich, als ob man ihr einen Samtsack über den Kopf gezogen hätte. Gut, dass kein Verkehr war, sie brauchte die ganze Straße. Nach den Aufregungen, der Wärme, den Bauch voll ungewohntem Grillfleisch mit Zwiebeln war sie übermüde. Wieder auf der Landstraße nach Hamburg beugte sie sich angestrengt vor, um die Fahrspur im Auge zu behalten. Wo ging es hier zur Autobahn? Die Kurven kamen so plötzlich! Und es war schon wieder dunkel geworden. Ach, sie wollte nicht mehr fahren. Jetzt nur noch schlafen. Schlafen.

»Nick ... Nick? Kannst du mal das Steuer übernehmen?«, bat Ava, »ich glaub, ich habe ... habe ein bisschen zu viel getrunken.«

»Klar kann ich. Aber ich habe keinen Führerschein. Sonst hätte ich ja nicht versucht, per Anhalter nach Berlin zurückzukommen.« Er saß mittlerweile auf dem Beifahrersitz.

Ava verriss kurz das Steuer, als sie ihn überrascht ansah. »Du kannst nicht Auto fahren? Wieso das denn?«

Er ließ seinen Sitz in Liegeposition kippen und stemmte die Füße gegen die Airbagklappe. »Keine Ahnung, hat sich einfach nicht ergeben, Heide. Oder Umweltschutz, weiß nicht mehr.«

»Hoppala!«, murmelte Ava. Beinahe wäre ihr der Wagen von der Straße gerutscht. Sie hielt an. »Nick, ich ... kann heute nicht mehr fahren!« Sie kicherte nervös. »Was machen wir denn nun? Noch eine Nacht im Auto schlafen? Und wenn wir erfrieren?«

»Glaub ich nicht.« Er zeigte auf ein Schild. »Massivhauspark Moltenhagen an der A7 – nur noch drei Kilometer bis nach Hause!«

»Schaffst du's bis dahin?«, fragte er. Ava nickte zögernd. Die Worte »nach Hause« zogen sie voran. Sie schaltete das Fernlicht an und schlitterte im Schritttempo weiter. Nach zehn Minuten erreichten sie ein riesiges umzäuntes Areal mitten auf dem Feld. Flutlichtmasten schufen eine grell surreale Beleuchtung. Es sah aus wie der geheime Landeplatz Außerirdischer, von dem aus sie die Invasion der Erde vorbereiteten. Ava bremste vorsichtig und parkte hinter einer Hecke. Sie schlugen die Autotüren hinter sich zu und traten zusammen an den Zaun.

»Whow!«, sagte Ava beeindruckt, »dassis vielleicht gruselig!«

»Ich war mal mit meiner Freundin hier«, murmelte Nick, »total spooky, haben alles besichtigt. Sie wollte unbedingt so ein Eigenheim. In der Nähe ihrer Eltern bauen, falls wir Kinder kriegen. Sind alle voll eingerichtet, mit Betten und allem. Komm, Heide.«

»Was denn?«, fragte Ava verwirrt.

»Wir feiern noch ein bisschen Weihnachten, dann gehen wir schlafen. Und morgen ganz früh fahren wir nach Hamburg«, bestimmte Nick. Er ergriff ihre Hand.

»Und dein Bein …?«

»… tut kaum noch weh. Kopf auch nicht, Ouzo heilt alles.« Er sagte mit griechisch verstellter Stimme: »Spezialitätenteller hat stark gemacht wie Herkules! Komm, wir suchen uns ein schönes Haus aus.« Er zog sie zu einer Tafel mit dem Übersichtsplan.

»Du hast die freie Wahl, Schatz: Friesisch? Oder Modell Kitzbühel, so ein klaustrophobes kleines Kunststoff-Chalet? Oder hier – Italo-Urlaubsfeeling, Toscana Classic?«

Ein Disneyland der Baustile! Ava lachte aufgeregt. Ihr Zwerchfell schmerzte von all dem ungewohnten Gelächter. Sie gingen kichernd und sich an den Händen haltend zu der äußersten Ecke, wo der schwarzweiße Wald begann. Der Metallzaun war nicht schwer zu erklettern, alle griechischen Götter halfen dabei. Auf der anderen Seite plumpsten sie in den Schnee. Gegenseitig halfen sie sich auf und blickten nervös um sich. Kein Lebenszeichen. Ava drehte sich langsam mit ausgestreckten Armen im Kreis. Tiefe Stille. Sie legte den Kopf in den Nacken und ließ die Schneeflocken auf ihrem heißen Gesicht schmelzen. Ihr war schwindlig, aber sie war absolut glücklich, losgelöst von allem, obwohl ihr Über-Ich registrierte, dass es katastrophal war, wenn zu ihren Problemen jede Minute neue dazukamen. Aber im Moment hatte sie das Über-Ich mit allen Sorgen und Ängsten in ihren innersten Panic Room weggesperrt. Vier Ouzo hielten davor zuverlässig Wache.

Sie wählten »Toscana Classic«. Es war gleich das nächste Haus am Waldrand. Nick schlug die Scheibe der Landhausküche ein und öffnete das Fenster. Beide standen still und warteten auf eine Alarmanlage. Schließlich stieß er das Fenster auf, kletterte hinein und half ihr hinterher: »Prego, Signora!« Avas Haare und der Fuchsmantel waren mit Schneekristallen besetzt. Sie trat schwungvoll in eine Terracottaschale voll Plastikzucchinis, die auf der Arbeitsablage stand, sprang ungeschickt herunter, und Nick schloss das Fenster wieder. Er öffnete den Kühlschrank. Er war dunkel und leer. Sie wanderten Hand in Hand durch das Wohnzimmer – Korbsofas vor gelben Wänden, Bilder mit Zypressen, Trockengestecke auf dem Tischchen. Gemütlichkeit von der Stange. Ohne Licht zu machen stiegen sie neugierig die Treppe hinauf.

Der Anblick der zwei voll eingerichteten Kinderzimmer, eins blau gestreift für Jungen, eins rosageblümt für Mädchen, trafen Ava wie ein Kopfstoß. Plötzlich fühlte sie sich ernüchtert. Die Sehnsucht nach Ella und Ferris schlug ihre Klauen in Avas Herz. »Kind 1« … flüsterte sie, »Kind 2« … Die Ouzos desertierten von ihrem Wachposten, ihr Gewissen sprengte die Gefängnistür. Ava hockte sich auf den Treppenabsatz und heulte los. Die Schluchzer stiegen schmerzhaft aus Tiefen empor, die sie nie den Mut oder die Zeit gehabt hatte auszuloten.

»Ava ... Heide? ...«, Nick streichelte ihr verwirrt über den Kopf. Ava weinte und weinte. Sie fühlte sich, als würde sie gleich vor Weinen auseinanderbrechen.

»Ava ... du Arme ... Was ist denn plötzlich? Komm mal her ...« Nick zog sie hoch, schloss sie fest in seine Arme.

Ava wollte ihm alles erklären, wenigstens etwas, aber es war zu viel, und viel zu viel, was sie selbst nicht verstand.

»Ich ... ich stinke so nach Knoblauch. Und nach Zwiebeln«, schluchzte sie stattdessen.

»Na und? Ich auch«, sagte er. Und hielt ihren Kopf sanft fest. Dann küsste er ihr nasses Gesicht, ihren Mund. Es fühlte sich so gut an. Ava küsste ihn auch. Seine Lippen waren fest und warm, ihre Lippen waren das einzig Lebendige an ihr. Sie standen engumschlungen auf dem Treppenabsatz und küssten sich. Nicht mehr denken. Sie fuhren einander mit den Händen unter die Kleidung. Nur Nicks Finger hielten Ava noch zusammen. Wie warm und seidig sein Körper war, wie ihr Herz ihm auf der Suche nach Betäubung entgegenraste.

Nick hob Ava hoch und ließ sie wieder fallen. »Ach, Scheiße, mein Bein! Entschuldige, Bella.«

Sie fasste seine Hände und zog ihn rücklings hinter sich her ins Elternschlafzimmer: »Gleich kannst du dich hinlegen.«

Der Orgasmus war von so greller Schönheit, dass Ava kaum noch bereute, Nick angefahren zu haben. Seine Fremdheit war der Radar, in dem ihre Sexualität überraschend aufleuchtete, wie ein Flugzeug, das derart lange verloren geglaubt wurde, dass keiner mehr danach suchte.

Plötzlich zog er ihren Ehering ab und verschluckte ihn. Die Kernschmelze verwandelte den nach fabrikneuen Möbeln stinkenden Raum in eine erogene Zone. Verzweiflung, Schuld und Scham verglühten darin.

Ihr Kopf, Diktator eines Landes, das nicht mehr zu unterdrücken war, gab endgültig die Herrschaft über ihren Körper auf und floh aus seinem Bunker ins Exil. Jetzt sprengte das rasende Volk den letzten Schutzwall.

Ava vergaß sich. Sie stürzte in steile Höhen. Sie vergaß ihre Kinder und ihren Mann, die im Krankenhaus darauf warteten, dass Ava ihnen frische Wäsche brachte. Zum ersten Mal akzeptierte sie jeden Verlust von Kontrolle, Identität oder Sicherheit. Es war besser, als sie gefürchtet hatte.

Avas Über-Ich schwebte fassungslos unter der Dachschräge. Es sah auf das kirschfurnierte Doppelbett, in dem sich die ihm bisher bekannte Frau mit einem Fremden diverse Körperteile teilte. Die Spiegelgleittüren der passenden Schrankwand gegenüber verdoppelten den ungewöhnlichen Anblick.

Erst als Ava endlich ins Bad ging und die Papierbanderole »Ausstellungsstück! Bitte nicht benutzen!«, vom Klodeckel riss, zoomte das Über-Ich in ihr Kontrollzentrum zurück. Routiniert checkte es alle körperlichen Symptome: flirrender Herzschlag. Ausgetrockneter Mund und Hals. Rote Flecken auf der Haut. Zitternde Beine.

Ava blickte in den Spiegel. Ihre hellblauen Augen leuchteten aus schwarzen Rahmen verlaufener Wimperntusche. Es dauerte trotzdem eine Weile, bis sie glauben konnte, dass es sich bei ihrem Zustand nicht um einen Herzinfarkt, einen Hirnschlag oder eine Panikattacke handelte.

Das war nicht der Tod, es war das Leben.

Ein reines, klares Glücksgefühl, ein absurder Diamant, der aus der Kohle ihres schwärzesten Unglücks gepresst worden war.

»Ava? Kommst du wieder?«, rief Nick.

In der Nacht wachte Ava von ihrem eigenen Schrei auf. Hatte gerade ihr Handy geklingelt? Oder hatte eines der Kinder sie gerufen? Völlig desorientiert blickte sie um sich. Der Raum war ihr völlig fremd; ebenso wie das unbequeme Bett. Sie war nackt, über ihr lag ein nackter Arm wie ein Sicherheitsbügel. Ava fühlte den Bizeps unter der glatten Haut. Sie setzte sich abrupt auf. Wo war der Lichtschalter? Ihr wurde schwindlig, ihr Herz hämmerte.

»Komm, Heide, noch schlafen«, murmelte Nick. Sein Arm zog sie zu sich hinab. Ava legte sich langsam zurück in ihre gemeinsame Wärme und versuchte wieder einzuschlafen, doch ihr Körper, der damit beschäftigt war, Alkohol und scharf gebratene Fleischberge abzubauen, hielt sie wach. Das Gedankenkarussell schaltete die Beleuchtung an und setzte sich knarrend in Bewegung; auf jedem Sitz baumelte ein dickes Problem.

Der Reihe nach fiel ihr nun alles wieder ein. Ava schaute aus dem Fenster, es schneite nur noch dünn. Sie sah auf ihre Armbanduhr, die auf dem Nachttischchen lag: halb vier.

Ava schob sich unter dem Arm weg bis zur Bettkante. Sie stand leise auf und suchte ihr Handy. Hatte es wirklich geklingelt? Während sie mit Nick ... wenn in der Zwischenzeit etwas mit ihren Kindern passiert war – etwas, das sie dringend wissen müsste? Sie wurde überwach. Der Weihnachtsurlaub war vorbei, Ava konnte einfach nicht länger Heide sein. Als sie vom Teppichboden aufstand, wurde ihr übel, ihr Kopf schmerzte. Sie lehnte sich gegen die Schrankwand und würgte kurz.

Das Handy musste sie im Auto liegen gelassen haben. Sie würde es schnell holen, die SMS überprüfen, noch eine Stunde den Restrausch ausschlafen und dann am Morgen mit Nick verschwinden. Er hatte sie gebeten, ihn einfach am Bahnhof in Hamburg abzusetzen.

Ava zog sich leise an. Sie warf den Fuchsmantel über, steckte den Autoschlüssel ein und sah Nick noch eine Weile beim Schlafen zu. Dann strich sie vorsichtig über seinen nackten Rücken, deckte ihn zu und schlich die Treppe herab, an der Standard-Gästetoilette vorbei in die Küche. Zum Glück war das Haus so klein, dass man sich nicht verirren konnte. Sie öffnete das Küchenfenster, kletterte auf die Anrichte und sprang hinaus. Ava ging ein paar Schritte in Richtung Dorfplatz.

Es hatte aufgehört zu schneien. Die Kälte und Stille waren betäubend. Sternbilder funkelten so deutlich am Himmel wie in Hamburg nur im Planetarium. Es war Weihnachten. Ava schaute auf in den Nachthimmel. Und plötzlich fühlte sie sich einfach absolut glücklich. Gesegnet. Dankbar.

Bis sie das Bellen hörte.

Auf dem schneeweißen Boden waren die Hunde gut sichtbar, große, schwarze Klumpen, die aus der äußersten anderen Ecke des Geländes angeschossen kamen. Sie hatten Witterung von Oma Friedas Fuchsmantel aufgenommen und sich auf die Jagd gemacht. Avas Beine rannten los, ehe ihr Kopf Alarm gab. Die eisige Luft schnitt in ihre Lungen. Sie hätte wissen müssen, dass dieses Gelände nachts nicht ohne Sicherheitsmaßnahme blieb, auch wenn niemand ein Haus klauen konnte. Nick hätte es auch wissen müssen. Vorhin hatten die Hunde sie anscheinend nicht schnell genug bemerkt, dafür gaben sie sich jetzt besondere Mühe.

Ava sprang verzweifelt den Zaun an, und zog sich mühsam hoch, diesmal war nicht Ouzo ihre Steighilfe, sondern nackte Angst. Sie schaffte es gerade, sich auf die andere Seite fallen zu lassen, ehe die fünf Rottweiler nacheinander gegen den Zaun knallten. Ava blieb einen Moment betäubt liegen, spürte ihren heißen Atem und den Geifer. Dann kroch sie auf allen vieren fort, taumelte hoch und rannte instinktiv zu ihrem Fluchtwagen, bloß fort von dem Gebell. Bloß weg von hier. Sie öffnete die Tür, sprang auf den Fahrersitz, knallte die Tür hinter sich zu. Im Fußraum des Beifahrersitzes lag ihr Handy. Sie startete den Motor, ließ die Scheibenwischer hinten und vorne Sichtfenster freifegen und fuhr sanft an. Wie gut, dass der Wagen seit zwei Wochen Winterreifen hatte. Das Bellen verfolgte sie, aber Ava ließ sich nicht dazu verleiten, zu schnell zu fahren. Sie konnte sich jetzt keinen Unfall mehr erlauben. Endlich tauchte der Weg in den dunklen Wald ein. Ava, hellwach und komplett nüchtern, atmete aus und entspannte die Schultern. Nach Hause.

Sie fuhr unerkannt durch schlafende Dörfer, elektrische Lichtbogen standen in Fenstern Wache. Ava fuhr auf die A7 auf und dann auf der entgegengesetzten Seite am Massivhauspark vorbei in Richtung Hamburg. Sie sah hinaus.

Einzelne Hunde liefen noch über das Gelände, aber sonst blieb alles still und dunkel. Sollte Nick jetzt am Schlafzimmerfenster stehen, könnte er sie für immer fortfahren sehen. Schließlich verschwand jedes Licht aus Avas Rückspiegel, verschwand »Toscana Classic« aus Avas Leben.

Sie hörte Klassik-Radio (»Bleiben Sie entspannt!«) und fuhr immer weiter, bis die Nordheide südlich von ihr lag. Dann bog sie auf einen kleinen, einsamen Parkplatz ab und hielt an. Ava schaltete das Handy ein: sieben Nachrichten von David, alle gleichen Inhalts: »Ava, was immer passiert ist, ruf an! Sofort!« Nur Nummer fünf war anders: »AVA! Gerade sind deine Eltern ins Krankenhaus gekommen. Deine Mutter hat jungen Arzt vertrieben, lässt gerade Chefarzt vom Weihnachtsessen holen. Wahnsinn! Kinder freuen sich. Ruf sofort an!«

Ava begann hilflos zu lachen. Sie krümmte sich vor Lachen, schrie vor Lachen, beruhigte sich nur langsam. Sie saß da und dachte nach. Sie schaltete das Radio aus und drückte

Davids vertraute Nummer in ihr Handy. Weiß leuchteten die Rippen der Felder in der Weihnachtsnacht. Es fing schon wieder an zu schneien.

»Ich bin's«, sagte Ava. »Ich ...«

»Verdammt, Ava! Wo steckst du?« Er klang völlig wach.

»David, ich ...«

»Was soll dieser Scheiß? Bist du jetzt völlig verrückt geworden?«

»Ich ...«

»Weißt du, was ich mir für Sorgen gemacht habe? Denkst du vielleicht einmal an jemanden anderen als an DICH? Denkst du MAL AN DIE KINDER?«

»David. Ich ...«

»Kannst du irgendetwas Sinnvolles dazu sagen, Ava? Du brauchst einen verdammt guten Grund!«

»David, ich verlasse dich.«

Sie presste Davids Stimme an ihr Ohr.

»Ava, ich war in letzter Zeit so viel unterwegs, weil man mir einen fantastischen Job angeboten hat. Ich musste etliche Gespräche führen ... Ich wollte es dir als Weihnachtsüberraschung sagen: Ich werde Filmproduzent bei einer Arthousefirma in L.A. Wir gehen alle nach Kalifornien! Erstmal für drei Jahre. Ava? Na, was sagst du?«

Sie wechselte das Handy an ihr anderes Ohr.

»WIR gehen nirgendwo mehr zusammen hin, David. Aber ich freue mich für dich. Auch für mich, so muss ich dich nicht rausschmeißen. Es wird für alle leichter werden, wenn wir nicht den gleichen Kontinent bewohnen.«

»Ava, hör mir bitte zu! Du bist jetzt sehr müde und erschöpft. Sonst würdest du erkennen, was für eine Chance das für uns alle ist. Ich müsste nicht mehr ständig herumreisen, und billige Haushaltshilfen gibt es in L.A. überall. Auch jede Menge kreativer Neurotiker, du wirst dich total wohl fühlen …« Er versuchte ein Lachen: »Und die Polizei kennt dich dort auch noch nicht!«

»Lustig, David.«

»Ava, wo ist dein Humor? Außerdem ist da ständig schönes Wetter«, (Ach bitte, er wird jetzt nicht ›It Never Rains in Southern California‹ singen, dachte Ava mit geschlossenen Augen). »Seems it never rains in Southern California«, säuselte David in den Hörer.

Warum fand sie das nicht so grauenvoll wie befürchtet? Es war eher tröstlich, wenn auch langweilig, ihn auswendig zu kennen. Er redete schon übergangslos weiter, er redete um ihr gemeinsames Leben.

»… keine Erkältungen mehr, keine Daunenjacken, die Kinder können den ganzen Tag am Strand sein …«

»Oder bei Tommy Lee im Pool ertrinken«, erwiderte Ava.

»Ach Ava, bitte komm mit. Natürlich kommt ihr mit! Ich – was soll ich ohne euch denn dort?« Seine Stimme wurde immer lauter: »DU warst doch hier so unglücklich, DU wolltest doch ein aufregenderes, optimiertes Leben. Ich bin dein Mann, und ich habe es dir beschafft. Es war verdammt nochmal nicht einfach! Warum werde ich jetzt dafür bestraft? Na gut, die Lungenentzündung habe ich vielleicht unterschätzt, aber …«

»Ich … weiß es nicht. Ich weiß nichts mehr, David. Wir reden gerade mehr miteinander als in den ganzen letzten Jahren. Ich hasse dich schon so lange, ich weiß auch genau, warum, ich kann es nur gerade nicht fühlen. Sicher kommt es wieder. Ich fahre jetzt ins Krankenhaus. Bis Silvester ist Kampfpause, wir spielen mit den Kindern heile Familie. Danach fährst du erst mal allein nach L.A. Ich weiß noch nicht, ob wir hinterherkommen.«

»Was soll ich denn alleine in diesem riesigen Haus? Es ist

wunderschön, etwas in den Bergen gelegen, mit Pool und Blick aufs Meer …«

David fing an zu weinen wie ein enttäuschter Junge, wie Ferris. »Ich habe mich die ganze Zeit so darauf gefreut, dir Weihnachten die Fotos zu zeigen! Ich – ich liebe dich doch, Prinzessin.«

»Tust du nicht. Sonst hättest du nicht getan, was du getan hast. Ich bin seit langem ein seelisch Schiffbrüchiger, der verdurstet. Und du bist das Salzwasser, David. Man trinkt davon, um den Durst zu stillen, aber er wird nur schlimmer, und irgendwann wird man verrückt davon. Ich habe so ein Bedürfnis nach echter Nähe, aber mein Bedarf wird vom Zusammensein mit dir nur immer größer. Ich kann nicht mehr. Ich will nicht mehr. Und dich erst recht nicht.«

»Ava.«

»Sag jetzt bloß nicht: Übertreib doch nicht!«

»Ich gebe dir doch jede Freiheit!«, weinte er plötzlich laut.

Ava wischte sich eine Träne ab. »Freiheit, die einem erst jemand genehmigen muss, ist keine Freiheit, David.«

»Ich liebe dich aber doch von ganzem Herzen …«

»Weil ich im Moment nichts mehr von dir will. Aber dein Herz ist wie die heilige Pforte im Vatikan, David; Immer da, immer sichtbar, aber sie öffnet sich wahrscheinlich nie mehr. Ich ertrage es einfach nicht länger, auf ein Wunder zu hoffen …« Ava begann zu schreien: »Ich ertrage die Hoffnung nicht mehr, wir hätten nur eine schlechte Phase, vielleicht auch eine längere schlechte Phase. Ich habe nur noch Angst, es könnte eine lebenslängliche schlechte Phase sein …«

»Ava, du übertrei …«, brüllte David, »… ich meine, es wird alles wieder gut! Wir … Ich – liebe – dich – doch!«

»Diese Worte machen trotz ständiger Wiederholung oder zunehmender Lautstärke keinen Sinn mehr. Du benutzt sie wie einen Zauberspruch, damit alles wieder so wird wie früher. Ich will aber, dass es besser wird. Und das kann es nicht, solange du in meiner Nähe bist. Vielleicht liebe ich dich sogar noch, aber auch das werde ich nicht merken, solange du hier bist. Du bist schon so lange nicht mehr mein Freund, David. Los, fahr weg! Das erleichtert mich. Lass uns nichts mehr voneinander erwarten, vielleicht kriegen wir dadurch noch eine Chance. Vielleicht komme ich später wirklich mit den Kindern nach. Vielleicht kommst du aber auch zurück und bist nur noch der Vater meiner Kinder. Ich kann und will im Moment nicht darüber nachdenken. Ich will erstmal wieder Ava Glantz sein. Mehr weiß ich im Moment noch nicht. Und jetzt fahre ich zu Ella und Ferris.«

Entschlossen drückte Ava ihn weg, und stellte das Handy ganz aus. Sie saß ganz still in ihrem Wagen, jenseits jeder Angst. Endlich war ihr warm. Sie duftete nach einem wilden, verbotenen, zerfetzten Glück, das sie der Dunkelheit herausgeprügelt hatte. Nach Oma Friedas Fuchsmantel. Nach griechischem Essen mit Zwiebeln und Rotwein. Nach selig machendem, aber letztlich unwichtigem Sex, Katalysatorsex. Nach Leben. Ava Glantz sah in den Rückspiegel, sie erkannte sich sofort. Das rote Paillettenkleid glitzerte. Sie lächelte sich zu.

Auf der Konsole lag immer noch die Post, die sie zu Hause eingesteckt hatte. Ava öffnete nur einen dicken roten Umschlag mit Milenas schöner Silberhandschrift. Die übliche Weihnachtskarte, nur dass Mila diesmal mit Hetty und Junior in einen Fotoautomaten gegangen war. Auf vier Bildchen strahlten die drei engumschlungen ins Blitzlicht. Hetty hatte den Mund vor Lachen weit aufgerissen, sie trug ein pinkfarbenes Sweatshirt. Links unten war darauf noch ein giftgelbes Bärenohr zu erkennen. Junior grinste zahn- und haarlos. Und Mila war schöner denn je. Sie hatte den Streifen sorgfältig auf eine Karte aus sahnigem Büttenpapier geklebt.

»Liebe Ava«, hatte sie auf die Rückseite geschrieben, »das ist das allerschönste Weihnachtsfest meines Lebens! Morgen kommt meine Mutter zu Besuch. Ich wünsche dir und deiner Familie ein so überglückliches neues Jahr, wie wir es uns verdient haben. Alles Liebe, Milena.«

Ava startete den Motor und gab vorsichtig Gas. Die Scheinwerfer leuchteten ihr heim. Schluss mit den Rollenspielen. Sie hatte sich selbst zu oft vor vollendete Tatsachen gestellt, um sich emotional mit Dingen abfinden zu können, zu denen andere ihren Kopf überredet hatten. Sie wollte nicht mehr versuchen, Mutter zu werden, es reichte, Ava Glantz mit zwei Kindern zu sein. Sie wusste, dass auch dieses neue Leben seinen Preis haben würde, aber wenigstens konnte sie die Währung bestimmen, in der sie zahlte. Abseits der Zwänge wollte sie einen neuen Weg finden, mit ihrer Persönlichkeit als Kompass. Vielleicht führte er wieder zu David, aber falls nicht, wäre sie auch glücklich, solange sie Ella, Ferris und eine Putzfrau hätte. Ach Ella! Ferris! Sie vermisste ihre Kinder wie verrückt.

Ava fuhr durch die Schneenacht zurück nach Hamburg, dem steinernen Tagebuch ihrer Lebensgeschichte. Etwas Neues hatte begonnen. Freude flammte in ihr auf wie Kerzen in einer gottverlassenen Kathedrale. Sie ließ die Dunkelheit zurück, flog der Stadt entgegen, die den dunkelgrauen Horizont erhellte. Ava stellte die Jonny-Cash-CD an, und Jonny sang »Bridge over Troubled Water.« Ava sang laut mit.

Als sie über die Elbbrücken rollte, strömte das alte Wasser dunkel unter ihr durch; still schmolz es den weißgeflockten Himmel ein. Bald würde es im Hafen vorbeifließen, an dem Haus, wo sie mit David in einem anderen Leben gewohnt hatte, in der Parallelwelt ohne Kinder. In einer selbstzufriedenen Existenz, in der sie ewig etwas vermisst hätte, ohne es zu wissen: herzzerreißende, lebenslängliche, unsterbliche Liebe.

Ava fuhr nun langsam. Auf der Mitte der Brücke ließ sie alle Fenster herab. Schneeflitter wehte herein, der Eiswind verwirbelte ihre langen Haare. Sie griff in die Fuchsmanteltasche, holte die Rescue-Tropfen heraus und schleuderte das Fläschchen über das Geländer.